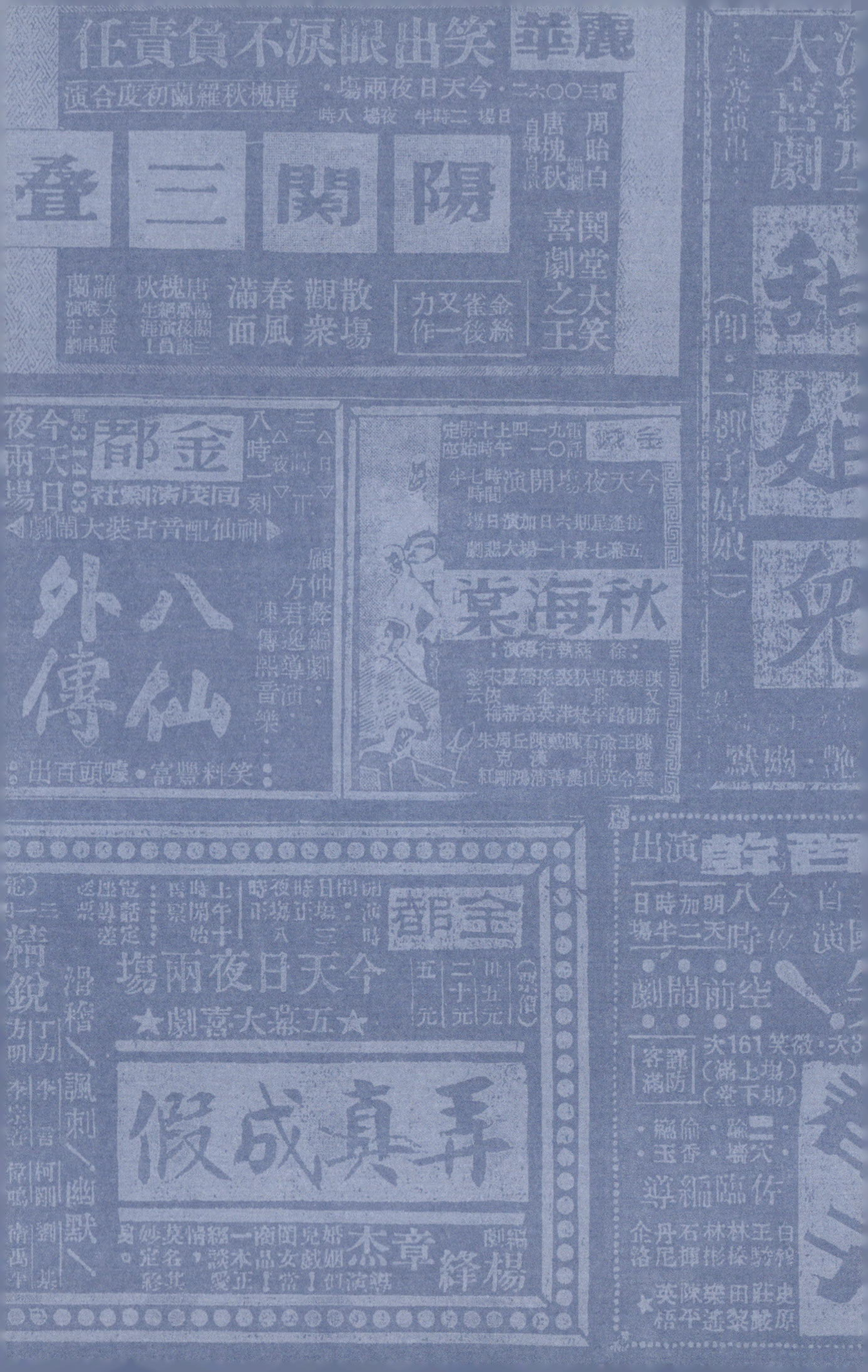

麗華

笑出眼淚不負責任
唐槐秋羅蘭初度合演

今天日夜兩場・電話 ３００２６

疊三閧陽

周貽白 唐槐秋 自導自演

關堂之大笑 喜劇之王

唐槐秋羅蘭主演
滿面春風　散場觀眾　金雀絲又一力作

金都

今天日夜兩場 電話 ３１４０３
神仙醍醐古裝大鬧劇
中國劇社演出

八仙外傳

笑料豐富・噱頭百出

顧仲彝編劇 方君逸導演 陳傳熙音樂

金

今天夜場開演 七時
電話 ９１０１—４十
定座上午九時起

秋海棠

徐欣夫導演

五幕七景十一場大歌劇
星期六加演日場

金都

今天日夜兩場
★五幕大喜劇★

弄真成假

楊絳編劇
婚姻戲兒閨一品談愛莫情紹定妙岑

丁力 方明 李音 李家耀 韋偉 柯剛 劉琦 嗇默
精銳

音樂

今夜八時加明日場半二時天夜

空前鬧劇

作臨編導

王 梁 林 林 石 丹 企
斌 蜡 彬 攝 尼 落
原 聚 莊 田 陳 英
靈 远 平 悟

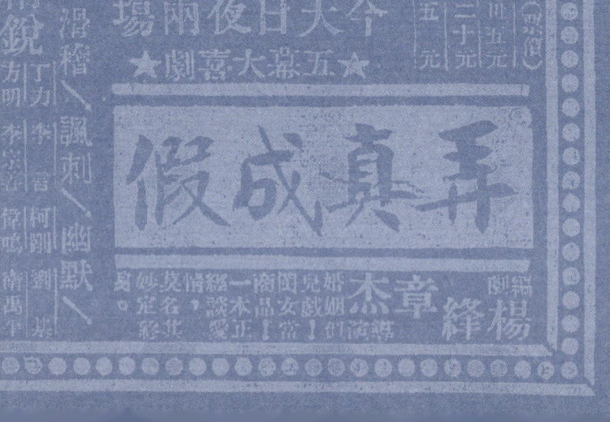

乱世的笑声

二十世纪四十年代上海喜剧文学研究

Laughter in the War: The Comical Literature in 1940s Shanghai

张 俭 ⊙ 著

商务印书馆
二〇一九年·北京
The Commercial Press

"俏皮话"的喜剧精神

答应给张俭的新书写序,一直没动笔,她也不催。这回好了,像往常一样坐在电脑前,一杯咖啡一支烟,打开文档,跳出题目"乱世的笑声——二十世纪四十年代上海喜剧文学研究",笑声仿佛弥漫开来,正是冬日,窗外春意无迹,像我口中咀嚼的一粒开心果——桌上一罐没吃完的坚果,还有杏仁、腰果和榛子。

一页页读下去,似曾相识,又觉得陌生了,战争与笑声的对立变得尖锐,开心果也坚硬起来。其实这篇论文早就读过,在张俭博士学位论文答辩的时候,我还是主持。现在与原来相比显然有很多改动,有些问题激起我新的思考和想象,或者这几年我的心境有了变化,对主题会另生一种敏感?

的确,主题够新尖。20世纪40年代的上海,从"孤岛"、沦陷到内战,充满战争、黑暗、创伤和恐怖的历史记忆,而张俭这本书却充满笑声,且以此作为重要文学现象而加以研究，给我们的道德正义与历史认知带来挑战。关于40年代的文学研究，不能不提到70年代初，夏志清在《中国现代小说史》中盛赞张爱玲、钱锺书，不仅打乱了"革命"文学殿堂的座次，也挑破纸窗一角透视出与时代脱节的文学世界。其后耿德华（Edward Gunn）在《被冷落的缪斯》中剖析了钱锺书、杨绛与张爱玲的文学心灵，从战火灰烬与文明废墟中提炼出幻灭与睿智、怀疑与嘲讽，而他们的"反浪漫主义"意味着"五四"以来革命乌托邦与"正统"文坛的消逝。傅葆石的《灰色上海》通过"孤岛"到沦陷时期的话剧、报纸和杂志勾画了思想与文化层面，在日据、汪伪与"左翼"的犬牙交错的权力网络中描述了李健吾、王统照与《古今》派知识分子的痛苦、挣扎与阴沉心理及其所面临的道德困境和文化选择；他们的反抗、合作或隐退的不同形态，体现为复杂的象征与隐喻的阅读与书写方式，不乏高压政治下隐晦的反抗声音。黄心村（Nicole Huang）的《乱世书写：张爱玲与沦陷时期上海文学及通俗文化》则从性别政治考察张爱玲、苏青、潘柳黛等"乱世佳人"与城市文化的"家庭性"（domesticity）主题，揭示出女性立场的"另类"书写战争的方式，对日本泛东亚主义的女性价值体系构成某种"文化抵抗"。

这些著作各自圈定探讨对象，在异常复杂的政治、思想与文化脉络中探讨她/他们的文学意涵与主体建构，且朝向将文学批评与文化研究相结合的方法，考察文学与报纸杂志之间传媒及大众接受的关系，不同程度地涉及都市文化与通俗文学。这些在《乱世的笑声》中可见痕迹，但张俭耳尖，在战争中听到的是笑声。如其声称："本书选取的研究对象，正是现代中国都市在满目疮痍的'二战'时期里的喜剧文学想象。在这个现代文明的战争废墟上，在印刷传媒、话剧舞台上都爆发了响亮的笑声。"这决定了一种文学类型的研究，似乎在理论与方法上带来更多的麻烦。笑声无处不在，张俭也眼宽，看了更多的报纸杂志，有男有女，有戏剧有文学，却突破了雅俗之间的界限而释放出鸳鸯蝴蝶派，让他们也跑到前台一显身手，使此书别具一种宏观的特色。

此书从晚清以来悲剧和喜剧类型与民族改造、阶级解放的意识形态话语建构着手，讨论研究课题范围及方法论"问题意识"，此后分两部分论述20世纪40年代上海的印刷纸媒与演艺舞台的"笑"的文学想象。文学方面如平襟亚追求"趣味"的"故事新编"、徐卓呆的滑稽"恶作剧"与张爱玲作品中鬼影闪烁的"俏皮话"，仿佛在破坏的废墟上建构拉伯雷式的嘉年华狂欢景观，与战时恐怖政治与严酷现实形成突兀对照，从时尚消费到明星八卦，从孔夫子、潘金莲到贾宝玉，无不成为戏仿、揶揄恶搞的素材，折射出日常的烦闷、浮华中的苍凉与现世秩序的荒诞，成为一则与围观发笑的城市大众共睹皇帝的新衣的寓言。

戏剧方面则以由"文明戏"演变而来的"话剧"舞台为主，考察了石华父、李健吾、杨绛与张爱玲的喜剧作品，包括顾仲彝的《八仙外传》等，同样让我们看到高压政治下一波又一波"喜剧的风行"。各种喜剧类型，有本土传统的，有来自受到欧洲影响的，也有模仿好莱坞电影的，交错混杂。剧作被贴上种种标签，如"理想喜剧"、"风俗喜剧"、"幽默喜剧"、"女人喜剧"、"好莱坞化"的浪漫喜剧或"流线型闹剧"等，体现了舞台实践与批评话语息息相关的精英特征，也交织着民族救亡话语与都市流行文化消费之间的张力，而作家个人的美学信念在高雅与通俗之间游移，不断与大众接受之间产生矛盾、磨合与互动。

乱世的笑声不免苦中作乐，笑中带泪，其本身蕴含扭曲与疯狂，然而有赖于张俭的细心探究，向我们揭示了集体伤痛的创造性转化，不由让人惊叹她在材料搜集上所下的苦功。

如她的细腻分析所展示的，各种知识社群在意识形态的竞争中争取自己的话语权，其间交织着地缘政治与美学理想的碰撞与协商。战乱中的笑声意味着在高压体制的空隙中利用各种传媒开拓文化空间，其间作家、艺术家与印刷资本、城市大众合谋，以笑声缓解心理压力，伸张生存的权利，也是保持本土文化"元气"的方式，即所谓"再现了战时城市大众的日常文化经验和情感结构。读者大众共同分享城市文化传统和文化符号，在笑声中建立了一种城市文化和情感的认同"。的确，与统治当局的"大东亚共荣圈"之类的意识形态保持距离的众笑喧哗，其呈现本身即成为延续文化认同与情感结构的方式，含有蔑视权威与暴力的文化抵抗的意涵。当然"抵抗"难以涵盖更为广阔的文明毁坏中芸芸众生的生存形态，如日常"俏皮话"所蕴含的无奈、讽刺或犬儒。同样不能忽视的是，面对共同的敌人，笑声的创作过程拆解了虚实与雅俗之间的界限，有效集结了各种滑稽、闹剧、幽默等喜剧性资源，也消解了文化符号与艺术类型的固定程式，给艺术创造带来多元交杂的可能性。

"笑"是自然不自由的感情表现，也是文化符号，均受文明的规训，在具体语境中有各式各样的解读。在文学的知识分类中"笑"被归类为"喜剧"。古今中外有关笑与喜剧的著述浩如烟海，在中国语境里，自从王国维引入叔本华印记的"悲剧"观念，悲壮与崇高被当作最为纯粹的感情体验。他把《赵氏孤儿》称作世界性"悲剧"，中国的大团圆"喜剧"被视为二等的区域性艺术。"五四"以来，与"悲剧"观念相一致，"血与泪的文学"既是纯化感情、动员革命的口号，也是科学表现中国的"现实主义"的不二法门。而其他与喜剧亲缘的"谐趣"、"滑稽"等文艺形式遭到贬斥。如20世纪20年代初茅盾、郑振铎等人严厉指斥《礼拜六》周刊的"消闲"宗旨，痛斥鸳鸯蝴蝶派为金钱写作，不顾民族存亡，犹如"商女不知亡国恨"，于是骂他们是"文丐"和"文娼"。其实像徐枕亚的《玉梨魂》与周瘦鹃的"哀情"小说都有很强的悲剧性，且风靡一时，但这些作品却不属"悲剧"。因此某种意义上外来输入的"悲剧"概念含有文化殖民性质，在生搬硬套时已不自觉落入被殖民的境地。

张俭在批判性审视"悲剧"、"喜剧"与中国现代性的关系时提到，雷勤风在博士学位论文《笑声的历史：二十世纪上半叶中国的诙谐文化》中提出笑声与泪水是构成中国现代文学的一体两面，正是有鉴于中国现代文学史中笑声处于边缘化状况，该书大力挖掘喜剧文化，将20世纪20年代的通俗滑稽文学、30年代的喜剧电影与40年代的游戏话语整合为一部中国现代诙谐文化的系谱学。雷勤风以此为基础，于2015年出版了 *The Age of Irreverence: A New History of Laughter in China*（中译本名为：《大不敬的年代：近代中国新笑史》，许晖林译，台湾麦田出版社2018年版），在2017年获得列文森图书奖。

在《笑声的历史：二十世纪上半叶中国的诙谐文化》中，现代喜剧文化浮出地表，也是"被压抑的现代性"的工程之一，这给张俭带来启发，但20世纪40年代的环境极其复杂，笑声更麻烦多多。她把"笑声"作为一个"关键词"，"用以涵括所有采用戏仿、反讽、讽刺、闹剧、漫画化、滑稽、俏皮话、荒诞等手法或特征的喜剧文学想象"。这份"菜单"使喜剧的领地大为扩展，其中"漫画化"即书中的《钢笔与口红》，是苏青、潘柳黛与张爱玲这三位当红作家的讽刺画像，令人开颜。通过对悲剧、喜剧的现代性遭遇做理论梳理来为"乱世的笑声"正名，是一种智巧的选择，也使这本书成为具有开拓性的文学类型学研究的专著。

开头的"问题意识"部分值得注意，与一般文献综述不一样，涉及不少中外文学理论。应当说这方面张俭颇得益于在香港科技大学所受的理论训练，人文学院的几位老师，如郑树森教授乃是詹明信（Fredric Jameson）的高足，是文学与电影类型学专家，另一位高辛勇教授以精通文学理论而著称于北美汉学界，而张俭所师从的陈丽芬教授也专开文学理论课程，以批评之批评见长，见到学生言必称周蕾或本雅明就会皱眉头，告诫他们要学会批判思维，不要人云亦云。这一点在书里也有所表现，如巴赫金关于中世纪民间狂欢节中肉体化、世俗化的笑声对于占统治地位的权力和真理具有"颠覆"性，此说被当代文学与文化批评广泛引用，而张俭则持异议，她同意埃科对巴赫金的批评，但结合20世纪40年代的历史实际更有所引申："如果我们把笑声的文化功能局限在'抵抗'和'颠覆'，限制了笑声的自由，也远远低估了笑声的丰富和复杂，也忽略了笑声作为一种文化的情感模式中所蕴含的情感认同和感觉经验的表达功用。如果我们看看40年代上海的城市喜剧，老派小报的各种故事新编、城市八卦戏仿，张爱玲所写的上海人'满脸油光的微笑'，还有杨绛式的'会心微笑'，远非'抵抗'或'颠覆'能言尽。"

书中关于平襟亚的章节使人忍俊不禁，此人是厉害传奇角色,游走在小报之间,专和社会名流打笔墨官司。1926年被女文豪吕碧城告上法庭,他在苏州避祸期间写了长篇小说《人海潮》而一鸣惊人。30年代创办中央书店,出版通俗小说等各类图书,包括《鲁迅选集》等共计七八百种,成为出版界巨擘。也挂起律师牌子,编写《刀笔评论文选》等书,以"犀利尖刻"为标榜,教人如何打官司、做翻案文章。因此若把一顶鸳鸯蝴蝶派帽子按在他头上,恐怕是会被戳破了的。40年代沦陷上海期间平襟亚创办《万象》杂志,一时间风生水起。他自己发表《故事新编》系列,无论是娱乐明星还是不良奸商,甚至是令人闻之色变的"七十六号"特工头目李士群之妻与日本占领者,都成为他讽嘲戏谑的对象。其实这是平襟亚的一贯做派,颇有市井底层的草莽气。一般认为《故事新编》从鲁迅的同名小说集而来,当年鲁迅说《故事新编》中的小说大多"油滑",并自我批评说"油滑是创作的大敌",以后"决计不再写这样的小说"。有趣的是张俭指出平襟亚的《故事新编》"大肆发挥"了鲁迅的"油滑",大约已吸取了安敏成的把"油滑"看作"鲁迅最为激进的创造性要素"的观点。确实"油滑"是个值得探讨的话题,但是如果从"犀利尖刻"角度看,平襟亚或许是得了"绍兴师爷"

真传的。

20世纪20年代是鸳鸯蝴蝶派的黄金时期，而在这本书里我们看到该派在40年代卷土重来，包天笑、徐卓呆、范烟桥、张恨水、程小青、郑逸梅、顾明道、陈小蝶、孙了红、王小逸等老一辈鸳鸯蝴蝶派几乎全部出动，又加入胡山源、周楞迦、予且等，包括施济美、周炼霞等女作家，她/他们属于新生代，当然自成面目，无怪乎主编陈蝶衣反对把《万象》称作"鸳鸯蝴蝶派刊物"。1942年10—11月他组织了一次"通俗文学运动"的讨论，除自撰《通俗文学运动》长文外，参加讨论的丁谛、胡山源、周楞迦、予且、文宗山、危月燕等皆为新一代作家，话题涉及五四新文学、通俗文学、鸳鸯蝴蝶派、白话文、大众语、欧化语等，其实是在回顾现代文学的历史，试图消除新旧界限，给"通俗文学"重新定义。虽然在战乱中很难谈得上"运动"，却是一次新的海派通俗文学力量的集结与宣示，且对于"通俗文学"、"鸳鸯蝴蝶派"等概念的历史演变来说，是值得重视的。

迄今对于"通俗文学"或"鸳鸯蝴蝶派"的研究还是一门年轻学科，尚须大力推进。这本《乱世的笑声》把新旧并置在一起，有助于增进对20世纪40年代文学的整体理解，这是一种可喜的突破，也别具一种历史目光朝下的意趣。张俭先是在中山大学师从已故程文超教授，已开启其通俗文学与都市文化的研究之旅，能取得今天的成绩乃多年积学所致。譬如我因为自己对于周瘦鹃研究抛掷多年心血，能略知其中甘辛，且不说有人觉得吃力不讨好，其实不容易做。不仅"通俗"领域幅员广大，而且旧派拥抱古典文学与传统文化，还须打通古今，另外如能掌握一些文学与文化研究的理论，就更能深入其堂奥。如书中论述徐卓呆的滑稽世界与人物时，借用了巴赫金的"时空体"（chronotope）概念与骗子、小丑、傻子三种喜剧人物功能的论述，张俭从欧洲小说发展的脉络中来理解"时空体"，且在中国"滑稽"传统中做了一定的调适，我觉得这样使用理论的方法是健康的。徐卓呆的不少"恶作剧"小说与传媒"骗局"有关，这是他的独特而重要的现代性特征，张俭从弗莱关于喜剧中骗子的作用"常常是结构性的而不是语义性的"论说得到启发，揭示徐卓呆的"恶作剧"滑稽故事的套中套装置：读者在阅读过程中进入"骗局"时，作者叙事行为本身是个骗局，不知不觉读者已陷入其中，故事最终解套，而读者在惊喜中发觉自己也是被捉弄的。

徐卓呆常以广告、书信为媒介讲骗局故事，原来他对传媒颇有研究。他撰写《模范广告术》，从1918年8月至1919年3月在周瘦鹃主编的《先施乐园日报》上连载，对欧美各国商品广告进行介绍与批评，附有二三十幅广告图。接着从1919年3月至8月又连载他的《近世商略》，是对西方商业与商品的研究。徐卓呆被称作"东方卓别林"，他不光写滑稽小说、演新剧、拍电影，还是个传播学的先驱者。无独有偶，20世纪二三十年代的上海被称作"东方巴黎"，其实作为世界都会之一，它在经济体制、时尚潮流与生活方式方面与巴黎、纽约、伦敦、东京等大都会具有同一性与差异性。而"通俗文学"本来就和都市发展唇齿相依，徐卓呆对西方广告术的兴趣与介绍只是个小插曲，却富象征意味。自20世纪末以来所谓"全球城市"（global cities）迅速成为显学，本雅明的"拱廊计划"、"城市漫游者"等为学者津津乐道，有关都市文学和文化的理论与方法的著作较过去呈现几何等级般涌现，因此我想选择性地、恰当地借鉴或挪用有关理论资源是完全必要的。

读者不难发现书中的文学与戏剧部分，张爱玲各占一章节，特别扮演了"跨界"的角色，这么复调处理，似有重中之重的意思。的确，对于张俭，张爱玲似乎是测试其文学理论与细读技艺的试金石,也是伴随她这一代的青春阅读体验。事实上书中论述张爱玲的两节可见其高山流水的愉悦与语不惊人的焦虑。由是我想起与张俭讨论到张爱玲的情景,虽有导师之责,也不免捉襟见肘。记得张俭爱笑,喜剧的笑,不像张爱玲笑得苍凉,却不无诡异,有一回好像说起张爱玲形容"小奸小坏"的地方,便是那种笑,顿时使我想到王国维的"隔"与"不隔"的话头,对于张爱玲或张俭的张爱玲,都有点惘然起来。

最后想指出一个不该"被冷落的缪斯"——书中再三致意的"俏皮话"。张爱玲的这一日常语言不啻是贯穿全书的主心骨。对张俭而言,"用我们熟悉的语调说着俏皮话……是本土通俗娱乐文化传统,也是写作的语言和叙述策略,甚至是一种世界观式的主题特质",她发现"乱世滑稽和城市的俏皮话中诠释战争的另类方法和想象形式,沦陷上海的上海通俗文学的日常战时书写所涉及的文学美学和政治话语,其意义和包含的问题并非'抵抗'和'颠覆'所能涵括"。其实这类表述频频呼应了对巴赫金的"颠覆"与"抵抗"说的质疑,实即透过"俏皮话"观照乱世人生,在更广阔的文明崩坏与创伤时代中理解普通人的充满滑稽与荒诞的生存处境,或即一种张爱玲式的"慈悲"与"苍凉"的同情。

　　总之,此书内容丰富,有趣而富于启示,我无须再饶舌剧透,以交给读者明鉴为好,是为序。

陈建华

2019年2月9日于沪上兴国大厦寓所

第一部分
战争、城市与俏皮话

第一章 「这样的一幕喜剧」：笑声作为问题意识

第一节 悲剧文类批评与历史动力 003

第二节 怎样的一幕喜剧：笑声的规限 008

第三节 麻烦的笑声 023

第二章 毁灭与更生：笑声舞台的建立

第一节 「趣味」、「保存元气」与笑声的舞台 048

第二节 戏仿、抵抗与传媒：平襟亚的『故事新编』 051

第三节 战时日常与滑稽：徐卓呆的『狡智』创造 080

108

目录

第三章
从「轻薄」到怪诞：张爱玲的俏皮话

第一节 「标准中国幽默」与城市的俏皮话 147

第二节 「轻薄」的笑声：超越讽刺 156

第三节 浮华与怪诞 171

第二部分
笑声舞台的文化政治 199

第四章
战时舞台喜剧论述 204

第一节 「磨炼」喜剧：崇高的笑声与战时伦理 204

第二节 「卖笑」的话剧：闹剧、趣剧与好莱坞 224

第三节 「多少有点壁垒森严」：张爱玲的跨界 238

第四节 麻烦的女人，麻烦的喜剧：李健吾与《女人与和平》 248

第五章 从抵抗到超越：笑声的多重文化功能 257

第一节 客厅作为战场：社会性别、中产阶级与救亡 262

第二节 乡土、野性与笑声：李健吾的《青春》 278

第三节 客厅笑话与城市风俗：杨绛的喜剧 304

结语·余声 335

参考文献 350

后记 383

目录

第一部分

战争、城市与俏皮话

第一章
"这样的一幕喜剧":笑声作为问题意识

我们现在需要血的文学和泪的文学。

——1921,郑振铎《血和泪的文学》

眼泪也不过是身外物。

——1944,张爱玲《红玫瑰与白玫瑰》

历史迫使作家按照他无法掌握的种种可能因素来意陈文学。

——罗兰·巴特《写作的零度》

第二次世界大战结束的前一年,张爱玲在沦陷的上海蜚声文坛时,迅雨(傅雷)曾这样批评《倾城之恋》:

因为是<u>传奇</u>(正如作者所说),<u>没有悲剧的严肃、崇高和宿命性</u>;光暗的对照也不强烈。因为是传奇,情欲没有惊心动魄的表现。几乎占到二分之一篇幅的调情,尽是些玩世不恭的享乐主义者的精神游戏;尽管那么机巧,文雅,风趣,终究是精练到近乎病态的社会的产物。……<u>这样的一幕喜剧,骨子里的贫血,充满了死气,当然不能有好结果。疲乏,厚倦,苟且,浑身小智小慧的人,担当不了悲剧的角色。</u>[①]

这一段 60 多年前的批评文字,奇异地印证了当代西方马克思主义者詹姆逊(Fredric Jameson)所说的马克思主义文学批评对文类观念的"策略性价值"的钟爱。詹姆逊认为文类是马克思主义文学批评传统里的一个策略性的关键词,从第一个马克思主义批评的文本即恩格斯《给 Lassalle 的信》开始,到卢卡奇的批评著作,其实都是关于文类的批评,通过研究某种文类,把握形式与社会历史的关系。文类观念的策略性价值"明确地存在于文类概念的调解功能(mediatory function),它使我们能协调个别文本的内在形式分析与形式

[①] 傅雷:《论张爱玲》,载《傅雷全集》第 17 卷,辽宁教育出版社 2002 年版,第 162 页。横线为笔者所加。

的历史、社会生活进化的孪生历时视角"[1]。傅雷的文学批评基于几个文类的关键词：悲剧、喜剧、传奇。以对悲剧、喜剧、传奇等文类的价值判断为基础，这段话展示了傅雷对文学形式、风格与现代社会文明之间的关系的理解。在他看来，悲剧——准确来说是西方古典悲剧——是最高等级的艺术形式，它的特征——严肃、崇高和宿命感——也就是艺术的最高标准；中国的、传统的、通俗的文类"传奇"，不过是陈旧的、刻板的、乏味的，因而无法精彩地表现人性深度与复杂性的一种文类；而喜剧，尤其是人物如此平庸的喜剧，当然无法与悲剧相比。傅雷认为《倾城之恋》这种喜剧根植于现代都市文明，他甚至用人体学的隐喻——"骨子里的"、"贫血"的、充满肉体腐败气息的——来形容"这样的一幕喜剧"，断言它就像"病态的"现代都市文明，同样缺乏生机和再生的力量。

《倾城之恋》的确是一出喜剧。"疲乏，厚倦，苟且，浑身小智小慧"的人，是喜剧里最常见的人物。早在古希腊，

---

[1] Fredric Jameson, *The Political Unconscious: Narrative as a Socially Symbolic Act*, Ithaca, New York: Cornell University Press, 1981, p.105.

亚里士多德就已经告诉我们，喜剧里的主人公就是比普通人差、比今天的人差。[①] 它的结构也和许多古典喜剧一样，结局坏人好人都没死（就连逃亡的印度公主在战争中也没死掉），还有一场结婚的喜宴（虽然饭菜寒苦），传奇圆满地收场。故事的最后一个场景，流苏"笑吟吟地把蚊香踢到桌底下去"。后世的张爱玲研究里往往强调《倾城之恋》再现了"娜拉出走后"的女性困境的悲剧[②]，傅雷倒是非常敏锐地注意到了这篇小说令他不满的喜剧特征。

在傅雷批评《倾城之恋》的人物缺乏担当悲剧的力量时，我们可以推测，傅雷心目中的《倾城之恋》本该是一个悲剧，是一个讲述娜拉出走之后所面对的艰难处境和社会现实的悲剧，它本应该是一个"旧家庭压迫"、"娜拉出走之后"的悲剧。然而，它没被写成像《金锁记》那样展现人性与社会道德之间激烈冲突的纯粹圆满的悲剧，而且还掺杂了许多意义可疑的杂质："因为她阴沉的篇幅里，时时渗入轻松的笔调，

---

① 〔古希腊〕亚里士多德著，陈中梅译注：《诗学》，商务印书馆1996年版，第38页。
② 艾晓明：《反传奇——重读张爱玲〈倾城之恋〉》，《学术研究》1996年第9期，第81—86页。

俏皮的口吻，好比一些闪烁的磷火，教人分不清这微光是黄昏还是曙色。"肤浅的调情、机巧的风趣，溢出了悲剧意义有机完整的圈子。就连其故事背景——第二次世界大战中的香港沦陷，一出带来无数家破人亡、残垣断壁的现实中的悲剧，也不过成全了一对男女的浪漫史，"倾城大祸""不过替他们收拾了残局"。[①] 也就是说，本是最为惨烈的叙事材料，被张爱玲处理成喜剧中常见的改变主人公厄运和困境的"机器神"(Deus ex machina)。小说结尾白流苏得意而无声的笑，最终击碎了傅雷心目中的那一出悲剧。

当白流苏的笑声击碎了傅雷心目中的悲剧模式时，许多问题也随之而出。在历史书写中，这段战争充满了饥饿、黑暗、流亡、焦虑和恐怖的故事，这成问题的笑声提醒我们，历史事件是否会在文学想象中敞开多种阐释的可能？在历史创伤中是否能发笑？战争如何影响作家的都市想象和性别书写？不同的文类形式如何影响历史叙述？而首先需要探究的是，在 20 世纪上半叶感时忧国、"涕泪交零"[②] 的中国现代文

[①] 傅雷：《论张爱玲》，载《傅雷全集》第 17 卷，辽宁教育出版社 2002 年版，第 163 页。

[②] 刘绍铭：《涕泪交零的现代中国文学》，台湾远景出版社 1979 年版，第 4 页。

学中，一种悲剧、喜剧等级化的文类观念是如何建立起来的?

第一节 悲剧文类批评与历史动力

傅雷对"这样的一幕喜剧"的不满，让人联想到诺思罗普·弗莱（Northrop Frye）对马克思主义文学批评家马修·阿诺德（Matthew Arnold）的批评。弗莱指出，阿诺德心目中的头等试金石都选自史诗和悲剧，用史诗和悲剧的尺度来给作家分等级，乔叟和彭斯被阿诺德贬为二等作家，是因为他受这样一种感情支配：喜剧和讽刺应该像他们所代表的社会阶层和道德标准一样，要安分守己，不要越轨。试图建立起一种科学客观的文学类型研究的弗莱，批评阿诺德其实是通过文学批评来推行一种社会态度，试图把圣经的秩序带到文学中来。而"每一种审慎地确立起来的文学价值等级的体系，虽未道破，却都是以一种社会的、道德的或知识的比较作为基础的"[1]。同样地，傅雷等级化的文

---

[1] 〔加〕诺思罗普·弗莱著，陈慧等译：《批评的剖析》，百花文艺出版社1998年版，第31页。

类观念，他对喜剧、本土传奇的不满，正是基于对西方/中国、现代/传统等知识的和道德的比较。傅雷成长于五四时期，于20世纪40年代翻译了大量西方文学作品，借鉴参照的是一种西方的文学价值体系，他的观点很典型地代表了现代中国文化转型以来知识界所建立的一种价值秩序和文学价值等级观念。

"悲剧"、"喜剧"这两个文类的概念在20世纪初被引进、翻译和介绍到中国时，就与中国知识分子对本土传统叙事文类及喜剧的贬低联系在一起。被认为是第一个系统地把西方哲学和美学理论引进中国的王国维，1904年写《红楼梦评论》时，就把悲剧看作中国文学传统中缺乏的，然而是最有美学价值和伦理学价值的一种"文学精神"。以叔本华和老子的契合处为起点，王国维论道：生活的本质在于有欲望，有欲而不足，人生于是充满忧患与劳苦，文学艺术的价值便在于描写"生活之欲"的痛苦并提供"人生苦痛之解脱之道"。[①] 而"吾国人之精神，世间的也，乐天的也，故代表其精神之戏

---

① 王国维：《红楼梦评论》，载《王国维文学美学论文集》，北岳文艺出版社1987年版，第1—9页。

曲小说，无往而不着此乐天之色彩"①。中国人乐天世俗的精神，决定了叙事文学里乐天的特质，故事的结局都是善恶有报的喜剧大团圆，只有《红楼梦》，能与这种乐观的国民精神相悖，写出"生活之欲"与人生痛苦的真相，它的美学价值便在于它的反喜剧、它"彻底的悲剧性"："《红楼梦》一书，与一切喜剧相反，彻头彻尾之悲剧也。……又吾国之文学，以挟乐天的精神故，故往往说诗歌的正义，善人必令其终，而恶人必离其罚，此亦吾国戏剧小说之特质也。"② 王国维借用叔本华对悲剧的分类，有恶人造成的悲剧，有命运的悲剧，有普通人的普通境遇造成的悲剧，"彼示人生最大之不幸非例外之事，而人生之所固有故也"③。第三种悲剧的根由不是

---

① 王国维：《红楼梦评论》，载《王国维文学美学论文集》，北岳文艺出版社1987年版，第10页。此文同页又提道："始于悲者终于欢，始于离者终于合，始于困者终于亨，非是而欲餍阅者之心难矣。若《牡丹亭》之返魂，《长生殿》之重圆，其最着之一例也。……此《红楼梦》之所以大背于吾国人之精神，而其价值亦即存乎此。"

② 王国维：《红楼梦评论》，载《王国维文学美学论文集》，北岳文艺出版社1987年版，第10—11页。

③ 王国维：《红楼梦评论》，载《王国维文学美学论文集》，北岳文艺出版社1987年版，第11页。

人性之恶，也不是命运的作弄，而是普遍性的普通人固有的欲望交错，揭示的是人生的真相。

因而，在王国维以"欲望"为基点的美学论述里，悲剧是一套以再现人生固有的欲望与不可避免的痛苦为基础、最终指向"离欲"和"解脱"的欲望叙述机制。亚里士多德所说的净化和恐惧的精神洗涤，在王国维那里是近于佛道的离欲和解脱，悲剧因而具有美学价值和伦理学价值。在"值数千年未有之钜劫奇变"的晚清，"体素羸弱，性复忧郁"[①]的王国维在寻求人生的慰藉和思考文化出路时[②]，悲剧成了人世苦海的涉渡之舟，具有（或者说是被寄托了）拯救文化困境和摆脱人生苦难的巨大的精神能量。

当中国的传统叙事文学被概括为一个喜剧大团圆的文学传统时，"喜剧"这个文类概念其实无法与中国传统的诙谐、滑稽文化经验吻合。中国悠久的滑稽传统，可以上溯到《诗

---

① 陈寅恪：《王静安先生遗书序》，载《王国维遗书》卷一，上海古籍出版社1983年版。
② 关于命运多舛的王国维是如何在寻求人生慰藉中思考文化出路的选择，参见拙文：《沉寂的忧思：王国维的人生慰藉与文化焦虑》，《东方文化》2003年第1期，第112—117页。

经》中的谐趣、先秦的寓言、公元前五六世纪开始的俳优和滑稽调笑表演,《史记》里载有专章《滑稽列传》,南朝与三国笔记各有《世说新语》与《笑林》,宋代《太平广记》中专有《诙谐》《嘲诮》收编前代滑稽笑话,元代有关汉卿的戏曲,晚明冯梦龙的《广笑府》《笑史》《雅谑》等,清代《儒林外史》、张南庄借鬼讽世的奇书《何典》,清末吴趼人的《新笑林广记》《新笑史》,还有大量"以痛哭流涕之笔,写嬉笑怒骂之文"[①]、五四文化改革者所说的"谴责小说"和"黑幕小说",以及在民初杂志上的各种"滑稽小说"。也早有学者总结,中国人有着非凡的"幽默",创造了充满了幽默和笑声的文明遗产。[②] 这些带着"滑稽"、"笑"、"谐"等字眼的文艺作品,只有一小部分算得上是西方文学意义上的"喜剧"。一直到 20 世纪 80 年代王季思主编的《中国十大古典喜剧集》,也无法清楚地界定喜剧的概念,只有"喜剧性矛盾"和"引

---

① 吴沃尧:《李伯元传》,载《李伯元研究资料》,上海古籍出版社 1980 年版,第 10 页。

② Henry W. Wells, *Traditional Chinese Humor*, Bloomington: Indiana University Press, 1971, pp. 8-9.

人发笑"等关于喜剧特征的描述。①

比西方文类概念的引入是否能适用于本土的文学经验、归纳是否误用等更引人省思的,是在这种"文化错位"过程中展露本土文化思考者建立文化主体性和文化改革的努力,以及关于悲剧的论述如何最终影响了当时的文化文学形态。正如刘禾所说,从西方翻译、引介的文类概念,本身带有殖民身份的印记。在文化变革者那里,这些引进的文类概念彻底颠覆了"中国经典作为中国文化和中国文学的意义的合法性的源泉"②。以西方现代文化为参照物,自我反省出一种"吾民之精神"和文化特质,以否定性的方式重构本土文化文学传统中的"匮乏物",是晚清的文化危机中文化思考者的悲剧论述方式。

到五四时期,这种悲剧论述更鲜明地成为文化改革和文学改良工程的一部分。十多年后,胡适响应了王国维的观点,认为"中国文学最缺乏是悲剧的观念",悲剧观念的第一要点

---

① 参见王季思主编:《中国十大古典喜剧集》,上海文艺出版社1982年版,第1—23页。
② 〔美〕刘禾著,宋伟杰等译:《跨语际实践——文学,民族文化与被译介的现代性(中国,1900—1937)》,生活·读书·新知三联书店2002年版,第332页。

就是"承认人类最浓挚最深沉的感情不在眉开眼笑之时,乃在悲哀不得意无可奈何的时节"①。王国维笔下具有超越性的美学和伦理能量的悲剧精神,在五四时期成了实用而具体的良药,可以用于挽救没落的传统戏剧和国民道德思想。相应地,对本土传统嬉闹、滑稽等泛喜剧文类的整体性贬低成了文化改革论述的组成部分。周作人列出的"妨碍人性的生长"和"破坏人类的和平"的十种中国传统文学,就包括以《笑林广记》为代表的"下等谐谑书类"、以《三笑姻缘》为例的"才子佳人类"、晚清的"黑幕小说"等引人发笑的文学,跟写色情迷信、神仙妖怪、强盗奴隶作为"非人的文学"统统应该抛弃。

事实上,20世纪初中国知识界对西方文化庞杂的汲取中,有许多关于喜剧、诙谐的理论,作为现代西方哲学和心理学的"知识"被引入。《东方杂志》1913年载钱智修翻译的美国论文《笑之研究》,介绍从17世纪开始的心理学家、哲学家到近代的柏格森(Henri Bergson)对诙谐、喜剧的研究;1916

---

① 胡适:《文学进化观念与戏剧改良》,载《民国丛书》第一编93卷,上海书店出版社1989年版,第207页。此文原载《新青年》1918年第5卷第4号《戏剧改良专号》。

年又再度连载章锡琛从日本杂志《东洋哲学》翻译的《笑之研究》;[①]后来成为中国共产党内著名马克思主义理论家的张闻天,在1921年翻译出版柏格森专论喜剧的美学著作《笑之研究》。柏格森对于笑和诙谐的哲学与心理学研究、"机械的生命力"的解释是对人类情感心理研究的重要现代文明成果,但这些关于笑声和喜剧的知识被淹没在五四文学革命的大潮中,并没有成为有影响力的文化论述。

在王国维写《红楼梦评论》的20年后,《红楼梦》被鲁迅称为不过是"敢于实写"的"小悲剧"而已。[②] 悲剧更为明确地成了一盏"睁了眼看"、照亮"怯弱"、"懒惰与巧滑"等诸种"国民劣根性"的强烈的探照灯。鲁迅的悲剧论述跟王国维的欲望—悲剧叙述所指向的"解脱"不同,在他看来,悲剧的力量不在于让人从欲望的痛苦中解脱,而在于它对令人不满的现实的"写实"特征。他反对"瞒与骗",真实地写

[①] 参见钱智修:《笑之研究》,《东方杂志》1913年第10卷第6号、10号;章锡琛从日本杂志《东洋哲学》翻译的《笑之研究》(《东方杂志》1916年第13卷第11、12号)介绍近代心理学家对诙谐、滑稽的研究。

[②] 鲁迅在《论睁了眼看》中写道:"《红楼梦》中的小悲剧,是社会上常有的事,作者又是比较的敢于实写的,而那结果也并不坏。"(载《鲁迅全集》第1卷,人民文学出版社2005年版,第253页)

出人生的悲剧，便意味着作者有直面人生的勇气、真诚的写作态度。

自文学革命家呼吁"血与泪的文学"开始，从民族救亡到阶级解放，整个"东方红"的历史叙事就是一个关于血、泪、饥饿、死亡、苦难的悲剧。直到今天，在国内当代文学批评里，尽管民族解放、阶级等话语已经在21世纪的当代中国里淡化，但无论是学院还是传媒的文学评论里，对"苦难书写"的呼喊一直没有消失。这就不难理解，在20世纪80年代末开始的"重写文学史"的大潮里，中国现代文学史里的喜剧或作品里的笑声，会成为文学和文化研究策略性的切入点，作为边缘化的、被掩盖的、被忽略的文学再现方式，重现描绘中国现代文学的悲剧叙事主流之外的那些复杂的情感结构和文学形式，以对抗民族论述的、写实主义的主流话语，召唤那些"被压抑的现代性"。王德威以"闹剧"和"怪诞现实主义"来阐述晚清谴责小说的荒诞滑稽、夸张的笑声和鬼魅之气，揭示对价值论的颠覆性的力量[1]；对于文学史中

---

[1] 参见〔美〕王德威著，宋伟杰译：《被压抑的现代性：晚清小说新论》，台湾麦田出版社2003年版。

被认为是经典的"个人主义悲剧"的《骆驼祥子》，王德威在其中发现了闹剧和情节剧的形式成分，这些形式质疑社会现实的各种文化道德符码，笑声的狂欢不断地偏离"写实主义的金科玉律"。[①] 近年傅葆石（Poshek Fu）、吴国坤（Kenny Ng）对张爱玲喜剧电影的研究，可以说都是把笑声作为涕泪交零的文学史的"对抗的记忆"（counter-memory）。

在中国现代文学的痛哭流涕与嬉笑怒骂的两端，无论是着眼于"血与泪"的悲剧，还是着眼于"笑声"，论述对象的选取本身似乎就蕴含了方法论和意识形态的差异。在《历史与记忆：全球现代性的质疑》里，王斑论证，20世纪初文化变革期知识分子的悲剧论述是遭受现实创伤时建构主体性的一种文化实践。他把悲剧和写实两条思想线索合称为"悲剧—现实的历史呈现"[②]，认为从晚清王国维到五四时期的胡适、鲁迅等文化改革者对悲剧意识的呼唤、对传统"团圆主

---

① 〔美〕王德威：《茅盾，老舍，沈从文：写实主义与现代中国小说》，台湾麦田出版社2009年版，第160页。
② 〔美〕王斑：《历史与记忆：全球现代性的质疑》，牛津大学出版社2004年版，第40页。

义"的摒弃，是"睁开眼睛看"①指向现实主义的历史意识。他强调他们的悲剧观念里有"现代悲剧的摧毁性和非理性的因素"，是"现代主义的悲剧视角"来指向"现实主义的历史意识"②，这种悲剧历史叙述因而显得更为"现代"。

王斑这一研究显然响应了詹明信"Always Historicize!"的号召，以批评在后现代主义、后殖民历史观影响下将五四时期民族国家话语与后来的主流话语、霸权话语相提并论的那些"反论述"③，试图在晚清到"五四"的历史语境里重申悲剧论述的历史正当性。问题是，当"现实主义"被看成关怀现实、直面历史创伤苦难体验的一种"悲剧精神"，而非一种逼真模仿的文学符码构成方式时，我们该如何理解作家个体

---

① 〔美〕王斑：《历史与记忆：全球现代性的质疑》，牛津大学出版社2004年版，第43页。

② 〔美〕王斑：《历史与记忆：全球现代性的质疑》，牛津大学出版社2004年版，第81页。

③ 〔美〕王斑：《历史与记忆：全球现代性的质疑》，牛津大学出版社2004年版，第14页。王斑对杜赞奇（Presenqi Duara）的批评参见该书第19页。王斑认为20世纪30年代左派电影里对创伤和悲剧再现比当时"主流的商业电影"更为激进。很吊诡的是，在资本主义全球化成为单一垄断话语的危机里，在第三世界国家立场上强调被压迫者、受难者建立民族国家话语的历史，恰恰也是在后殖民主义大潮里的产物。

的创造、文化产品与历史现实之间的关系?文学与历史之间是否存在一种透明的解释关系?在遭受创伤的历史时刻,悲剧论述是不是受创者建立文化主体性的唯一方式?如果说在一种文化变革的历史动力中,20世纪上半叶的知识分子建立起一种等级化文类论述是不可否认的历史事实,那喜剧何为?我们又如何解释现代文学中那些笑声的存在?

钱锺书《围城》里一段关于战争经验的令人发笑的描述凸显了以上的问题,提醒我们去省思历史创伤和悲剧叙述之间、讲述者的意图和听众效果之间那种无法直接透明化的关系:

> 以后这四个月里的事,从上海撤退到南京陷落,历史该如洛高(Fr. von Logau)所说,把刺刀磨尖当笔,蘸鲜血当墨水,写在敌人的皮肤上当纸。……方老先生和凤仪嚷着买鞋袜;他们坐小船来时,路上碰见两个溃兵,抢去方老先生的钱袋,临走还逼方氏父子反脚上羊毛袜和绒棉鞋脱下来,跟他们的臭布袜子、破帆布鞋交换。方氏全家走个空身,只有方老太太棉袄里缝着两三千块钱的钞票,没给那两个兵摸到。旅沪同乡的商人素仰方

老先生之名,送钱的不少,所以门户又可重新撑持。方鸿渐看家里人多房子小,仍住在周家,隔一两天到父母处请安。每回家,总听他们讲逃难时可怕可笑的经历;他们叙述描写的艺术似乎一次进步一次,鸿渐的注意和同情却听一次减退一些。①

这一段关于战争经验的文学描述,帮助我们理解文学想象中历史叙述的复杂性。1937年中国在日本的侵略中节节沦陷,在后世的历史记录里自然该是一段以血和刺刀作比喻的战斗史。然而叙述者对历史苦难一笔带过,简略得让人怀疑洛高"血与刺刀"的比喻得以出现不过是因为这位博学的叙述者有"掉书袋"的习惯。可以肯定的是,叙述者的兴趣和叙述的重心明显在于闹剧般的逃难经历。历史事实有可能是"可怕"的,也可能是"可笑"的,方家这一段带着臭袜子味的逃难经验,它的喧嚣扰攘、平庸琐碎,与开头一笔带过的对残酷战争的简略概括形成鲜明的对照。战争经验可以拿来调侃,现实中的创伤在舞台上可能变成一出闹剧。这个例子

---

① 钱锺书:《围城》,人民文学出版社1981年版,第36—37页。

证明，现实的悲剧历史在作家的文学书写中完全有可能是引人发笑的。而更为吊诡的是，正如方鸿渐的感受所展示的，这些受难的历史和悲惨叙述，如果放在一个叙事者和听众的关系中讨论，悲剧的意义就变得暧昧不清。受难者事后把苦难讲述得津津有味，甚至从中得到精神的满足，但是在读者、听众看来，这些悲惨经历被重复叙述，激起的不是怜悯或者恐惧——亚里士多德所说的悲剧效果——而是厌烦和无意义感。

"只要学者的论述还在有完没完地重写中国20世纪里的悲剧，中国现代文学就会面临类似祥林嫂的遭遇。"[①] 在其博士学位论文《笑声的历史：20世纪上半叶中国的诙谐文化》里，雷勤风（Christopher G. Rea）通过考察20世纪20年代印刷传媒通俗文化里的滑稽笑话、30年代的喜剧电影、40年代学者作家的语言游戏，试图建立一个中国20世纪上半期诙谐文化的系谱学。这篇关于中国现代诙谐文化的研究可以说是对上述两种不同研究方向的回应。他认为诙谐能建立情感认同，

---

① Christopher Gordon Rea, "A History of Laughter: Comic Culture in Early Twentieth-Century China," Ph. D. Diss., Columbia University, 2008, p. 17.

也参与建立文化主体性，笑声和泪水是一体两面的，都是文学和文化话语实践中情感的展现，"笑—泪的辩证"是中国20世纪上半叶的情感话语中最有影响的一个范式。[①]这项富于启发性的研究也引发了更多等待回答的问题：如果笑声是中国现代文化中重要的情感模式（affective mode），在充满悲剧的战争历史时期和具体的城市政治空间中如何生产出笑声的文化？笑声文化中是否充满了异质性？一个剧烈变动时代中文学的喜剧形式如何调解（mediate）种种残存的、新兴的文化价值和感知经验？在具体的历史政治空间中，城市大众、知识分子、革命者、抵抗者、来自各种"阵营"的人们如何看待不同性质的喜剧？如果我们考察傅雷在上海沦陷时期的文学批评，可以发现他在批评张爱玲的前一年，还称赞过杨绛的喜剧《称心如意》。[②]战争中的喜剧没有原罪，那么，如果不是"这样的一幕喜剧"，那应该是怎样的一幕喜剧呢？

[①] Christopher Gordon Rea, "A History of Laughter: Comic Culture in Early Twentieth-Century China," Ph.D. Diss., Columbia University, 2008, p. 17.

[②] 参见傅雷：《读剧随感》，载《傅雷文集》第17卷，辽宁教育出版社2002年版，第154页。此文原载《万象》1943年第3年第4期。

第二节　怎样的一幕喜剧：笑声的规限

到中国现在，讽刺是容易讨好的。前一个时期，大家都是感伤的，充满了未成年人的梦与叹息，云里雾里，不大懂事。一旦懂事了，就看穿一切，进到讽刺。<u>喜戏而非讽刺喜剧，就是没有意思，粉饰现实</u>。本来，要把那些滥调的感伤清除干净，讽刺是必须的阶段，可是很容易停留在讽刺上，不知道在感伤之外还可以有感情。①

在傅雷发表批评的一年后，张爱玲写了散文《我看苏青》。从这段文字看，她很清楚当时社会文化的阅读共识里对喜剧的规限。在她看来，从感伤的浪漫主义文学转为讽刺/现实的书写，是文学发展成熟的表现，但把讽刺喜剧看作唯一有价值的形式，同样是一种阶段性的限制性的文学观。而她自己并不赞同这种排他性的、单一刻板的喜剧观念。

---

① 张爱玲：《我看苏青》，载张爱玲：《流言》，中国文联出版社1993年版（据五洲书报社1943年版排印），第281页。

张爱玲时代的"喜戏",是当时城市日常消遣娱乐里的滑稽诙谐文化,包括印刷媒体上的游戏文字,舞台、游乐场和电影里的各种引人发笑的嬉闹节目。从晚清到民国,都市商业文化市场滋养并刺激嬉闹文化的发展,在晚清开始的印刷媒体文化里,笑声一直没有消失过。清末有《游戏报》等十多种滑稽小报和杂志,阿英1936年辑录的《晚清小报录》,辑录旨在令人发笑的晚清小报,有《笑笑》《笑报》《趣报》等以滑稽文字为主的报纸。[①]民初的游戏文字、滑稽文学在杂志上尤得青睐,十多种夹着"谐"、"戏"、"趣"等字眼的杂志刊登大量的滑稽作品,到处可见插科打诨、噱头笑料、时事讽刺。此外,舞台、影院、游艺场里还有滑稽表演。"民国时期的滑稽演出在游艺场、舞台、堂会、电台、影院等场所繁衍生长,涵盖趣剧、滑稽新戏、滑稽会串及滑稽大戏等各种形式。"在抗日战争中,上海的滑稽戏不但没有消失,沦陷后甚至"拥有了更频繁的演出机会,更纯熟的滑稽手法和更开阔的题材范围"。[②]

[①] 汤哲声:《中国现代滑稽文学史略》,文津出版社2000年版,第23页。
[②] 刘庆:《上海滑稽述论》,上海戏剧学院2006年博士学位论文,第60—61页。

从晚清到20世纪40年代，这种嬉闹文化经久不衰，即便是沦陷时期的上海，嬉闹文化并没有因为全面抗战的爆发和社会的混乱而消失，反而变得更为繁荣。在当时一位评论家语带厌恶的描述中，上海各种各样的嬉闹文化甚至到了"泛滥"的程度：

> 写剧难，写喜剧更是不易。虽然目前市面上上演着无穷无尽的"喜剧"、"闹剧"，然而真正具备风格的，或是得诸现实生活之提炼的，可以说是绝无仅有，那些泰斗是应了商业剧场之需要，粗制滥造，改头换面的赝品，结果当然都是千篇一律的什么流线型呀，热烈风趣呀，闻所未闻呀，搅七二十三呀，原来只是一个好莱坞和巴黎的噱头，色情的垃圾堆！……像目前如此动乱，淫糜，畸形发展的社会，要想产生大量真正艺术的剧作是不可能的，那些乱七八糟的"喜剧"、"闹剧"，真是反映这种吸血的商业社会的镜子。[①]

---

① 孟度：《关于杨绛的话》，《杂志》1945年第15卷第2期，第110页。

外国电影的进口，已经让卓别林，滑稽笑星劳莱、哈台成为20世纪三四十年代的上海观众家喻户晓的明星，国产电影里的嬉闹戏看起来像是好莱坞嬉闹文化的翻版，本土的滑稽明星韩兰根被称为"中国卓别林"，和他的搭档一起被称为"东方的劳莱和哈台"。张爱玲曾经描述上海的观众们对电影嬉闹场面的欣赏直接越过了电影说教的主题，在日本控制下拍摄的电影《万紫千红》，观众们真正欣赏的是男女主人公的互相捉弄的场面："李丽华为她的追求者煎了些臭鸡蛋，而他又送给空的冰淇淋杯子。"以及"把厨房弄得一团糟中国的劳莱和哈台"。[1]

这种嬉闹的文化从未进入文坛主流的法眼。1933年，对"文明戏"、上海"大世界"游艺场里的滑稽戏，鲁迅在一篇文章里表明了他的鄙夷，以为蒙着"幽默"之名的"油滑"、"轻薄"、"猥亵"，不过是"中国之自以为滑稽者"。[2] 郑振

---

[1] 张爱玲：《〈万紫千红〉和〈燕迎春〉》，载《张爱玲文集补遗》，中国华侨出版社2002年版，第251页。原载《20世纪》1943年第5卷第4期，第248页。

[2] 鲁迅：《"滑稽"例解》，载《鲁迅全集》第5卷，人民文学出版社2005年版，第360页。

铎批评晚清谴责小说时，以狄更斯的《滑稽外史》为例子来说明，一个"伟大的"、"上流的"小说家，写可笑可恨的人物时，应该保持客观摹写的态度，而不是冷笑嘲骂。[①]傅雷批评张爱玲的有些小说"幽默的分量过了分"，"悲喜剧变成了趣剧"，沾上了"轻薄味"[②]，继承了鲁迅评论文明戏和滑稽表演时的道德标准。这些贬义词都指向发笑者道德上的欠缺。正如西方的喜剧传统里高级喜剧与低级喜剧的区别一样，文化改革者的喜剧"高"与"低"的区分里，加入了道德标准——作家的态度要真诚、严肃。

五四启蒙文化对喜剧的规限既是道德的，也是形式的。传统大团圆的喜剧结局是"国民性"劣根性的表现，滑稽戏是"油滑"的，可笑的"黑幕"、"谴责"小说则同时代表着形式上的落后、陈旧和浅陋，而革除这些道德和形式上的弊端的出路在于"写实"。鲁迅对晚清"谴责小说"的著名论断"辞气浮露，笔无藏锋，甚且过甚其辞，以合时人嗜好，则其

---

① 郑振铎：《谴责小说》，载赵家璧主编：《中国新文学大系·文学论争集》，上海良友图书印刷公司1935年版，第384页。
② 傅雷：《论张爱玲》，载《傅雷全集》第17卷，辽宁教育出版社2002年版，第164—165页。

度量技术之相去亦远矣",和更为"堕落"的黑幕小说"有谩骂之志而无抒写之才"[①],皆指向一个"写实"的文学标准。笑声的合理性,不仅在于发笑者所处的道德和价值的优越位置,还在于与现实"真实"再现之间的紧密联系,而脱离现实的嬉笑谩骂和迎合观众猎奇脾胃的谑笑并不在其列。1933年在关于"幽默"和"讽刺"的论争里,鲁迅为"讽刺"辩护说:"并非是作家要去讽刺,而是因为现实生活中那些令人发笑的事情本身的存在,自然讽刺就自然生成了,只不过写实地写出来。""现在的所谓讽刺作品,大抵倒是写实。非写实决不能成为所谓'讽刺';非写实的讽刺,即使能有这样的东西,也不过是造谣和诬蔑而已。"[②] 写实/讽刺是"文学正确"和"道德正确"的发笑形式,在鲁迅看来,笑声来自于现实世界本身的荒谬和不合理,作家所要做的不过是真实模仿。他的小说塑造阿Q、孔乙己、四铭等可笑人物,嘲笑的是传统文化的权威和社会的荒谬现实,这样的讽刺喜剧基于对现实的

---

① 鲁迅:《中国小说史略》,载《鲁迅全集》第9卷,人民文学出版社2005年版,第291、301页。

② 鲁迅:《论讽刺》,载《鲁迅全集》第6卷,人民文学出版社2005年版,第278—279页。

逼真再现并捍卫真理道德价值，引发的是参与五四文化启蒙大业的笑声。

从五四时期的文学革命者到20世纪40年代的傅雷，知识分子都特别警惕满足大众猎奇心理的、展览性的、表演性的喜剧形式，然而，如果把喜剧性文学文本放在民国印刷传媒文化中进行考察，我们会发现作家们自觉地把符合大众脾胃的喜剧作为争取其文学文化话语权力、争取读者市场的一种实践策略，喜剧往往成为打破精英/通俗二元两分的文类形式。正如陈建华在《革命与形式》一书中所论述的，在民国初年现代印刷传媒文化的占领之战中，小家庭喜剧的文学想象为"文学革命"到"革命文学"的转变发挥了作用。小家庭喜剧本身就是为争取小资产阶级读者所用的一种写作策略，通过展现家庭的空间里的夫妻矛盾，以通俗性的喜剧策略以使读者认同其"革命"的隐喻。[1] 也就是说，笑声在捍卫"现实"和"真理"时，以其特有的通俗特质在商业文化市场里参与了文化权力的争夺战，那么，在其"向下"的通俗与

---

[1] 陈建华：《革命与形式——茅盾早期小说的现代性开展》，复旦大学出版社2007年版，第21页。

"向上"的启蒙文化价值之间,在读者/观众的审美效应和作者意图观念之间,笑声的生产过程中蕴藏了各种暧昧的可能。

更有意思的是,在讽刺/写实为主流的现代文学历史里,即便是胡适这个被认为是悲剧—现实主义论述的开创者,文学实践也会与其所倡导的文学理念相左。胡适认为西方文学体裁的丰富可作为中国文学的模范,他所列举的西方文学体裁里,有"讽刺戏","用嬉笑怒骂的文章,达愤世救世的苦心"①,然而他自己的"牛刀小试"——话剧《终身大事》——却是一出愉快的中产阶级客厅喜剧,写一个活泼的女孩在开明的父亲的支持下,反对保守母亲的婚姻安排,一点也不"愤世救世"。胡适自己也认为这出话剧是"英文里的Farce",是"游戏的喜剧"。②在《中国新文学大系·戏剧集》(1917—1927)的序言里,洪深回顾"五四"十年的戏剧改革时,暧昧地承认《终身大事》"尽管性格夸张"——言外之意是这喜剧不免有点像闹剧——但也立即为之辩护,"也可以说是一

---

① 胡适:《建设的文学革命论》,载《民国丛书》第一编93卷,上海书店出版社1989年版,第94页。原载《胡适文存》,上海亚东图书馆1928年影印本。
② 胡适:《终身大事》序,载《民国丛书》第一编93卷,上海书店出版社1989年版,第283页。原载《胡适文存》,上海亚东图书馆1928年影印本。

出反映生活的社会剧"①,掩盖它的游戏性,把它拉回"反映现实"的阵营。这一出被后人称为"现代喜剧之始"②的游戏之作,提醒了我们文学文本与作家文化论述之间的差异和分裂。笑声的力量,或者说是喜剧的形式力量,常会突破作家理性意识和文化意图的限制,越出讽刺——写实文学的边界。麻烦的喜剧,麻烦的笑声。

第三节 麻烦的笑声

喜剧是一个麻烦的文类。意大利符号学家翁贝托·埃科(Umberto Eco)的小说《玫瑰的名字》(*IL Nome Della Rosa*)中,展示了两种截然不同的对笑声的阐释和态度。书中所有疑团的关键是亚里士多德那部失传了的《诗学》第二卷,里面据说记录了这位伟大的哲学家对喜剧的看法,主人公威廉修士和图书管理员瞎子豪尔赫对这部喜剧之书的态度迥异。威廉认为,亚里士多德把"笑"的倾向视作一种积极的力量,

---

① 见赵家璧主编:《中国新文学大系·戏剧集》,洪深"序",上海良友图书印刷公司1935年版,上海文艺出版社1980—1981年影印本,第23页。
② 张健:《中国喜剧观念的现代转型》,《文艺研究》2006年第5期。

喜剧"通过一些诙谐的字谜和意想不到的比喻,产生一种认知的价值。尽管喜剧对我们讲述的事情像是虚构的,与事实并不相符,但实际上却正因如此才迫使我们更好地观察事物,并让我们自己来说:你看,事情原来如此,以前我并不知道。喜剧展现的人物和世界比实际存在的和我们原来想象的更糟糕,以此来揭示真理。总之,比英雄的史诗、悲剧和圣人的生平中所展示的人物和世界都更坏"[1]。而瞎子豪尔赫则惧怕这本书,因为笑是向下的,是尘世的庆典里卑下滑稽的模仿,但在《诗学》里,笑的功能被逆转了,学者们的大门向它敞开,笑被当作哲学和异端神学的主题,因为笑能消除对魔鬼的恐惧,在愚人的狂欢节中连魔鬼都显得可怜和愚蠢,笑声可以颠覆自己与僭主的关系,而那本书使人学到一些聪明的策略使颠覆合法化,笑被描绘成连普罗米修斯都不甚知晓的一种消除恐惧的新法术。[2] 豪尔赫如此惧怕这本关于喜剧的书,以致不惜谋杀那些接近它的人,甚至毁掉它的孤本。

---

[1] 〔意〕翁贝托·埃科著,沈萼梅、刘锡荣译:《玫瑰的名字》,上海译文出版社2010年版,第528页。
[2] 〔意〕翁贝托·埃科著,沈萼梅、刘锡荣译:《玫瑰的名字》,上海译文出版社2010年版,第531—532页。

埃科通过对笑声两种态度的正反辩论，帮助我们理解笑声的自由和潜在的复杂性。笑声能帮助人们认识世界，揭示真理，同时也带有对权威的颠覆，带着不能容忍的可怕能量，僭越的笑声也可能产生对真理的威胁。具有魔力的笑声是一把双刃剑。"笑的新法术"，无论是上帝还是魔鬼在笑声面前都无法保持自己的权威。无论是对笑声的推崇，还是对笑声的恐惧，其实都确证了笑声的魔力：颠覆性的、以自由来突破规范的价值。

埃科对笑声的理解代表了西方现代文化批评理论里对笑声和喜剧的重视。现代精神分析学为理解笑声的颠覆性提供了心理学基础。西格蒙德·弗洛伊德（Sigmund Freud）在《诙谐及其与无意识的关系》一书中，把笑声的产生解释为潜意识中与文化禁忌（尤其是生理禁忌）密切联系的一套压抑和释放心理机制，戏仿和滑稽的贬低程序以"揭露伪装"的方式把生理或者心理意义上高大的崇高事物从高处拉下来。[1]巴赫金（M. M. Bakhtin）在对中世纪拉伯雷小说的研究中指

---

[1] 〔奥〕西格蒙德·弗洛伊德著，常宏、徐伟译：《诙谐及其与无意识的关系》，国际文化出版公司2001年版，第183—195页。

出,中世纪民间狂欢节里取消了等级和隔阂,节庆中肉体化、世俗化的笑声,嘲笑占统治地位的权力和真理,洋溢着死亡和再生、交替和更新的激情和力量。巴赫金的笑声理论对当代的文化批评影响深远,在中国现代文学研究中人们也往往借用巴赫金的笑声理论来颠覆主流文化论述。

基于对笑声的非理性、颠覆性的理解,在现代女性主义的文化批评中,喜剧与女性的关联几乎是天然的。维吉尼亚·伍尔芙(Virginia Woolf)就认为喜剧是阴性的,因为它像女性那样,不为僵化的理性知识所局限,它能促使人们思考、反省琐碎和偶然的事物,更能认识现实和自我的限制:"幸运的是狗不会笑,因为如果它们会笑,它们就会意识到作为狗的可怕限制。"[1]当代的女性主义文学批评家抱怨前辈理论家,例如巴赫金和弗莱,虽然认识到喜剧里"性"的重要,关于社会性别却说得很少。她们重新阐述、定义女性的喜剧传统,把笑声作为嘲笑父权制度的女性写作的智慧性策略。[2]

---

[1] 〔英〕维吉尼亚·伍尔芙著,孔小炯、黄梅译:《纯净之泉:伍尔芙随笔集》,台湾幼狮文化事业公司1994年版,第202—203页。

[2] 参见 Kathleen Rowe, *The Unruly Woman: Gender and the Genres of Laughter*, Austin, Tex.: Kathleen University of Texas Press, 1995, p. 4。

托莉·莫伊（Moi Toril）称赞20世纪60年代的玛丽·埃尔曼（Marry Ellmann）善于运用反讽和悖论，证明了女性主义批评也可以如同拉伯雷的笑声，愤怒并不是唯一有用的革命态度。[①]笑声以自由的颠覆精神，以及与教条主义、陈腐、僵化等特质的对抗，粉碎了那些假定女性主义总应该是愤怒的偏见。

巴赫金的笑声理论在当代文学文化批评中被广泛引用，成为文化批评的利器，埃科却对巴赫金所说的"拉伯雷的笑声"的颠覆和解放功能表示怀疑。他认为狂欢节的笑声只能作为一种被允许的僭越而存在，不是真正的僭越，相反，"它们证明了律法的牢固"。埃科提倡的是一种"幽默的微笑"，这种微笑跟拉伯雷小说里狂欢节嘲笑权威的笑声不一样，笑的主体依然有优越感，但带着同情和温柔："在幽默中，我们微笑是因为人物与规则的矛盾，人物无法遵守规则。但我们不再能确定是这个人物错了，也有可能是这个规则错了。"幽默不寻求一种不可能的自由，幽默不许诺解放，反而警告我

---

① 〔挪威〕托莉·莫伊著，王奕婷译：《性与文本的政治：女权主义文学理论》，台北编译馆、巨流图书有限公司2005年版，第51页。

们全面解放的不可能,提醒我们那些再没有理由去遵守的律法的存在,但它是"真正的自由运动"①。埃科对巴赫金的批评揭示了"颠覆"式的文化理论的局限性,如果我们把笑声的文化功能局限在"抵抗"和"颠覆",限制了笑声的自由,也远远低估了笑声的丰富和复杂,也忽略了笑声作为一种文化的情感模式中所蕴含的情感认同和感觉经验的表达功用。如果我们看看20世纪40年代上海的城市喜剧,老派小报的各种故事新编、城市八卦戏仿,张爱玲所写的上海人"满脸油光的微笑",还有杨绛式的"会心微笑",远非"抵抗"或"颠覆"能言尽。

正如詹姆逊所说,当代各种各样关于喜剧的理论,"不管其内容是什么,其实都在重新建构一种想象性的实体(imaginary entity)来描写一种特定文类的本质或意义"②,在这些关于笑声的论述里,笑声已经不仅是人类欢乐时发出的声音,情感的表达,而是一种"喜剧的精神",一种具有认知价

---

① Umberto Eco, "The Frames of Comic 'Freedom'," in *Carnival!*, ed. Thomas A. Sebeok, Berlin: Mouton Publishers, 1984, pp. 4-8.

② Fredric Jameson, *The Political Unconscious: Narrative as a Socially Symbolic Act*, Ithaca, New York: Cornell University Press, 1981, p. 107.

值和越轨、颠覆的行动力的"想象性的实体"。这种想象的实体,帮助人们考察中国现代文学正统论述里长期处于"低等文类"位置上的嬉笑怒骂的意义,正如王德威在对晚清谴责小说和老舍的写实主义小说的研究里所展示的,这些笑声是策略性的形式,有着强有力的颠覆的意义。在对20世纪中国女性主义文学的研究中,艾米·杜林(Amy Dooling)认为,笑声是20世纪40年代的中国女性作家智胜(outwit)父权的一种书写策略。她认为张爱玲、苏青、杨绛这些沦陷上海区女作家运用喜剧来攻击主导话语与现存社会性别现实之间的荒谬不一致,并以她们的笑声姿态来超越陈腐的"五四"女性悲剧受难式修辞。[1] 正是笑声的颠覆性,帮助学者不断改变现代文学历史叙述的方式,呼唤起历史上被压迫的、边缘化的声音。然而,当人们借用"喜剧精神"这种"想象性的实体",或曰理论中重构出来的某种文类的本质或特征,我们会不会忽略考察笑声本身可能有的复杂性?喜剧会不会不激进,反而可能是保守的?可能像拉伯雷的笑声那样嘲笑权威,也

---

[1] Amy Dooling, *Women's Literary Feminism in Twentieth Century China*, Hampshire: Palgrave Macmillan, 2005, pp. 137-169.

可能通过嘲笑荒谬的偏离规范的人与事来确立社会规范？它如何运用其"向下的"特征，在不同的观众那里产生不同的意义和效果？

发笑的人，同时可能是被笑的对象，不同的观众对同一笑声也存在多种阐释，笑声的政治文化功能也可能是多重的。日本仙台医学院教室放战争幻灯片杀头时观众们兴奋的欢呼，鲁迅听了"只觉得刺耳"；阿Q被枪毙前路边看众的喝彩，只是鲁迅笔下的一出闹剧；在20世纪30年代关于"幽默"和"讽刺"的论争中，该怎样笑、对什么发笑、该超然平静地"会心微笑"还是讥讽挖苦，充满争议。"讽刺"对林语堂来说过于酸辣尖刻[1]，而他倡导的冲淡的"幽默"，对鲁迅来说是"只有爱开圆桌会议的国民才闹得出来的玩意儿，在中国，却连意译也办不到"[2]。林语堂式的幽默，和他主办的刊物《人世间》《宇宙风》里的小品文，成为20世纪30年代中期上海的文化风尚，但在30年代末被钱锺书嘲笑，"提倡幽默的文学"都不能算"幽默文学"，"自从幽默文学提倡以来，卖笑

---

[1] 林语堂：《论幽默》，载《幽默讽颂集》，世界图书公司1976年版，第69页。
[2] 鲁迅：《"论语一年"》，载《鲁迅全集》第4卷，人民文学出版社2005年版，第582页。

变成了文人的职业"。[①] 上海沦陷期间，林语堂的《吾国吾民》甚至被钱锺书揶揄为"不朽大著"，放到大资产阶级洋买办客厅的书架上，与《乱世佳人》等好莱坞电影故事杂志一起，成了时髦待嫁女孩装点门面的高级饰物。[②]

20世纪30年代末开始的"抗战文学"里，笑声更麻烦。滑稽丑角可能会引起不同的政治立场的观众的笑声，笑声的"批判现实"的政治功能因而变得可疑、危险。1938年4月张天翼在《文艺阵地》创刊号上发表令人发笑的短篇小说《华威先生》，下半年被日本《改造》杂志转载时，却成了鼓动日本士气的工具，舆论一时哗然。张天翼的小说引起了关于抗日战争中"暴露与讽刺"是否合适的论争，反对者认为辛辣的讽刺有损于抗战的严肃和民众信心，是抗战悲观主义的表现。这场辩论持续到1940年下半年，批评家们总算统一意见，认为"暴露和讽刺"是必要的，对抗战是有益的。[③] 1942

---

① 钱锺书：《说笑》，载《写在人生边上》，辽宁人民出版社、辽海出版社2000年版，第28页。
② 钱锺书：《围城》，人民文学出版社1981年版，第42页。
③ 论争详情参见蓝海：《中国抗战文艺史》，山东文艺出版社1984年版，第338—341页。

年,毛泽东在延安文艺座谈会上的讲话为有潜在危险的笑声做出了结论性的指引,认为"一切危害人民群众的黑暗势力必须暴露之",而"暴露的对象只能是侵略者剥削者压迫者"。[1] 笑声被明确地界定为对特定目标的讽刺,笑的时候要站对队伍,并且姿态正确,在20世纪40年代的延安,代表就是赵树理式的、"为人民喜闻乐见的"带地方民间色彩的喜剧。由此可见,在不同历史时刻、空间地域、阶级、性别的论述中,笑声的意义、功能和形式也可能不一样。在动荡多变的中国现代历史里,充满了传统和现代、乡村和城市、进口和本土、大众和精英的碰撞,谁在发笑、对谁发笑、在具体的历史文化环境以何种方式来令观众发笑,都必须在这些矛盾和冲突中考察。

关于沦陷时期上海文化文学的研究,目前已有不少富于启发性的著作。20世纪80年代美国耿德华(Edward M. Gunn)的《被冷落的缪斯——中国沦陷区文学史(1937—1945)》,把沦陷区"有价值的文学作品"拉回文学史和文学批评的视野中,并认为"二战"中的中国现代文学出现了新特质,用书中

---

[1] 毛泽东:《在延安文艺座谈会上的讲话》,载《毛泽东选集》第三卷,人民出版社1991年版,第871—872页。

的术语是"反浪漫主义"——一种深受战时的幻灭和怀疑精神影响的特质，代表者是张爱玲、钱锺书和杨绛，他们的作品中"没有任何理想化的概念，也没有英雄人物、革命或爱情。取而代之的是幻想的破灭，骗局的揭穿，现实的妥协。高潮让位于低潮，唯情让位于克制、嘲讽和怀疑，机智代替了标语口号"①。这已经涉及"战争中笑声如何可能"的问题，机智的怀疑主义的笑声来自于现代文明的挫败和创伤。这部著作集中于"严肃文学"的文学审美考察，屏蔽了张爱玲和杨绛的作品与城市大众和娱乐商业文化的联系，而这两位作家的喜剧想象和都市娱乐商业文化的关联是需要深入探讨的一个方面。

美国文化史家傅葆石的《灰色上海，1937—1945：中国文人的隐退、反抗与合作》检视了从"孤岛"到沦陷时期的话剧、报纸和杂志，采用抵抗、合作和消极抵抗三分的历史论述模式探究沦陷时期上海知识分子的道德和文化选择问题，展现了"此时此地"知识分子的心灵困境和情感苦闷②，为我

---

① 〔美〕耿德华著，张泉译：《被冷落的缪斯——中国沦陷区文学史（1937—1945）》，新星出版社2006年版，第228页。
② 〔美〕傅葆石著，张霖译：《灰色上海，1937—1945：中国文人的隐退、反抗与合作》，生活·读书·新知三联书店2012年版。

们理解乱世政治文化氛围中笑声的艰难、暧昧和意义提供了基础。这本书也开启了对沦陷区"文化反抗"式的阅读范式,通过阅读文学文本中的象征和隐喻来理解政治高压下的商业娱乐文化中隐晦表达的反抗声音。然而这本书着眼于李健吾、王统照和《古今》杂志作家群等男性文化精英,而在沦陷时期上海文坛活跃的通俗作家、当时的喜剧风潮以及女性文化的出现,都无法在这本书的论述框架中里得到有效和有意义的阐释。

黄心村(Nicole Huang)的《乱世书写:张爱玲与沦陷时期上海文学及通俗文化》从傅葆石书中精英男性文人黯淡苦闷的精神世界转向了熠熠生辉的战时女性书写,从性别政治的角度重新检视沦陷时期上海的通俗文化,认为张爱玲、苏青等"乱世佳人"以印刷传媒为舞台,通过书写女性、战争和"家庭性"主题,聚焦于"家庭性"(domesticity)的女性叙事构成了一种"文化抵抗"。[①] 作者挑战了傅葆石沦陷区历史研究中的"三分法",认为"消极的"、"逃避主义的"家

---

① 〔美〕黄心村著,胡静译:《乱世书写:张爱玲与沦陷时期上海文学及通俗文化》,上海三联书店2010年版,第22—60页。

庭性书写其实隐藏着复杂的文本策略，以"另类的书写战争的方式""颠覆了许多政治、社会和文化的羁绊"。[1] 书中的历史叙述和精彩的文本分析力证女作家对自我和战时日常的曲折书写隐晦反抗日本泛东亚的意识形态宣传里的女性价值体系。然而在沦陷期间的政治高压环境下，年轻女性作家的文化活动是否能建立起一个反抗的空间足以成为"一种颠覆政治控制体系"让人存疑；而另一方面，"女性出版文化是沦陷上海最为重要的文化现象"的论断也有待商榷，在沦陷上海重整旗鼓的"鸳派"文人，其文化角色远不仅仅在于充当女性作家的伯乐。"战争"是沦陷时期上海通俗文化的一个主题（motif），印刷文化中有女作家们的自我日常书写，也有鸳鸯蝴蝶派作家书写"战争日常"的乱世城市风光，如果我们探究"战争"主题下的各种形式，会发现乱世滑稽和城市的俏皮话中诠释战争的另类方法和想象形式，沦陷时期上海通俗文学的日常战时书写中的文学美学和政治话语，其蕴含的问题并非"抵抗"和"颠覆"所能涵括。

---

[1] 〔美〕黄心村著，胡静译：《乱世书写：张爱玲与沦陷时期上海文学及通俗文化》，上海三联书店2010年版，第43—44页。

本书的关键词"笑声",用以涵括所有采用戏仿、反讽、讽刺、闹剧、漫画化、滑稽、俏皮话、荒诞等手法或特征的喜剧文学想象。在本书中"喜剧"并没有一个明晰的文类定义,正如一个喜剧研究者所宣言的:"从来没有过一个令人满意的喜剧的或者关于笑声的定义,大多数关于笑声和喜剧的定义都是失败的,因为他们把一种情境或一种比悲剧更为复杂的艺术简单化。"[1] 正因为喜剧的复杂性,它对人类非英雄处境的呈现以及笑声的非理性、根植于潜意识的特质,喜剧甚至成了现代文明创伤呈现方式的直接代言人:"我们对喜剧新的欣赏发展于现代意识中的混乱,这现代意识已经悲哀地受伤于政治权力,伴随着爆炸蹂躏、残暴审讯的痛苦,劳动阵营里的肮脏贫穷,和弥天大谎里的功效。人类被逼看到自己身处不英勇的处境……简而言之,我们被逼承认,荒谬不仅是前所未有人类的存在固有的,而且是非理性的,难以解释,令人吃惊的,无意义的——换而言之,喜剧性的。"[2] 现

---

[1] Wylie Sypher, "The Meanings of Comedy," in *Comedy: Meaning and Form*, Robert W. Corrigan, New York: Harper & Row, 1981, pp. 26-27.

[2] Wylie Sypher, "The Meanings of Comedy," in *Comedy: Meaning and Form*, Robert W. Corrigan, New York: Harper & Row, 1981, pp. 26-27.

代世界的最大创伤是现代战争对人类文明的毁灭。本书选取的研究对象，正是现代中国都市在满目疮痍的"二战"时期里的喜剧文学想象。在这个现代文明的战争废墟上，在印刷传媒、话剧舞台上都爆发了响亮的笑声。在文本分析时，本书会常常使用弗莱所说的"喜剧模式"（comical mode）——显然，这比亚里士多德的喜剧定义更为适用——弗莱"科学化"的喜剧分析方法有助于我们发现作者如何制造笑声，例如运用喜剧性的结构、叙述话语里的喜剧化腔调（tone）、喜剧类型人物等，以此为起点，探究乱世中的喜剧想象作为文化政治实践所包含的文本策略，它所牵涉的城市文学美学传统、地理空间特质，与历史文化语境中各种文化因素之间的对话、互动和协商。例如艾米·杜林所阐述的20世纪40年代智胜父权的那些女性笑声，如何游走在战争的创伤、都市迷思、传媒文化出版机制和民族救亡话语之间？炮火中的城市能为笑声提供什么样的舞台？那些笑声的背后是怎样复杂的情感结构，包含着历史积淀的、新兴的或者变化中的情感文化构成和层次？这些都需要进一步在沦陷时期上海那个特殊的历史时空中探究和考察。这就涉及本书的另一个关键词——雷蒙·威廉斯（Raymond Williams）所说的"情感结构"(structure of feeling),它是时代和社会的变迁中艺术作品里所展现的"经验共同体",这种经验是"溶解流动状态的社会经验"(social experiences in solution)[①],个体社会变动中的日常鲜活经验。这个文化关键词强调的是意识、经验和感觉的再现,包含着社会总体结构和个人情感经验之间的张力和矛盾,帮助我们理解艺术形式和战时社会现实的复杂关系,而非用机械的历史决定论来理解战时的艺术方式。

本书第一部分检阅的是战时上海通俗印刷文化中的笑声,讨论上海从"孤岛"到沦陷时期的印刷传媒如何在战争的废墟上建立起一个笑声的舞台,在这个舞台上有鸳鸯蝴蝶派作家追求趣味性的"故事新编"、滑稽的"恶作剧",还有张爱玲的都市喜剧。他们把战争的破坏、恐怖政治下的日常生活、本埠明星八卦、流行时尚、城市的物质和传媒文化,还有现代和传统高压下"满脸油光"的都市生活美学经验,都转化为"用熟悉的语调说着的俏皮话",把城市大众描绘成了一个"发笑的群体"。

[①] Raymond Williams, *Marxism and Literature,* Oxford: England Oxford University Press, 1977, pp. 131-134.

本书的第二部分则以"孤岛"到沦陷时期上海话剧舞台上的笑声为研究对象。沦陷时期上海的"喜剧风潮"早已被写入话剧史，喜剧风潮中所蕴含的矛盾和诸多问题却远未发掘。麻烦的喜剧在不断地挑战"严肃"与"通俗"文学的二元划分，战时喜剧文化批评和论述中也不断地遇到"严肃"和"笑"之间、精英作家和城市大众之间的矛盾。而上海这座都市的娱乐传统、旧派文人的滑稽表演、沦陷政治环境中的道德说教和娱乐需要，又把这些问题尖锐化和复杂化了，喜剧成了一个矛盾的节点。一批有世界主义文化视野的戏剧家，例如石华父（原名陈麟瑞，1928—1969）、杨绛和李健吾，如何用"话剧"这种舶来的文学形式在本土的娱乐市场中为城市大众制造笑声，并且以不同特质和形式的"笑"来对战争的文化政治现实做出反应？作为一种"本性向下"的有潜在颠覆性的文化实践，这些笑声给20世纪40年代的社会性别、阶级等文化现实和文化论述带来了什么"麻烦"？本书第二部分检视从"孤岛"、沦陷时期到解放战争时期上海戏剧界关于喜剧的论述和实践，探讨在政治形势和都市娱乐风尚的变化中，笑声、作家文学美学追求以及战时民族救亡话语之间的互动、龃龉与协商。

第二章
毁灭与更生：笑声舞台的建立

烽火岁月里，许多作家都经历过颠沛流离的逃难，目睹过战争对文明的毁灭，在个人生命里留下了无法磨灭的创伤记忆。多年后，张爱玲记忆中1941年的冬天，还萦绕着噩梦感："仿佛大战前的黎明，惨淡而恐怖。"即使过了30多年，她也无法忘记那个年轻的女大学生用三年苦读换来的、用来出国改变前途的优异成绩表在战火中化为灰烬时的心情。[1] 同样地，作家杨绛在战后一年回国，原本温馨的家宅在战火中破败荒凉，感情笃厚的双亲在战乱中陆续逝去，在上海街头珠宝店的橱窗前看到曾经自家珍藏的古玩，她不得不明白"盛衰的交替，也就是那么一刹那间"[2]。个人、家庭、城市文

---

[1] 张爱玲：《小团圆》，台湾皇冠出版社2009年版，第69—70页。
[2] 杨绛：《回忆我的父亲》，载《杨绛文集》第2卷，人民文学出版社2004年版，第105—106页。

明在战争的炮火前显得那么脆弱、渺小。在历史叙述中，家国破碎、城市的陷落和个人的创伤都不容置疑是悲剧性的。然而在满目疮痍的乱世，文学想象中笑声如何可能？在悲剧性的历史现实中笑声何为？这些笑声又是在怎么样的历史空间和具体的文化语境中生产出来的？

张爱玲的散文《我看苏青》对沦陷时期上海的一次空袭的描述，或许能为这些问题提供一个启发性的思考角度：

> 全上海死寂，只听见房间里一只钟滴嗒滴嗒走。蜡烛放在热水汀上的一块玻璃板上，隐约照见热水汀管子的扑落，扑落上一个小箭头指着"开"，另一个小箭头指着"关"，恍如隔世。今天的一份小报还是照常送来的，拿在手里，有一种奇异的感觉，是亲切，伤恸。就着烛光，吃力地读着，什么郎什么翁，<u>用我们熟悉的语调说着俏皮话</u>，关于大饼、白报纸、暴发户，慨叹着回忆到从前，三块钱叫堂差的黄金时代。这一切，在着的时候也不曾为我所有，可是眼看它毁坏，还是难过的——对于千千万万的城里人，别的也没有什么了呀！①

---

① 张爱玲：《我看苏青》，载《华丽缘：一九四〇年代散文》，台湾皇冠出版社2010年版，第275—276页。横线为笔者所加。

炮火的轰炸让城市变成死寂之地,但是小报所代表的城市通俗印刷文化却没有消失。"照常送来"的小报,在政治暴力的破坏和毁灭中承载着城市大众日常生活的习性、腔调、气息与传统记忆,它使读者在阅读中产生集体认同,并为动荡不安的年代里饱受创伤的人们提供了一个日常生活安稳美好的想象空间。张爱玲所感到的亲切与伤恸,正是基于对这一历史时刻文明的毁灭与承传的感知。城市的死寂让"文明的节拍"更为清晰可感,在现实死寂与阅读想象的热闹的对立中,废墟与市井物质的并置中,张爱玲的文本细节呈现了都市的印刷传媒如何在废墟中为文明的保存和更生提供了空间和能动力。

张爱玲的细腻观察指认出了战时上海印刷媒体中生生不息的笑声。小报不登大雅之堂,张爱玲却喜爱它有一种"特殊的,得人心的机智和风趣"[①]。这种"得人心的机智和风趣",是一种根植于城市市民日常生活中的感知和想象,有其独特美学形式的大众文化创造,同时也与现代资本主义的通俗印刷文化产业密不可分。如果把"用我们熟悉的语调说着俏皮

---

① 张爱玲:《致〈力报〉编者信》,载《华丽缘:一九四〇年代散文》,台湾皇冠出版社 2010 年版,第 231 页。

话"宽泛地理解为一种本土通俗的喜剧想象和文化生产,这些喜剧想象正是都市通俗印刷文化传统在战时延续的产品之一。

诚如陈建华先生在研究《申报·自由谈话会》的文章中所指出的,单从纯文学角度,脱离资本主义印刷传媒的文化机制和民国意识形态的历史语境,无法深入研究都市通俗文学。[①] 沦陷期间的都市通俗印刷文化舞台很大程度上是由一群从晚清民初就开始在文化商业中摸爬滚打的出版人建立起来的。他们把握住战争中的危机／契机,把商业文化出版、为大众提供"精神食粮"视为战时城市文明"保存元气"的方式,在压抑的政治现实和经济的困境中,追求"趣味"的印刷传媒文化产业在战争的文明废墟中建立了一个笑声的舞台。

第一节 "趣味"、"保存元气"与笑声的舞台

"失去了正统"之后

1937年8月14日,国民政府发表《国民政府自卫抗战

---

① 陈建华:《〈申报·自由谈话会〉:民初政治与文学批评功能》,《二十一世纪》(双月刊) 2004年总第81期,第87页。

声明书》。这一场战争彻底地改变了中国政治和文化的版图，"沦陷区"、"国统区"、"解放区"的划分清楚。1937年前的上海租界，因为在政治经济上的特殊位置，已发展成一个国际大都会，被称为"东方的巴黎"，摩天大楼、电影院、商业金融迅速发展，充满色光化电的都市繁华。1937年8月日军侵占淞沪，英美两国的公共租界和法租界尚未被占领，处于"半沦陷"状态，直至1941年底这一段时期被称为孤岛时期。在"孤岛"后期，英法势力逐渐退出上海，租界也不再是和平天堂，都市繁华开始在战争的威胁中颓败。1941年底太平洋战争爆发，上海全面沦陷，日本开始全面的政治军事经济统治，正如后来的许多历史书写所描述的，沦陷区上海陷入了"政治性的大恐怖"、"经济上的大恐慌"，终于"天堂变地狱"。[①] 都市文明的炫目辉煌在战争中风云流散。

在后来的政治话语和历史论述中，"黑夜"、"地狱"这一类的隐喻成了关于沦陷时期上海生存状况的一个常见修辞，同样地，在后来多年的文学史里，"失去了文学正统"的上海文坛很容易被理解为逐渐从孤岛时期的激烈奋战走向沦陷时

---

① 陶菊隐：《天亮前的孤岛》，中华书局1947年版，第9、50、62页。

期沉寂的一潭死水。然而，事实上晚清以来上海近代化产生的商业文化和市民社会并没有在战争中毁掉。孤岛时期，源源不绝的难民涌入上海。[①] 从1938年到1941年底上海彻底沦陷前，娱乐文化繁盛，上海百货公司、咖啡店、影院等都市市民的日常生活活动在继续，市民的阅读娱乐也没有停止。"卡德戏院变成了平剧院，旧书摊兴起，青衣坤旦的广告，二楼变成了茶室看看戏，剑仙武侠书很有销路。"[②] 沦陷后出现过短暂的沉寂，但几个月后通俗文化期刊和话剧却繁荣起来，文化的生产和消费并没有因此消失，反而在战争废墟的夹缝中开出了花。正如张爱玲《我看苏青》里所展示的，即便是炮火倾城的一刻，这些城市印刷文化的物质痕迹也没有消失。

"孤岛"、"沦陷"，以及抗战胜利后的"收复"，这些语词，不仅意味着社会的政治表达空间、文化生产的物质条件机制的变化，还意味着文坛的权力秩序的改变。1944年胡兰成这样形容沦陷时期的上海文坛：

[①] 参见陶菊隐：《大上海的孤岛岁月》，中华书局2005年版。
[②] 参见吴健熙、田一平编：《上海生活1937—1941》，上海社会科学院出版社2006年版，第61—64页。

"《现代》杂志派"的作家从此沉寂,左翼作家的报告文学也没有人要看。穷的原因,忙的原因,XXXXXXXXXX,但都不是最大的原因。只有鸳鸯蝴蝶派却重新泛滥起来,但作风,也有了改变,人们不耐烦于 sentimental,留下来的便只是赤裸裸的色情,水平低落了。论语派则出了洋,给美国人轻松去了。在上海,在内地,自然也还有他们,但又没的绅士外套,成为小宝的打诨,水平也低落了。[①]

这段文字对文坛的讽刺有点言过其实,但胡兰成还是准确地描述出战时大规模的作家流动直接改变了上海文坛的权力秩序。20世纪30年代的上海是中国的文化中心,30年代初东北沦陷后南下的东北作家群、从北平南下的《语丝》杂志圈子和《现代评论》杂志圈子,文坛重要的主将都聚集在这里。在1937年后的两年,借着英美公共租界的掩护,上海出现过短暂的抗战通俗文艺的繁杂,左派理论家积极倡导"通俗文学"[②],作家也极力以积极的、自信的文字来保持30年

---

① 胡兰成:《乱世文谈》,台湾 INK 印刻文学2009年版,第110页。
② 参见阿英:《再论抗战的通俗文学》,载《阿英文集》,生活·读书·新知三联书店1981年版,第349—355页。

代"抗战文学"的战斗力量,例如唐弢,以其嘲讽的文笔来描写落水的汉奸、色情的泛滥、荒唐黑暗的现实[1];受鲁迅影响的柯灵、文载道等人宣称不放弃为抗战"敲边鼓"[2]的责任写批判性的杂文。随着"孤岛"政治环境的日益逼仄,热烈的抗战活动逐渐撤出上海,进入广袤的大西南内陆。[3]从30年代末到1941年底太平洋战争爆发前,大批著名的作家开始陆续迁往西南内地或香港。现代主义写作流派的代表人物穆时英在伪政府供职,1939年被重庆特务暗杀;施蛰存开书店谋生,之后南下福建教书。而沦陷之后,留在上海的左派人士大多不是被逮捕,就是更名隐匿(如郑振铎、王统照)。"前进作家"与"《现代》杂志派"的离开和消失,意味着文坛权威的空缺。在胡兰成看来,这意味着那些30年代文学主流之外的文艺反而有了发展的空间,文坛重新洗牌,从这个角度

---

[1] 参见唐弢:《唐弢杂文选》,人民文学出版社1955年版。
[2] 参见文载道等:《边鼓集》,上海书店出版社1986年版,第2页。
[3] 关于20世纪40年代进入中国内陆的抗战通俗文艺,参见Chang-tai Hung, *War and Popular Culture: Resistance in Modern China, 1937-1945*, Berkeley: University of California Press, 1994。

看,"上海的文坛失去了正统,倒是好事"[①]。

然而,正如胡兰成这个文本里掺杂着的"XXXXXXXXXX"一样,文坛"正统"的消失过程是一个因为政治暴力而变得满目疮痍的历史文本。报刊、书店、出版社被停刊、查封。[②]已有许多沦陷区史料研究说明,从"孤岛"到沦陷时期,由于政治势力内部的斗争与分歧,日本当局没有形成行之有效的文艺纲领,但依然有非常严格的检查制度,并有不少文艺政策和活动积极干预文坛,把文艺纳入战争为"大东亚共荣区"服务。[③]汪精卫政府的新闻人金雄白回忆,即便是他这样的伪政府官员主办的通俗小报,同样时刻受到日本政治势力的监控。[④]在日本和汪伪政府特务组织无处不在的势力的笼

[①] 胡兰成:《乱世文谈》,台北 INK 印刻文学 2009 年版,第 110—111 页。

[②] 太平洋战争爆发的 1941 年底,上海的商务印书馆、中华书局、世界书局、开明书店、大东书局五大书店均被查封。参见陶菊隐:《大上海的孤岛岁月》,中华书局 2005 年版,第 104 页。

[③] 参见〔美〕耿德华著,张泉译:《被冷落的缪斯——中国沦陷区文学史(1937—1945)》,新星出版社 2006 年版;张泉:《抗日战争时期中国沦陷区的言说环境》,《抗日战争研究》2001 年第 1 期,第 63 页。

[④] 朱子家(金雄白):《"海报"的创刊与停刊》,载《汪政权的开场与收场》第 6 卷,香港春秋杂志社 1971 年版,第 176—177 页。

罩下，作家面对的是被抄家、搜查、销毁文稿的危险，即便是纯粹的学术研究，文字能否保存也成问题，正如1944年钱锺书为尚未出版的《人·兽·鬼》写序时提到的，文稿随时可能会在战争时期遗失、被销毁。[1] 报刊的编辑、文化人被日本和汪伪政府拉拢、威胁、暗杀，在作家圈子里时常传出有人"下水"的传闻。对这些在沦陷区的作家而言，做文化汉奸首先意味的不是一个政治问题，而是道德和人格的破产。[2] 这种道德上的压力，让文化人对日本人或者汪伪政府在文化界的风吹草动异常敏感。例如周瘦鹃1943年把《紫罗兰》[3] 复刊，在经营自己的老牌通俗期刊时不得不应付日本人对通俗文化期刊的关注，被邀请参加会见日本出版社代表的茶会后，

---

[1] 参见钱锺书：《〈人·兽·鬼〉·序》，载《人·兽·鬼》，开明书店1947年版。

[2] 参见 Frederic Wakeman, "Hanjian(traitor)! Collaboration and Retribution in Wartime Shanghai," in *Becoming Chinese: Passages to Modernity and Beyond*, Wen-hsin Yeh ed., Berkeley: University of California Press, 2000, pp. 198-241。

[3] 《紫罗兰》是周瘦鹃从20世纪20年代开始经营的杂志，40年代在上面发表文学作品的，不仅有"旧派"鸳鸯蝴蝶派文人，例如武侠的顾明道、写滑稽小说的徐卓呆、写散文的胡山源，风格"甜而腻"的予且，还有一批当时刚刚大学毕业的施济美、汤雪华、张爱玲等年轻的女作家。

他在当期的《编辑前言》里特地昭明其事,强调自己在茶会上抗议日本人用蔑视性的"支那"来称呼"中华民国",微妙地强调自己的"不合作"和民族自尊心。[1]正如傅葆石说的:"无论他们(留在上海的作家们)如何做选择,他们在沦陷上海的八年生活构成了一出由恐惧,痛苦,生存和道德含混组成的戏。"[2]在恶劣的文化大环境里,上海的文人们面对的不仅仅是经济窘迫,还有复杂的政治道德环境带来的焦虑苦闷。

理解这种焦虑苦闷的政治气氛,我们才能理解沦陷时期印刷传媒上种种"城市的俏皮话"所包含的情感层次和复杂的文化政治。商业文化和市民社会并没有在战争中毁掉,资本主义印刷媒体文化为笑声提供了舞台,这些面向大众的喜剧文化产品和资本主义城市的消费逻辑密不可分;而另一方面,在"失去正统"后的文坛,通俗文化领域是各种政治、文学和美学话语的必争之地,在极为狭窄的文化空间中,具有乱世历史意识的文化人把通俗阅读和写作视作"保存元气"的文化实践,通过鼓励参与趣味性写作和阅读,在这个基于

---

[1] 周瘦鹃:《编辑前言》,《紫罗兰》1943 年第 5 期。
[2] 〔美〕傅葆石著,张霖译:《灰色上海,1937—1945:中国文人的隐退、反抗与合作》,生活·读书·新知三联书店 2012 年版,第 24 页。

苦闷焦虑的趣味舞台上,"城市俏皮话"得以创造一个在苦中作乐的阅读和写作群体,开拓了文化抵抗的另类方式。

"保存元气"和"趣味"

在太平洋战争爆发后,上海出版界一度陷入了"空前的厄运",纸张和印刷费飞涨,五大书局被查封,大部分的报纸刊物停办,1942年底只剩下《小说月报》《乐观》《万象》这些被新文学家称为"鸳鸯蝴蝶派刊物"的商办刊物。[1]这些杂志的主要作者是现代文学史里被称为"礼拜六"派或"鸳鸯蝴蝶派"的"旧派文人"[2],是包括包天笑、周瘦鹃、徐卓呆、平襟亚、范烟桥等人在内的一个庞大的作者群。20世纪30年代初他们有些曾离沪躲避战火,在孤岛时期又陆续回迁,在上海文坛权力秩序重新调整的时候,这群在20年代的"文学

---

[1] 参见钱理群主编:《中国沦陷区文学大系·史料卷》,广西教育出版社2000年版,第108页。
[2] 自晚清民初以来的一群以《礼拜六》为主要刊物的通俗文学作家群体,已约定俗成地被称为"鸳鸯蝴蝶—《礼拜六》派",参见范伯群:《论中国现代文学中的"继承改良派"》,载《鸳鸯蝴蝶—〈礼拜六〉派作品选》,人民文学出版社2009年版,第1页。

革命"、30年代的左派文学活动中被持续攻击的作家们,在城市的战火中感觉到文明的危机,发挥了他们一如既往的对时事敏捷反应和文化活动的能力,迎来了他们晚年文化事业的短暂复兴,成为乱世城市中通俗文化生产活动的主力。

1940年《小说月报》(1940年10月—1944年11月)的重新出现显示了文坛秩序出现了变化。1910—1920年,王莼农、恽铁樵主编的《小说月报》是鸳鸯蝴蝶派的主要刊物之一,1921年由茅盾接手后成为"文学研究会"的主要会刊、五四新文化运动的蜚声文坛的主要"阵地",30年代在战火中停刊。1940年旧派文人顾冷观主编《小说月报》由联华广告公司出版,而非之前的商务印书馆,但重用二三十年前的旧名,第一期张恨水、包天笑、程小青、徐卓呆、王小逸、周瘦鹃等"鸳派"大家集体登场。当时已有左翼文化批评家警惕地发现这个流派在"复出",已给时人显示其"堂堂的阵容"和"重振的气势"。[①] 事实上这份"鸳派"月刊提供的舞台远远比左翼作家想象的要大,该月刊以短篇小说为

---

① 叶素(楼适夷):《礼拜六派的重振》,载芮和师编:《鸳鸯蝴蝶派文学资料》下册,福建人民出版社1984年版,第814页。原载《上海周报》1940年第2卷第26期。

主，兼有短篇译作、散文、旧派文人的笔记和章回连载，以及江南名士们的古典文学诗词。[1]后来作者群从张恨水、包天笑、程小青等"旧派作家"渐渐增加到丁谛、周楞伽、予且等新派都市通俗作家，从第6期开始"新文学"作家的比例居多，如赵景深和左翼作家魏如晦（钱杏邨）等，还推出了年轻的"东吴女作家群"[2]。创刊不久后开辟"学生文艺"栏，后改名为"文艺新地"，发表大专院校文艺青年的作品，并以文艺奖金提携新人，颁奖大会上的颁奖者是严独鹤、包天笑、沈禹钟等旧派大家。登载的一些小说改编为话剧演出，当时话剧界关于演出AB制的争论也在《小说月报》上发表。[3]有学者认为孤岛时期出现的《小说月报》是"适度向改革前的

---

[1] 参见曹正文、张国瀛：《旧上海报刊史话》，华东师范大学出版社1991年版，第41页。

[2] "东吴女作家群"指的是一群活跃在20世纪40年代上海通俗文化报刊、大多毕业于东吴大学的女作家，包括施济美、程育真、汤雪华等，相关研究参见黄心村著，胡静译：《乱世书写：张爱玲与沦陷时期上海文学及通俗文化》，上海三联书店2010年版，第74—75、229—252页。

[3] 参见顾冷观遗作，顾晓悦整理：《〈小说月报〉忆语》，香港中文大学中国研究服务中心网页，http://mjlsh.usc.cuhk.edu.hk/Book.aspx?cid=4&tid=3368，2019年1月。

《小说月报》复辟,适度向王钝根时代还魂"[1],与其说是"还魂",不如说是这些旧派文人运用他们商业出版的能力为沦陷期新旧文人提供了一个包容性很大的舞台。

在沦陷前后的一批通俗文化期刊的创刊语里,我们能看到这些旧派文人的乱世用心。顾冷观在创刊号里表明办刊的目的:因为战后文化中心内移,"孤岛"上海和内地出版的热闹无缘接触,但"精神的食粮"和"日常所需的面包有同等的重要性",在这种迫切的精神需要下,刊物给上海被隔绝的读者"提供新鲜的食粮","贡献一点劫后文化的微力"。[2] 而另一份商业刊物《万象》月刊,在1941年创刊时主要撰稿人同样是这一群鸳鸯蝴蝶派作家。和顾冷观所说乱世"精神的食粮"和"劫后微力"不约而同,主编陈蝶衣在1942年《万象》月刊的编首语里强调在当时环境下文化行业"吃力不讨好",面临着政治上的危险、经济上的风险,然而正是在人们"精神食粮日趋贫乏"的时候,"我们要尽我们的力量打破这出版界的沉寂空气,为上海文坛保留元气的一脉"[3]。陈蝶衣离

---

[1] 参见许道明:《海派文学论》,复旦大学出版社1999年版,第316页。

[2] 顾冷观:《创刊的话》,《小说月报》1940年第1期。

[3] 陈蝶衣:《编辑室》,《万象》1942年第1年第11期。

开《万象》后创办了另一本文艺月刊《春秋》(1943—1949)，在创刊号的《前置辞》也是同样的论述方式，以"春秋"喻乱世，也以孔子《春秋》借道义拔乱世之意："我们现在的时代虽然无异于春秋之世，不过我们这个渺小的杂志，只是志在给一般人作为苦闷时的精神粮食而已。"[1]有意识地把文学阅读和"劫后"的苦闷时代氛围联系起来，这些文艺期刊的编辑文化人共同地有一种为乱世文明破坏之时的城市大众提供"精神食粮"的自觉和责任。

《万象》"保存元气"的努力的确打破了沦陷后出版界的沉寂空气。《万象》深受城市读者欢迎，"读者不仅遍及于知识阶级层，同时在街头的贩夫走卒们"[2]。据陈蝶衣说，在电车里常看到先生小姐们手拿一册《万象》。它的销量由一开始的五千册变成了两万五千册，不仅读者众多，投稿人也剧增，来稿拥挤，以致发行人平襟亚决定另外出版一份《万象十日刊》。更为重要的是，《万象》的成功带动了一批都市通俗文化刊物的出版，"同一类型的新刊物，突然有风起云涌之势"[3]。

---

[1] 《前置辞》，《春秋》1943年创刊号，第7页。
[2] 陈蝶衣：《通俗文学运动》，《万象》1942年第2年第4期，第130页。
[3] 陈蝶衣：《编辑室》，《万象》1942年第2年第6期，第235页。

《万象》所说的"保存元气",是通过提供一种"趣味性"的都市休闲阅读来实现的。尽管陈蝶衣极力抗议《万象》被称为"鸳鸯蝴蝶派刊物",宣明它刊登的作品里并没有民国初年盛行的"一双蝴蝶可怜虫"的哀情小说[1],但不能否认的是,主要作者如孙了红、徐卓呆等被划为鸳鸯蝴蝶派的这些作家们在《万象》上的作品都在沿袭他们20世纪二三十年代的"侦探"、"滑稽"等小说类型和写作风格。被同行称为"滑稽大家"的徐卓呆连续发表了12期《李阿毛外传》,写"李阿毛"种种让人哭笑不得的恶作剧和帮助困苦小人物的诡计;发行人平襟亚在"秋翁说集"专栏里用"故事新编"的方式戏仿城中文化时尚或嘲讽政治时事,最为恐怖严肃的沦陷现实,也会被他用春秋笔法编织进游戏文字中。当时有几个刚登上文坛、常在《万象》上发表作品的年轻女作家,陈蝶衣常在编首语里提醒读者她们的作品"很有趣味",例如说女作家施济美的《小三的惆怅》"很诙谐",周炼霞的《新年回忆》"将极为琐屑的事也写得十分风趣",夏霞能把"悲剧写得很诙谐";陈蝶衣甚至邀请读者把里面的小说当作一种值得参与

---

[1] 陈蝶衣:《编辑室》,《万象》1942年第2年第5期,第235页。

的智力游戏："诡奇的故事，用智力揣测一下，应该也是一件有兴味的事。"[①]陈蝶衣曾跟读者探讨短篇小说的"条件"，"要有生动的故事"和"有出乎意外的结束"，其实也是继承"鸳派"讲究新奇有趣的传统。数期《万象》的《编辑室》都宣明里面作品的"趣味性"，而这正是在五四时期被新文学文化阵营攻击的性质。即便在1943年后左翼作家柯灵接手《万象》后，傅雷、师陀（芦焚）、李健吾等"新文学家"加入了作者群，但原有的"鸳派"作者例如张恨水、程小青、冯蘅、郑逸梅的作品也同样继续存在。

"趣味"不是一个明确的文学美学概念，在现代文学史里它能用来描述几个不同的作家群体的文学文化活动：它是清末民初的通俗文学"游戏"文字的标志，也曾经是以周作人为代表的"京派"反对直接在文学里表达政治意识形态倾向的写作姿态，还曾是林语堂派系的带着欧美风的《论语》《人间世》《宇宙风》和后来的《西风》杂志里都市小品文的风格标签。而在批判者的眼中，"趣味主义"是一种游戏的、自由

[①] 参见《万象》1942年第1年第7期、第2年第1期、第2年第3期的《编辑室》。

主义的、远离民族国家和革命话语因而只能有限制地加以接受的文学观。① 正如雷勤风所说，对鸳鸯蝴蝶派的作家来说，"趣味"是"文学美学、生活方式，是与对新奇的追求（及生产）紧密联系的市场宣传标语"②。在20世纪40年代战时上海传媒文化的"趣味"的背后，是政治生存策略，是一套文化传媒的商业法则，却也是市民日常生活和情感表达的一种语言形式。

此时的《万象》以"趣味"争取阅读市场，是"保存元气"，是在战争破坏文明时的文化自救，同时也是在文坛秩序重组时为自己的美学趣味争取话语权的策略。陈蝶衣在1942年10月、11月发表两篇长文倡导了一次"通俗文学运动"。左翼文学阵营早在20世纪30年代就发动过"大众文学"和"大众语"运动，反省五四新文学和"欧化语"，在30年代末抗日气氛高昂的时候，"大众文学"和"通俗文学"更是被看成发动群众救亡力量的工具。陈蝶衣的"通俗文学运动"表

---

① 对现代中国文学"趣味主义"的批判，参见赵海彦：《中国现代趣味主义文学思潮》，中国社会科学出版社2005年版。

② Christopher Gordon Rea, "A History of Laughter: Comic Culture in Early Twentieth-Century China," Ph. D. Diss., Columbia University, 2008, p. 100.

面上似乎是在延续30年代的"大众文学"讨论,然而其内容更像是为当时《万象》上的都市通俗文学争取正当性。

在这两篇长文中,陈蝶衣策略性地以鲁迅和曾提倡过"大众语"的曹聚仁对战时文学的预言作为论述的起点,宣称"新文学"和"旧文学"之间的壁垒是"五四"以来人为的结果。他以民初时期林琴南、包天笑、周瘦鹃、春柳社在文学革新上的贡献以及鲁迅、巴金的"通俗"为论据,论证在战争时代新旧文学的壁垒应该由"综合了新旧文艺"的通俗文学来打破,而《万象》发表的是"年青学子和贩夫走卒"手里的都市大众文学,可以"点缀、安慰急遽慌乱的人生",正是新文学家所期待的战时"新的文艺之花"。[1] 这一论述表面上是对20世纪30年代左翼提倡的"大众文艺"的响应,实质上已经颠覆了五四新文学阵营作家们对鸳鸯蝴蝶派的攻击,所谓"旧派"并不旧;而另一方面,文章并不把大众文学视为教育大众的工具或抵抗的武器,而是人生的"点缀"和"安慰","急遽慌乱"自然是乱世,也就是说,通俗文学给大众提供的是乱世心理创伤中一点美感的愉悦和情感修复功能。

---

[1] 陈蝶衣:《通俗文学运动》,《万象》1942年第2年第4期,第130—141页。

《通俗文学运动》一文中关于采用民间俗文学形式和内容要反封建等观点已是老调子，有特别意义的是，陈蝶衣指出，知识分子对文学创作"意识"的重视和强调，其实是出自一种自以为意识正确的"幻觉"。这明显是对20世纪30年代以来左翼文学中"意识正确"的启蒙心态的抨击。参与这次"运动"的讨论者是丁谛、胡山源、危月燕（周楞伽）、予且等几个"海派"通俗作家。他们像是认领了不同的论述任务，包括给"通俗文学"的定义、写作和教育意义等各方面发表意见，表明一种共同立场：撇清"通俗文学"与"低级趣味"之间的关系，要写关于"普通人"的生活和"世相"的兴味、作品内容要"有趣"。[①]

这次通俗"运动"很难说对沦陷时期上海的作家有多少实质性影响，但显然给《万象》这一类商业文化刊物上轻松休闲的日常生活书写在文坛上争取到了话语权和正当性。由于学界一直强调战时政治暴力和道德伦理选择下作家的艰难处境，认为"言还是不言"是20世纪40年代的上海作家们

---

① 参见《万象》1942年第2年第4、5期。

所面临的困境[1]，其实在战时上海文坛里，更有"大言"和"小言"的暗中较量。陈蝶衣在《春秋》创刊号便宣称"不谈政治，不言哲理，不作大言之炎炎，惟为小言之詹詹"[2]。这本杂志从日占时期一直持续到解放战争结束。远离民族救亡和革命话语的轻松休闲的"小言"，往往被阐释为政治高压下被动的、适应性的书写策略，然而这些城市通俗文化传统的继承者对自身文化和文学趣味的自觉选择往往被忽略了。

陈蝶衣所说的继《万象》后风起云涌的"同一类型的新刊物"，主要指是为城市读者提供休闲阅读的文化刊物。这些文化刊物来自复杂的政治背景。除了同是鸳鸯蝴蝶派文化人操办的商业刊物，如《大众》《紫罗兰》，还有来自不同的政治背景资助的通俗文化刊物，如《文友》半月刊（日本人出资、郑吾山主编），以城市妇女读者为目标的妇女杂志《女声》（中共女党员关露和日本女作家合作主编），以发表随笔和散文为主的有南京政府背景的《古今》，女作家苏青主编的《天地》（1943—1945）（苏青本人能拿到印刷纸张与汪伪政府有密切

---

[1] 参见钱理群：《中国沦陷区文学大系·总序》，广西教育出版社1998年版，第2—3页。
[2] 《前置辞》，《春秋》1943年创刊号，第7页。

关系)、《杂志》(1942—1945)等。沦陷区的各种文化力量都在不断测试都市大众的阅读趣味并争取读者市场。在政治低气压中强调日常休闲趣味的阅读和写作,与其说是宣扬一种文化特质,不如说是要建立起一个更为自由的文化空间。

这个文化空间里的文化实践和价值复杂。许多研究已经指出,沦陷上海时期的娱乐休闲文化是各种意识形态激烈竞争的领域。[1] 正如黄心村的研究里描述,孤岛时期及沦陷期间,上海文坛抗争的声音和英美文化的影响逐渐消失,而宣扬"大东亚共荣圈"这一殖民意识体系的文字和形象席卷了通俗文化领域,《文友》《文协》等文学刊物和日本的电影工业作为"泛亚洲主义"意识形态的工具侵入流行文化。[2] 无论是出自

---

[1] 对沦陷上海时期的娱乐休闲文化的研究可参见傅葆石《双城故事:中国早期电影的文化政治》对沦陷上海电影的研究;及黄心村《乱世书写:张爱玲与沦陷时期上海文学及通俗文化》对沦陷时期上海通俗女性文化的研究;以及 Shelley Stephenson, "'Her Traces are Found Everywhere': Shanghai, Li Xianglan, and the 'Great East Asia Film Sphere'," in *Cinema and Urban Culture in Shanghai, 1922-1943,* ed.Yingjin Zhang, Stanford, Calif.: Stanford University Press, 1999, pp. 222-245。

[2] 参见黄心村:《乱世书写:张爱玲与沦陷时期上海文学及通俗文化》,上海三联书店2010年版,第8—21页。

"保留元气"的使命感的鸳鸯蝴蝶派文化人,还是潜伏上海的左翼"文艺工作者",都在争取话语表达的空间。"孤岛"后期政治审查下的文艺空间日趋逼仄,中共地下组织的上海文化人为了响应"大众化"的号召,一度创办过"伪装成鸳鸯蝴蝶派刊物"的《万人小说》,作者既有左翼作家王元化、阿英,也有范烟桥这些"旧派作家",有历史小说、电影小说、"男女间特辑"[①],试图在通俗娱乐文化中增加自己的影响力。报纸的副刊也不断地开辟休闲阅读的空间。袁殊主编的《新中国报》就专门开设了一个"趣味"副刊,制造笑料专讲趣味,"汉奸文人"金雄白号称要"保存海派",创办小报《海报》"只谈风月"用以"自娱娱人",当时鸳鸯蝴蝶派作者群和予且等城中有名的作家为主要撰稿人,潜伏在上海的共产党文化领导人恽逸群也为之撰稿,在华东地区销路大好。[②]

《杂志》月刊更能说明在沦陷区暧昧复杂的政治环境中,通俗文学的"趣味性"是一种保持文化活力和开拓文化抵抗空间的方式。孤岛时期它是一本严肃的政治时事刊物,因反

---

① 参见应国靖:《现代文学期刊漫话》,花城出版社1986年版,第409页。
② 参见朱子家(金雄白):《"海报"的创刊与停刊》,载《汪政权的开场与收场》第6卷,香港春秋杂志社1971年版,第166—169页。

日亲共被停刊，沦陷后复刊，成了一本通俗文化刊物。虽然隶属于日本驻沪领事馆，然而主编伪江苏教育厅厅长袁殊和其他主要编辑却都是中共地下党员。1942年复刊时发表哲非（吴诚之）的长文，宣布"我们需要自己的发言人"，认为"文化的消沉会导致国族的沦亡"，为了读者的精神慰藉同时为了"代表文化主体的国家与民族"的建设，"文艺工作者"应在战争的毁坏中恢复"文化的活力"，宣明其文化抵抗的意图[①]；而另一方面，从1942年复刊到1945年停刊这三年里的内容来看，《杂志》保存"文化活力"依靠的正是当时的城市流行文化和各色各路作家的"谈天说地"。即便是苏青、予且、文载道、张爱玲这些被认为与汪伪政府人员关系密切的作家，也常常在上面发表作品。《杂志》还组织了多次通俗文化专题活动，包括当时城中时尚文化红人的座谈会、对上海小报文化和戏剧舞台的讨论专题等，而当红作家张爱玲、话剧演员石挥、日本电影明星李香兰都十分活跃。

这些文化期刊搭建起的是一个提供趣味性文化消费、争取大众阅读市场的大舞台，作家们常常也是以一种"趣味性"

---

① 哲非：《文化人何处去》，《杂志》1942年第9卷第5期，第4—9页。

的写作姿态表演其中。以周瘦鹃说文章写得"又松又甜"[①]的予且为例，作为沦陷上海时期最为活跃的多产作家，他在《紫罗兰》《大众》《万象》《小说月报》等"鸳派"的杂志上发表数十篇关于婚恋、城市生活的短篇小说，也在有伪政府或日方背景的《天地》《杂志》《文友》《风雨谈》上"谈天说地"；他参与《万象》"通俗文学运动"的讨论，加入《杂志》组织的批评"五四""新文艺腔"的队伍，同时也参加"大东亚文学者代表大会"。他写的都市家庭生活里常常有许多诙谐场景，他声称"文章要用笑脸写出来"、"趣味是文章的灵魂"。[②] 他写年轻夫妻生活的小说《不求人》（1944）被日本控制下的中联电影公司拍成同名电影，由朱石麟导演，在描述中产阶级小家庭的鸡飞狗跳和唇枪舌剑中探讨现代家庭性别问题，被当时的影评家称赞为可以和好莱坞电影相媲美的本土喜剧[③]，在1947年张爱玲编剧的喜剧电影《太太万岁》里，我们还能看到这种城市小家庭喜剧风格的共振。

[①] 周瘦鹃：《写在紫罗兰前头》（二），《紫罗兰》1943年第1期，第5页。
[②] 予且：《说写做》，转引自吴福辉：《予且小说论》，《中国现代文学研究丛刊》1993年第2期，第46页。
[③] 麦耶：《新年影剧漫评》，《杂志》1944年第12卷第5期，第169页。

张爱玲回到上海,正是通俗文化期刊"风起云涌"的时候。周瘦鹃嗅出她文字里《红楼梦》和英国作家毛姆的味道,在《紫罗兰》隆重推荐了她的第一篇小说,稍后《万象》《杂志》《天地》《风雨谈》等各种不同背景的主要期刊大都发表过她的小说和散文。她有"出名要趁早"的时不我待之感,她所感觉到的"时"是战争对文明的毁坏,在更大的破坏没有到来之前,城市废墟上依然有适合她的文化土壤和生机。在柯灵暗示她待以时日,先把文章保存在与左翼文化人关系密切的开明书店时,她依然急着把《传奇》的稿子交给平襟亚的中央书店,尽管这个中央书店在上海出版界名声并不好,以一折八扣书、专门翻印古籍和通俗小说、质量低劣、低价倾销起家。[1]最后《传奇》改由有日方背景的《杂志》月刊社出版,在各方文化人的推波助澜下,张爱玲登上文学生涯的高峰,还在杂志社组织的文化活动里频频出现,成为城中文化话题人物。[2]

1943年的《杂志》曾刊登一幅题为《口红与钢笔》的滑

---

[1] 柯灵:《遥寄张爱玲》,载《柯灵六十年文选:1930—1992》,上海文艺出版社1993年版,第377页。

[2] 参见柯灵:《遥寄张爱玲》,载《柯灵六十年文选:1930—1992》,上海文艺出版社1993年版,第376—377页。

稽漫画，在钢笔和口红的下方，是当时风头最盛的三位女作家的画像：职业女性衣着、编务繁忙的苏青，神情凶悍的弄蛇者潘柳黛，以及烫了头发、手拿外国时尚杂志《VOGUE》的张爱玲。画者或许未必意在引起弗洛伊德式的诠释，把口红和钢笔作为女性作家"阴茎嫉妒"的象征，然而这幅漫画象征性地组合了女人、钢笔、口红三者之间的关系：钢笔如果代表着书写的权力，口红则意味着她们"现代都市时尚丽人"的性别角色，并且暗示了她们与都市物质消费之间的密切关系。这个组合把都市女作家作为一股显著突出的写作新势力标志出来，暗示了她们对书写权力和文化声名的毫不掩饰的追求。被时人称为"大胆女作家"的苏青，在沦陷时期的最后两年也投入这"风起云涌"的文学杂志风潮，她主编《天地》月刊，在开辟"谈天说地"专栏时，号召人们积极写作："嬉笑怒骂，论事理，明是非，从心所欲，只要检查能通过的话就便无不可说。"[1] 这句话也可以拿来形容她自己直白不驯的、迥异于当时许多男性作家清淡含蓄的写作风格。她"无话不说"，广泛涉及女性的教育、金钱、谋生、生育、地

---

[1] 苏青：《发刊词》，《天地》1943年10月创刊号。

位、道德、自我的成长等议题。同样是写婚姻、爱情、女性,她的风格迥异于传统鸳鸯蝴蝶派的哀情小说或五四时期的女性悲叹,她的"嬉笑怒骂"和"无话不说"的风格在文学消费市场上大受欢迎。在《风雨谈》上连载的《结婚十年》出版后创下半年再版九次的纪录,正如张爱玲所说,"那些想在里面找到直接的性描写的读者们未免要失望",但"仍然也可以找到一些笑骂的资料",这种笑声满足不了文学评论家[①],却满足了城市阅读大众的"趣味"胃口。的确,无论是世俗的宁波人苏青,还是以特立独行姿态示人的张爱玲,都深谙这个城市里出版、写作、宣传、广告和阅读之间的关系,很清楚并乐意以"买杂志的大众们"[②]为衣食父母,她们也成为对着大众"用熟悉的语调说着俏皮话"的实践者。而这幅漫画夸张变形的方式也毫不客气地把她们作为供大众阅读消遣的

---

① 从胡兰成《谈谈苏青》批评其"缺少回味"始,到当代的耿德华、刘绍铭,文学评论家们都认为苏青的写作艺术平庸无奇。参见胡兰成:《乱世文坛》,台湾 INK 印刻文学 2009 年版,第 53 页;耿德华著,张泉译:《被冷落的缪斯——中国沦陷区文学史(1937—1945)》,新星出版社 2006 年版,第 86 页;以及刘绍铭:《苏青的床边人物》,《东方早报》2010 年 12 月 5 日。

② 张爱玲:《童言无忌》,载《流言》,中国文联出版社 1993 年版,第 4 页。

图1 文享:《钢笔与口红》,《杂志》1945年第15卷第2期,第7页

滑稽形象呈现出来。

正如第一章所写，张爱玲的小说带来了令傅雷不安的笑声，在他看来，"轻松的笔调"和"俏皮话"有时过了头，使得她的小说成了"趣剧"。20世纪40年代的"趣剧"不仅在上海"大世界"游乐场、电影院、话剧舞台上出现，也在《万象》《春秋》《小说月报》《杂志》等这些商业文化期刊和报纸副刊上以"故事新编"、"独幕趣剧"、"谈天说地"、"滑稽小说"等方式进入市民的阅读世界，是这个城市嬉闹传统里的一部分，是战争也无法毁掉的城市市民文化经验。傅雷察觉出张爱玲与这些城市通俗文化之间的联系，或者说，他看穿了印刷通俗文化舞台上的这颗新星与城市大众娱乐模式之间的某种协商。

沦陷时期的上海在民族国家的历史叙事中是一个暧昧的"他者"，在日本战败后，沦陷时期的通俗出版文化就开始面临政治道德审判的压力。当人们开始讲述这段历史，它们已成了这个道德暧昧的城市里"不必齿及"的隐秘污点。例如编撰《新文学大系》的赵景深在1945年9月回顾战时上海文坛时，认为抗战年间的上海文坛可以说只有孤岛时期"充满了蓬蓬勃勃的气象"，而太平洋战争后则"漫漫长夜一样地沉寂了"，他只承认柯灵接手后的《万象》和"纯正"的《文艺春秋》，而《天地》这一类"伪方的文艺活动""不必齿及"。[①]而精英知识分子文学阵营也在迅速争取在印刷文化中的话语权。沦陷时期匿名蛰居上海的郑振铎战后迅速创办了《文艺复兴》(1946—1947)，创刊号上许多潜伏在上海的知识分子发表了自己的战时创作，钱锺书发表了《猫》，杨绛发表短篇小说《Romanesque！》，李健吾发表了喜剧剧本《青春》，隆重地集体亮相。随着大后方和国统区作家的回归，除了一本方形刊物《茶话》，徐卓呆、包天笑还在继续写一些回忆录和零星小说，这个通俗文化印刷所建立的舞台开始慢慢瓦解。

制造着"俏皮话"的作家们，以城市印刷媒体为舞台，制造了战争破坏性经验和喜剧想象相交织的文学景观。他们或延续上海本土的滑稽文化传统，或戏仿当下的城市文化时尚，或调侃升斗小民战时日常生存的无奈窘态，在城市中产阶级家庭内部的唇枪舌剑中展现性别阶级种种话语的冲突与矛盾。他们的共同点是常常以谑笑而不是哀嚎来面对战火、

---

① 赵景深：《抗战八年间的上海文坛》，载赵景深著，陈子善编：《新文学过眼录》，广西师范大学出版社2004年版，第217—220页。原载《文坛忆旧》，上海北新书局1948年版。

破坏和战争的创伤经验。这使得我们无法把战时废墟城市上的喜剧实践简化为某种简单的抵抗或者逃避的"战时美学";而是作为这个通俗文化舞台上最有"趣味"的一种文学模式,喜剧性文学时刻提醒人们它们作为城市印刷媒体文化产业的文学消费品身份,考虑到这些作者与鸳鸯蝴蝶派的关系,放在沦陷上海的历史文化语境中考察,还牵涉特殊的沦陷政治环境下都市印刷文化中不同文学美学话语之间的竞争问题。接下来的两节,聚焦在鸳鸯蝴蝶派的两种"俏皮话"——平襟亚的"故事新编"和徐卓呆的"狡智滑稽",探讨战时资本主义城市印刷传媒中喜剧文化实践的意义及其复杂性。

第二节 戏仿、抵抗与传媒:平襟亚的"故事新编"

在战时上海,"历史"是各类娱乐文化产品生产的资源,古籍文化和抒发怀古之思的随笔和小品文盛行[①],话剧舞台上

---

① 关于沦陷期间历史和传统主题的话剧和散文,见 Edward Gunn, *Unwelcome Muse: Chinese Literature in Shanghai and Peking, 1937-1945*, Columbia UP, 1980, Chapter Three and Four, pp.109-191。

演许多历史剧，电影有不少古装片，在《万象》《小说月刊》《春秋》《大众》《大众影讯》《大众生活》等上海商业文化期刊上，徐卓呆、平襟亚、谭维翰、捉刀人（王小逸）、吕伯攸等作家写"故事新编"，一时蔚然成风，有些期刊甚至专门开"故事新编"专栏，常配以插图（通常是董天野的工笔画）。"故事新编"是战时上海复古文化风潮里的一部分，当时也有人称之为"历史小品"，但这些"故事新编"跟当时流行的带怀古之思的清谈散文相去甚远，也不像"借古讽今"的话剧和电影那样保持内部叙事的完整和追求情感的感染力，它们多滑稽模仿、歪曲重写历史故事、文化典故和民间传说，是一种追求趣味性的喜剧文学想象。

这个"故事新编"风潮，后世文学论述认为是通俗文学作家以"曲笔写出时代情绪和现实生活"[1]，或是"以荒诞扭曲的形态描绘社会现实"[2]的历史小说，显然是将之视为通俗版的"讽刺现实主义"文学，忽略了这些"故事新编"是都市

---

[1] 范伯群编：《中国近现代通俗文学史》第2卷，江苏教育出版社2000年版，第289页。

[2] 王羽：《乱世的腹语——论20世纪40年代海派"故事新编"小说》，《福建师范大学学报（哲学社会科学版）》2011年第5期，第56页。

印刷媒体生产的文学消费品的事实。傅葆石认为战时上海的"借古讽今"是创作人在娱乐性文化产品中寄托民族情感、进行文化抵抗的一种策略。[①]"故事新编"的确是这样的一种都市商业娱乐文化产品,在对时事和政治现实的滑稽模仿和嘲讽中,笑声是"被压迫者的武器"。但是,正如雷勤风在对早期现代中国诙谐文化的研究里所论述的,把1949年前的喜剧文学都赋予一种"抵抗"的意义,无论是抵抗"封建文化"压迫、抵抗当权者还是抵抗日本帝国主义,都无法说明喜剧想象"是情感的、美学的同时也是政治性的"。[②] 如果把"故事新编"看作只有抵抗意义的"讽刺现实主义"文学,就很容易简化这种都市喜剧想象中丰富的文化构成及其涉及的文学美学话语与都市文化机制的问题。"故事新编"作为一种战时的喜剧性文化实践,不仅是考察战时文化、文学、美学复杂性的入口,也是考察现代通俗文学与都市印刷文化和政治文化现实的关系的一个入口。

[①] 〔美〕傅葆石著,张霖译:《灰色上海,1937—1945:中国文人的隐退、反抗与合作》,生活·读书·新知三联书店2012年版,第105—122页。

[②] Christopher Gordon Rea, "A History of Laughter: Comic Culture in Early Twentieth-Century China," Ph.D. Diss., Columbia University, 2008, p. 134.

"不着边际的俏皮话"与"油滑"：谁的仿效者？

在20世纪40年代的"曲笔"创作中，《万象》杂志的发行人平襟亚撰写的"故事新编"最多，1941至1942年间，他以"秋翁"之名在《万象》上逐期发表了十多篇短篇小说，包括《新白蛇传》《孟尝君遣散三千客》《江郎别传》《贾宝玉出家》《孔夫子的苦闷》《潘金莲的出走》等，置传统的文学角色于现代城市，借大众熟知的古代文学里的典故、人物角色来书写现代上海的故事。这些故事曾结集出版为《秋翁说集》(1942)。抗战结束有文化周报列"海派作家一百零八将"，夸赞平襟亚在战时所作"故事新编"、"秋斋笔谈"和"秋斋说笑"等专栏"昔尝风靡一时，万人争诵"。[1]虽然夸张，但其流行程度也可见一斑。

平襟亚的"故事新编"通常被视为对鲁迅《故事新编》在20世纪40年代一次劣质的仿效。[2]鲁迅的《故事新编》在

---

[1] 史难安：《海派文坛一〇八将（十四）：法界巨头、出版权威秋翁》，《吉普》1946年第31期，第4页。

[2] 参见杨幼生、陈青生：《上海"孤岛"文学》，上海书店出版社1994年版，第46—47页；杨幼生、陈青生：《抗战时期的上海文学》，上海人民出版社1995年版，第210页。

后世的现代文学论述中被视为"新文学"中有范式意义的一种讽刺文体。[①]事实上，戏仿、挪用大众熟悉的传统文学故事和文学人物形象来再现当代社会现实，在晚清民初的通俗小说大潮里已蔚为大观。《新西游记》《新水浒》《新儒林外史》等，以游戏笔墨重写/续写文学经典。吴趼人的《新石头记》里，贾宝玉穿越到了晚清上海，误入"文明境界"，阿英的《晚清小说史》里称之为1909年前后"拟旧小说"风气的始作俑者，对这种"新编"文体并无好感，并认为这种拟旧小说"内容上无一足观"，用旧书写新事这种形式"是文学生命上的自杀行为"。[②]

鲁迅把1922年到1935年间借用古人所写的小说结集为《故事新编》时，就察觉这种古今杂糅的"新编"对其严肃写作的潜在威胁。他自我批评说《故事新编》中的小说大多"油滑"。他最不满的是"一个古衣冠的小丈夫，在女娲的两腿之间出现"，让他得以快意讽刺荒谬的卫道士，却也使得

---

① 把鲁迅的《故事新编》视为20世纪中国小说史上"故事新编"的源头、开创了范式的观点，可参见朱崇科：《张力的狂欢：论鲁迅及其来者之故事新编小说中的主体介入》，上海三联书店2006年版，第172页。
② 阿英：《晚清小说史》，人民文学出版社1990年版，第177页。

《不周山》成了"从认真到油滑的开端"。因为在他看来"油滑是创作的大敌","我决计不再写这样的小说,当编印《呐喊》时,便将它(后改为《补天》)附在卷末,算是一个开始,也就是一个收场"。《呐喊》再版时,便将《补天》删去。对后来加入的小说,他认为叙事时"有一点旧书的根据,却是信口开河。而且因为自己的对于古人,不及对于今人的诚敬,所以仍不免时有油滑之处"。[1]鲁迅《故事新编》中的油滑是一个极富争议和矛盾的问题。一方面,取材上古传说神话和古今时间错置的方式为其创作提供了创造力,正如安敏成所说,游戏性的油滑是鲁迅最为激进的创造性要素[2],王瑶、黄子平诸家都已指出其文体创新的非凡意义,"将滑稽和深刻无与伦比地结合"[3];但另一方面,"油滑"像是一个必须关在笼子里的有危险性的表现策略,必须有认真的写作态度、深

---

[1] 鲁迅:《故事新编·序》,天津人民出版社、香港炎黄国际出版社1999年版,第16页。

[2] 安敏成、符杰祥、郭滴:《鲁迅的油滑灵感:现代中国小说的创造性要素》,《东岳论丛》2015年2月。

[3] 参见黄子平:《革命·历史·小说》,牛津大学出版社1996年版,第130页;王瑶:《鲁迅作品论集》,人民文学出版社1984年版,第189—201页。

刻的社会批评和严肃主体性介入，才能让其发挥讽刺和文化批评的作用。鲁迅对"油滑"不免深存戒心，在充满自嘲的《故事新编》序文里，表达了这种自省和警惕。

不难察觉，鲁迅视为"创作大忌"的"油滑"，在平襟亚的"故事新编"中恰恰被大肆发挥。这些小说以乱世上海为舞台上演一出出古装戏，插科打诨、信口开河，肆意改造、重写"前文本"（hypotext），白娘子在沦陷区屯卖西药，孔子用浦东话催学生交学费，江郎在上海的文化圈里才尽，贾宝玉在上海出家，猪八戒被卖猪猡、大闹佛寺、和娘子见面还要秀英语。虽然也有一点"旧书的根据"，但其"信口开河"却更"不着边际"，喜剧性的插科打诨常常打破文本的有机完整。平襟亚这样解释自己的"新编"：

> 由于环境的不许可你说话，仿佛站在鹦鹉前头，只能够说几句阿谀与恭维的话语。假使你不熟习这些话语，那就不写为妙。要想打开这苦难，只能做倒棺材的勾当，翻尸盗骨，从北邙之冢里找些材料来说说，也好称作借尸还魂，却又并不是真的偷盗了木乃伊来充古董出卖，只不过效法美洲埃加勃根利用"却利"的腹语来作对口

相声，引人发一回笑罢了。在戏剧中，我是一个丑角，在文坛上，我也不会发堂皇正论，写媚世文章如《剧秦美新》一类的作品。因此只能够从旁插科打诨，说一些不着边际的俏皮话，藉博当世大人先生们酒醉饭饱后的一笑罢了。还得请观众们不要当真认有这回事。①

与其说平襟亚是鲁迅邯郸学步的模仿者，不如说他另有自觉的自我定位。他认为自己效仿的是美国口技表演家埃德格·伯根（Edgar Bergen）。埃德格·伯根和他的木偶搭档查利在20世纪30年代后期的美国电台节目中很受欢迎，还曾经和著名谐星菲尔兹（W. C. Fields）一起演过神经喜剧（screwball）《别欺骗正直人》（*You Can't Cheat an Honest Man*，1939），在这部电影里埃德格·伯根和表情夸张的查利的喜剧光辉甚至盖过了菲尔兹，在戏里他们整天絮絮叨叨地斗嘴，"对口相声"、插科打诨常引得马戏团观众哄然大笑。唇枪舌剑（verbal slapstick）、插科打诨、夸张的肢体动作，

---

① 平襟亚：《秋翁说集》，转引自维洛：《故事新编与历史小品鉴赏》，《北极》1944年第5卷第2期，第72页。

通常被视为较为"低级"的滑稽形式。如果说"信口开河"隐含着滑稽冲动和破坏文本有机完整的危险,在滑稽冲动和严肃的社会批评和哲思思考、有机统一的文学表现之间,鲁迅试图严守大防,而平襟亚则坦然认同这种"低级的"喜剧形式。

虽同是"新编",平襟亚和鲁迅的故事新编却根植于两种不同的文学美学观念之中。无论是嘲笑"古衣冠的小丈夫"(《补天》),对现实介入批评,还是戏弄在吃饭和穿衣问题前面毫无招架之力的庄子(《起死》),颠覆传统文化中的威权形象,都是基于知识分子的启蒙文化理想。鲁迅取灵感于远古神话传说和诸子事迹,写复仇、死亡主题的《铸剑》凝重冷静自不必说,其他诸篇追求有机完整而有寓言哲学深意,其背后是鲁迅对人生和文化现实的痛苦关切。然而,平襟亚"不着边际的俏皮话"根植在诙谐文化"丑角"滑稽表演传统中,戏仿的传统文学范围要广而杂,都是大众熟知的戏曲、典故和小说,如《金瓶梅》《红楼梦》《西厢记》《镜花缘》《西游记》等,"随心所欲"。平襟亚式的油滑是远离崇高、悲壮和凝重的一种美学,俚俗轻快,既不探寻深度哲思,也不曾营造意蕴深远的意境,其情感模式总是愉快掺杂着机智/狡猾，远离悲剧性的情感宣泄，人物刻画浮面化，对历史玩世不恭，不避忌在文学表现中进行露骨的现实人物影射（反而时时有意为之），时时沉溺自得于机智的语言表演。当时已有批评家指出平襟亚的故事新编"不够玩味，背后没有文章"、"笔力较浅"、"没有史眼"[①]等，无不跟"不着边际俏皮话"的这种"油滑"有关。

从一种自居边缘的"趣味"文学传统里看，平襟亚这些"不着边际的俏皮话"不能算是战时特有的文化产物，晚清时期上海小报和文学杂志的"游戏文章"便有"时政滑稽"的传统，正如许多关于近代通俗文学的研究已经指出的，晚清鸳鸯蝴蝶派印刷文化上消遣性和严肃政治性共存，政治意图和娱乐暧昧结合，讽刺地调侃同时也严肃地看待社会的变化。[②] 李欧梵指出，晚清报纸上的游戏文章作为过渡时期一种边缘性的批评模式，以戏仿的文体开创了社会文化批评的公

---

① 维洛：《故事新编与历史小品鉴赏》，《北极》1944 年第 5 卷第 2 期，第 73 页。
② 参见 Perry Link, *Mandarin Ducks and Butterflies: Popular Fiction in Early Twentieth-Century Chinese Cities*, Berkeley: University of California Press, 1981, pp. 144-146；又见汤哲声对晚清文学杂志"四大名旦"的分析，参见《中国近现代通俗文学史》第 2 卷，江苏教育出版社 2000 年版，第 230 页。

共空间,参与了"新中国"民族群体的想象。[①] 而战时的平襟亚以文坛滑稽丑角自居,拿乱世政治现实开涮,以笑谑而不是哀嚎来面对战火、破坏和战争的创伤经验,自然是延续早年鸳鸯蝴蝶派印刷传媒上"时事滑稽"的姿态。

乱世城市与时政滑稽

平襟亚宣明因为乱世书写不易,无法直接书写现实,只好把传统经典作为文学创作的材料,"借尸还魂"是政治高压下一种适应性的书写策略。借古讽今自然是外敌占领文化高压下的书写现实和进行文化抵抗的书写策略,然而,新编的游戏笔墨也同样会对其严肃主题有潜在的破坏力量。一种"油滑"的文体,如何能再现沉重压抑的战时现实?在这些新编中,"俏皮话"与战时现实是如何结合的?或者说,是如何分裂的?

已经有许多研究指出,平襟亚"故事新编"的主题是乱世荒谬世相,加上20世纪30年代以来在左翼文学电影中常见的

---

① 〔美〕李欧梵:《"批评空间"的开创——从〈申报·自由谈〉谈起》,载《现代性的追求》,台湾麦田出版社1996年版,第15—34页。

城市道德批判。在这些小说中，上海是真正的主角，是一个虚荣糜烂、金钱至上和享乐主义的堕落之城，而乱世中的上海更加混乱、荒诞。但是，平襟亚再现乱世，却极少描写战时创伤和渲染悲剧情感和场面，在这些以上海为舞台上演的喜剧里，活跃着的是小丑和倒霉人物这两种喜剧类型人物。《贾宝玉出家》中，上海连佛门也不清净，长袖善舞的"海派和尚"好女色、养戏子，连佛珠也是戴在身上备作下酒物的牛肉丸。宝玉看尽世相丑态后大彻大悟，决心回家做一个"平凡人"，在农村过半耕半读的"民间生活"。《新白蛇传》把民间传说中悬壶济世的许仙、白娘子写成一对奸商夫妇，在上海开"摩登大药店"，白娘子成了八面玲珑的交际花，拜干爹、笼络电影明星、囤积西药大发国难财，为了把腐烂的西药卖出，作为一条蛇她"抛弃了人的立场"，还用她的"蛇毒心计"在市民间放毒，人们还以为她是"义妖"。《孟尝君遣散三千客》用的是倒霉的喜剧人物类型，小说戏仿《战国策》"冯谖客孟尝君"的故事，《战国策》里孟尝君派食客冯谖去辖地讨债，冯谖烧掉债券豁免辖地百姓债务，买回的是民心。然而以善用人才出名的孟尝君和仁而有智的冯谖到了沦陷后的上海就很倒霉。冯谖变成了机智多谋的"马二先生"，他帮孟尝君收

"印子钱",却遇到上海奸商,拿不了钱,他机智地换回战时最紧缺的米面煤油等日常用品,没想到这些物资被当局管制,没有"搬运许可证",一进市区就被充公;于是他又对孟尝君建议把三千食客组成"轧米集团",集体领取"救济米",没想到当局调查户口,孟尝君户口下的三千"秘书",让当局大起疑窦,领米证也申请不到了。冯谖黔驴技穷,孟尝君只好遣散食客。留学镀金回来的文人和本土的儒生都做了饿殍,倒是三等食客、鸡鸣狗盗之辈,能以一技之长谋生填肚子,养食客三千的孟尝君最后变成养虱三千的"马浪荡"(沪语,意为"游手好闲之人")。有趣的是,平襟亚其他的《故事新编》文末通常署"写于秋斋",这篇却是写于"秋斋扪虱轩",分明打趣自己为乱世落魄的孟尝君。

诸篇《故事新编》中,仅有一篇以悲剧的形式写抗敌主题,1942年3月所写的《张巡杀妾飨将士》,描写唐代安史之乱中将军张巡悲壮的抵抗,守城拒降,援军不至,绝境之中不得不杀爱妾以飨将士。然而,在渲染悲壮的气氛时,小说也不忘来一笔"清蒸人肉,红煨人腿,炒人肉丝",随手拈来的俏皮话,破坏了文本的有机统一,正是其"新编"的油滑本色。

但并非所有的新编都能巧妙融合严肃主题和喜剧形式，尤其是小说直白地突出抵抗外敌的主题时。在当时的历史情境看，这些小说在大胆地试探政治讽刺的边界。《秦始皇入海求仙》里，得了神经衰弱的秦始皇到扶桑求长生之药，扶桑女神要求他带中华民族臣服，秦始皇大谈"气节是中华民族的民族精神"。《孙悟空大战青狮怪》是平襟亚"故事新编"中最不滑稽的一篇，严肃的反抗主题显然压倒了其游戏冲动。1941年底太平洋战争爆发后，上海的印刷媒体和在孤岛时期热闹兴旺的话剧舞台集体静寂，1942年初《万象》上出现了平襟亚《孙悟空大战青狮怪》，写乌鸡国的"万里江山被夺取"，"大都城"变成"噤城"，人们"莫谈国事"，"中央大剧院"的舞台上演员只能演"哑剧"，粮食被国有，奸商趁火打劫，人们在饥饿和恐慌中抢救济米。这些描述都直接影射沦陷后的上海政治恐怖、经济恐慌和文化界沉寂的现实情境。故事结局是在孙悟空师徒的努力下，驱除外敌，国家主权得以恢复。从"孤岛"到沦陷时期，由于政治势力内部的斗争与分歧，日本并无有效的文艺政策直接干预文学，但依然有非常严格的检查制度，报刊、书店、出版社常被停刊、查封。游戏笔墨中幻想性的胜利和关于抵抗和气节的各种隐喻书写，已近乎实际的抵抗宣言，在日本和伪政府特务组织无处不在的势力笼罩下，这种写作大胆得实在罕见。

平襟亚的战时滑稽有时也会尝试较为复杂的叙述结构，把时政讽刺巧妙包装在纪实和虚构的游戏中，《第一〇一回镜花缘》记述叙述者秋翁和一个浪迹天涯的诗丐的几次相逢，诗丐一生心血寄托在收集各地断碑残碣上的志铭、散落的古人音韵之学和小说残稿上，临终前把所有珍藏交给叙述者，里面有经诗丐考证为李汝珍亲作的《镜花缘》的续篇残稿。叙述者明言，因为《万象》创刊第二年起一时缺乏材料，所以发表这回《镜花缘》续篇。这一章"寡鹄村炊黍留嘉客，孤鸾岛结绳溯古风"写林之洋和多九公两人游历异域，见到在战争中的废墟，寡妇们逃到穷乡僻壤成寡妇村，又到一个繁华都市"孤鸾古国"，民风驯良，有守法精神，商人重义轻利，市容秩序井然，又见路上警察拉绳封锁行人，类似上古的"结绳而治"。小说其实处处反讽，药铺不卖药其实是屯药，国民富足其实是无良商人在囤货，米铺前排队安静领救济米是政治高压下的良民，封锁其实是"视人民如牛羊"政治高压统治。小说两个叙述层次意义上似乎并无关联，"前记"以第一人称叙述，写《万象》杂志发行人和一个落魄文人几次相遇和生死情谊，暗含现代社会里传统文化残缺碎片飘零的感慨；正文以古朴天真的异域游历者的视角叙述，突出反讽的喜剧效果。小说还大玩"文备众体"，开首以七律诗开篇铺垫落魄文人情绪，前记以白话散文回忆人生际遇，故事新编是章回体的游历传奇，读者看到后面故事新编时领会是反讽，才发现前记散文的叙述者并不可靠，他言之凿凿地声明残稿是李汝珍亲笔所著的小说，与其说是为了讽刺政治现实加了保护套，不如说是和读者开了个玩笑，满足阅读的趣味。

传媒的戏仿，及对传媒的戏仿

在战时的政治高压下，游戏笔墨能试探政治讽刺的边界，以笑声开拓文化抵抗的空间。然而，作为一种强调"趣味"的文学想象形式，平襟亚的"故事新编"时刻提醒我们它们作为城市印刷媒体文化的文学消费品身份，使得我们无法把战时城市的通俗文学实践简化为抵抗的或者逃避主义的"战时美学"；如果把平襟亚的"故事新编"仅仅看成是"讽刺现实主义"，是记录乱世的报告文学和对社会乱象的道德批判，就无法进入他所表演的语言世界。

平襟亚把自己的新编与美国喜剧电影比较，着眼点是在

"俏皮话"上。平襟亚对战时混乱、饥饿、离乱等苦境的感知和书写往往被"新编"、互文操作和语言表演的轻快感替代。他戏仿古代文本,目的并非是消解传统权威,而是把这些古代文本作为一种符号引入文本,展示其对古代文学文本和现实文本的巧妙重组、杂糅和缝合的机智和能力。他"新编"的方式不仅仅是借用古代文化典故的人物和主题来搭建叙事框架,还把古代名言、现代的方言、俚语、大众娱乐产品、新式的经济名词、文学里的陈词滥调以及种种都市文化和物质产品作为他戏仿的对象。大量的戏仿创造了一个暧昧的意义世界,也提出了一个问题:平襟亚的乱世"曲笔"到底是一种现实讽刺还是一种文字游戏?

"戏仿"(parody)通常是指对之前某一文本或文本风格的重写、模仿,是诸多互文性(intertext)写作方式的一种。热奈特(Gérard Genette)把严格意义上的戏仿定义为"游戏性的变形",与讽刺(贬低性的模仿)、滑稽模仿(讽刺性的变形)、拼凑(没有讽刺倾向的模仿)等术语区别开来。[1] 当代

---

[1] Gérard Genette, *Palimpsests: Literature in the Second Degree*, translated by Channa Newman & Claude Doubinsky, Lincoln: University of Nebraska Press, 1997, pp. 24-30.

对这个术语更宽泛的理解是对任何文化生产或文化实践的一种论辩性的引用与模仿，光谱式地包含了"多少有点戏仿的性质"的所有文化实践。[1]琳达·哈琴（Linda Hutcheon）就认为许多20世纪艺术里的戏仿不仅仅是文本对其他文本的指涉，还是文本对"世界"的指涉，其中包括了生产者和接收者对各种符号的共享，因而它可能会对现实世界进行讽刺，也有可能不颠覆传统而是保守地把传统权威化。[2]

琳达·哈琴的戏仿观念虽然是在讨论后现代文化语境中戏仿的意义，却也有助于我们深入理解平襟亚城市滑稽的文化意义：他的戏仿一方面有明显的文本游戏性，在传统文学文化符号和现代生活情境之间机智穿梭和缝合；另一方面把城市的现实世界作为"种种文本之力的场所"，对都市文明、战争政治和文化现实等各种符号的指涉，使得文本生产者和大众读者共享都市社会现实文化符号，它可以讽刺现实，也可以只是一种纯粹的文本间的游戏，关键是，这种复杂的戏仿文本使得城市大众的文化经验和情感结构得以呈现。

---

[1] Simon Dentith, *Parody*, Routledge, 2000, p.19.

[2] Linda Hutcheon, *A Theory of Parody: The Teachings of Twentieth-Century Art Forms*, New York: Methuen, 1985, pp.37, 101, 111.

其中一个例子是《孔夫子的苦闷》。小说写战时米珠薪桂、物价高昂，孔子也跟普通市民一样，因食不果腹而苦闷，饥饿的时候"仁义"的口号自然也喊不响亮，想罢教又怕引起舆论不满，只好想着法子向学生催交学费。他号召学生向安贫乐道的颜回学习，其实颜回是整天无所事事、自得其乐地唱着流行小曲《王老五到上海》的游荡青年。故事拿儒家经典《论语》开涮，颠覆了孔圣人的崇高形象，但小说目的并不在于"打倒孔家店"，甚至也不在于讽刺"利"字当头的孔子——孔老夫子发的牢骚"我深深地觉悟到一个人不能够不吃饭"，对战时上海的读者而言其实很有说服力。故事让读者发笑的地方在于，《论语》里那些流芳百世的师生对话，经过他的戏仿后变成了世故狡猾的孔子和学生们的一场闹剧，双方操练着各种现代城市流行语的一场口舌之争。孔子循循诱导学生"分期付款"交学费，"道"就应该是小人欠债君子还钱，学生们则高呼"反对教育商业化！"而罢课。《论语》里的"厮人有厮疾"，本是孔子怜惜学生"这样一个好人居然有这样的疾病"，被住在上海多年忘了山东土白的孔子用浦东话说出来，却是骂学生没交学费："想不到侬格人，到有狄能格毛病。"故事结束后叙述者现身，提醒读者这故事的虚构性，然而它又不是"凭空捏造"的，里面相关的场景都真实地源于《论语》，叙述者宣称，他能把论语里几个不连贯的章节"翻译"成一个"意义连贯"的小说，炫耀他"编"的虚构性和现实性细节之间的缝合能力，还打趣"唐突圣贤，罪过罪过"[①]，洋溢着作者对文本游戏能力的自得。

金雄白回忆，平襟亚20世纪40年代在小报《海报》上常拿城中名人讥讽，称其"尖酸刻薄"、"无日不骂人"，不但金雄白的骄奢生活被他讽刺，甚至时人闻之色变的"七十六号"特工组织头子李士群之妻也被他大肆讥讽。[②]事实上，从日本占领者、无良奸商到当红娱乐明星，城中的热门话题都有可能成为他笑谑的对象。前文提到的《贾宝玉出家》，当期《万象》的编辑"阅读指引"《编辑室》中便提示读者此文发表时"恰好是在静安寺、龙华寺纠纷之后"。[③]平津亚"故事

[①] 平襟亚：《孔夫子的苦闷》，《万象》1941年第1年第1期，第54—57页。
[②] 参见朱子家（金雄白）：《"海报"的创刊与停刊》，载《汪政权的开场与收场》第6卷，香港春秋杂志社1971年版，第170页；蔡登山：《繁花落尽——洋场才子与小报文人》，台北秀威信息科技股份有限公司2011年版，第90页。
[③] 陈蝶衣：《编辑室》，《万象》1941年第1年第5期，第231页。

新编"的现实指涉性要比同时期的喜剧作家徐卓呆、吕伯攸的要强烈得多,他几乎是压抑不住地要与观众共享当前流行文化符号和时事热点,并且能巧妙地在相应的传统文学形象中找到与之契合的特点。城中读者自然能会心一笑,但后世读者脱离其历史语境,容易不解其趣,也无法体会到其笑谑的杀伤力。

这在《潘金莲的出走》里表现得最明显。故事开头如同一出电影的开场,在桃花盛开的春天,"金嗓子"潘金莲在街头唱《天涯歌女》,遇见西门庆,两人情投意合,潘金莲便从武大郎家里出走,武大郎收到一封律师信,说潘金莲不堪他的暴力虐待,要求离婚。潘金莲并没有因此获得自由,而是被王婆控制在茶坊里做招揽生意的"茶花"领班。这个茶坊被描绘成一个上海舞厅,金碧辉煌,有霓虹灯,潘金莲在里面大出风头,成了头号交际花。她很快就发现这种生活是一种新的桎梏,自己依然被剥夺了自由,只好第二次卷财逃跑嫁给了西门庆。可是"有情人终成眷属"后潘金莲并不幸福。故事的最后一节,同样是在一个充满春意的春天,卖饼的武大郎听到西门庆的大院围墙传出哭声,爬到墙上偷窥,看见西门庆正在毒打潘金莲,"手执马鞭像《西厢记》里'拷红'

般鞭打白生生的腿儿，红喷喷的脸儿"①。这个暧昧的性虐待场景让武大郎深深受创，此时街上传来他前妻唱惯的一首流行小曲，如同电影结尾的配乐一样，正是周璇的《何日君再来》："好花不常开，好景不常在。"故事在武大郎的感慨和伤感中结束。

有论者认为这篇小说暗讽朝秦暮楚的汪伪政府，也显示了平襟亚作为一个"通俗作家""不由自主"流露出来的"低级庸俗"，因为思念沦陷的东北家乡的健康电影《马路天使》也成了被嘲笑的对象。② 无论是把这篇小说的意义"拔高"作为对汉奸的讽刺，还是将之视为对左翼电影的嘲笑，都把这些文本的指涉严肃化了。这篇文章其实是一篇对城市娱乐文化"八卦热点"的戏仿之文。

上海当红明星周璇在1941年第1年第2期《万象》发表了一篇题为《我的所以出走》的文章，对公众解释她和丈夫严华分手的原因。她情真意切地从自己凄惨的身世说起，讲述少女恋爱，后来自由受到束缚（读者应最为关心的"情变"

---

① 平襟亚：《潘金莲的出走》，《万象》1941年第1年第3期，第42页。
② 王军：《沦陷上海时期的平襟亚与"故事新编"》，《青岛大学师范学院学报》2007年第1期。

内幕和原因被简略地一笔带过）而最后不得不挣脱桎梏的情感经历。显然，这是一个悲情的、追求自由的女性"出走"的故事，而这样的故事在"五四"后已成为大众熟悉的女性解放论述。在接下来的《万象》第1年第3期，平襟亚很应时地发表了《潘金莲的出走》。这标题很难不让每月买《万象》的读者联想到上一期周璇的自述。《金瓶梅》中的潘金莲善于弹唱，并与西门庆相逢在街头，而周璇是歌星，电影《马路天使》中小红也是在街头唱歌，小说以此作为契合点，把大众熟悉的传统文学人物形象、当下流行电影的场景、流行歌曲歌词等城市娱乐文化、都市女星的娱乐八卦新闻，甚至自己发行的杂志里的上一期的文章，全都作为戏仿指涉的前文本。叙述者甚至还会突然引入一个大众熟悉的然而毫不相关的文学符号，如《西厢记》里的"拷红"。他的戏仿毫不留情，电影中悲戚的《天涯歌女》里"泪呀泪泪沾襟"在小说中并未能唤起读者的同情，也只是大众熟悉的文化符号而已。

平襟亚的笑谑最危险的地方，在于他把城市文化产品符号化，隐藏着对一切符码固定意义的不信任，无论是传统的，还是现代的。而古代文本里具有道德意义的文化符号会真正地"借尸还魂"，进入现代文本加强他笑谑的杀伤力，成为他质疑符码权威意义的工具。《潘金莲的出走》无意对潘金莲的出走进行道德探讨，作者真正要戏弄的是周璇自述所依赖的"出走"的女性解放话语。自从五四时期的"娜拉出走"之后，"出走"早已经成为中国现代女性解放话语里的意义固定的符号。《金瓶梅》里的"淫妇"潘金莲，在新文学家手中曾一度被重新塑造成勇敢追求个人解放和情感满足的文学形象（如欧阳予倩的话剧和京剧《金瓶梅》），但《潘金莲的出走》的戏仿质疑了这个新文学传统的主题和文化符号的意义："出走"不一定意味着被压迫的女性"解放"，可能只是潘金莲、王婆、西门庆这些升斗小民情欲利欲的可笑表演罢了。在小说最后那段色情化的叙述里，"出走"的女性解放话语遭到的质疑，不是鲁迅式的"社会没有提供出路"的社会批判，而是更为颠覆性的：即便每一次出走都出自于女性的自主选择，都在她的掌握之中，她最终都逃不过她身在其中的残酷的（性）欲望世界。

平襟亚从20世纪20年代开始主编小报时，便因一篇影射当时西化时尚的女名流吕碧城的戏作而惹过官司，藏匿于杭州写出后来风行一时的《人海潮》，对上海文化圈出版界的趣事、怪事大书特书。后来他开办中央书店，到20年代末已成为出版业"霸才",涉足出版、报业、金融、法律界,是典型的"洋场才子"。[①]这个词意味着在现代资本主义城市文化中如鱼得水,深谙文化生产里的商业和消费的逻辑。平襟亚对潘金莲故事和周璇自述的新编和组合,充分展现了他作为一个"海派"文化传媒商人的特征:利用城市大众对女明星的窥视欲和情欲想象,把他们所熟知的流行文化、城市八卦、传统文学里的情欲故事、女体描写结合在一起,把古代文本和现代世界的文本作为文化资本来重新生产文化产品,然后进行传播。

平襟亚常在文本中编织古代文学人物、女明星、性、流行文化符号,利用大众窥视的欲望,时而激进时而保守,其价值立场相当暧昧。他色情化的戏仿并不鲜见,如《齐人馈女乐》,戏仿陈云裳主演的古装娱乐片《一夜皇后》和歌舞片《云裳仙子》,小说写齐人给性苦闷的鲁人送上歌舞团,鲁公还独享歌舞团领班陈仙霓美人,在木兰舟上唱起《一夜皇后》和《春之恋歌》,鲁国得到齐人所馈的女乐,人人如获甘霖,

---

[①] 参见蔡登山:《繁花落尽——洋场才子与小报文人》,台北秀威信息科技股份有限公司2011年版,第84—90页。

陶醉得欲仙欲死，众人狂欢。小说开头用《春之恋歌》营造春情荡漾的气氛："你的温情医好我的创伤，人们最宝贵的是恋爱至上，我们不愿做神仙，但愿做鸳鸯。"浅薄庸俗的歌词成为文本的有机部分，和气氛渲染、故事情节结合起来。小说中不乏赤裸裸的色情描写，故事结尾还要让仙霓美人再被男人玩弄一把。吊诡的是，小说嘲讽沦陷时的上海让大众陶醉声色的娱乐文化，而这篇大肆影射女明星、充满春情气息的小说本身也是这种娱乐文化的一部分。

平襟亚以一个传媒文化商人的"传播"立场来戏仿种种城市文化产品，然而他最个人化的特征，是他的戏仿里的自我指涉（self-reflective）：他戏仿了文化传媒操作过程本身。在平襟亚的"戏说"和"新编"中，频频出现一个看不见的"大众"和一种被称为"舆论"的东西，它是大众的阅读，是各种形式的现代媒体，是消息传播的各种方式，是社交场合里的流言、绯闻、传媒的噱头，是小报、通讯社、广播、广告，是这座城市的现代技术变革和经济发展中的文化生产机器。孔老夫子想给欠学费的学生开律师信，却又怕舆论会一致反对；武大郎和潘金莲的离婚案轰动了城中公众，可城中势利的舆论界都同情潘金莲；《猪八戒游上海》中猪八戒想在上海开佛寺，第一步就是在报上登广告，众人看了广告"个个称奇"，结果生意大旺。

《江郎别传》是一篇专门戏仿现代传媒文化的小说。在故事里，江郎是一个多愁善感的"空头文学家"（鲁迅对于对现实世事毫无贡献的文学家的著名的蔑称），下笔便是"愁"和"病"，被岳母瞧不起，夫妻二人到大都市找出路，研究成为文坛偶像的登龙术。江郎的计谋是供起一支毛笔，制造一个"梦笔生花"的噱头，这噱头像"新闻一样传出去"震撼了文坛，他同时在报纸上自我宣传，组织"笔会"、电台广播、演讲，终于成为沽名钓誉的文坛盟主，写狗屁不通的文章同样也得到赞美。不料江郎为盛名所累，被慕名而来的访客折腾得脑汁绞尽，差点小命不保。他结束痛苦的名人生活的方式，也是通过传媒：他给通讯社发消息，说五色笔已被文星君收回，文坛从此人人都说他"诗文无佳句"。[①]

平襟亚这种将对传媒文化的戏仿和传统文化资源进行巧妙组合的能力，不仅显示在小说的虚构中，在他和张爱玲的稿费纠纷事件中也可见一斑。在和张爱玲笔战结束后，他在

---

① 平襟亚：《江郎别传》，《万象》1941年第1年第2期，第38—47页。

小报上以文言文写了一则狐狸变身为人的小故事:

> 老儿固习见其跪于紫兰榭后冰梅坪上深深拜月。当其焚第一炉香时,仅现人形之半;第二炉香时,人形虽成,犹掉其尾,绰绰然如扫花之帚。今已亭亭秀发,粉魇脂唇,俨然一丽姝矣!老儿守兹园行将十载,见伊人状,初不过三秋耳。斯言良确,非敢欺姑。[1]

这也是一篇"故事新编",戏仿笔记小说《聊斋志异》里老叟遇狐的荒诞无稽故事,打趣年轻的张爱玲得助于周瘦鹃,在其主编的《紫罗兰》杂志上发表《第一炉香》后迅速走红的过程,跟《万象》上的"故事新编"一样,重写古代文学经典同时滑稽模仿当前的文化现象以制作笑谈,而以旁观姿态出现的叙述者老叟则印证了平襟亚作为一个文化传媒人的身份,他观察、偷窥,并言之凿凿地对他人讲述、传播:"斯言良确,非敢欺姑。"

---

[1] 秋翁:《红叶》,转引自肖进:《旧闻新知张爱玲》,华东师范大学出版社2009年版,第20—21页。原载《海报》1944年11月3日。

小结

正如平襟亚的"故事新编"所展示的,这种诉诸轻快语言、不惮轻薄浅俗的喜剧文化实践,既是政治高压下的一种书写策略,也是一种自觉的美学和话语实践,互文性写作里嬉戏性的语言表演,使得这些"故事新编"挑战了强调模仿/写实的"讽刺现实主义"的主流文学模式,其文化构成复杂而价值立场暧昧,大众熟悉的古代文本和战时城市文化文本被转化为战时文化生产的文化资本,而他的双重戏仿也自反性地呈现了城市传媒资本文化自身操作的商业逻辑,以及它所赖以生存的历史物质语境与传媒文化生产机制。

第三节 战时日常与滑稽:徐卓呆的"狡智"创造

另一个活跃在战时通俗文学期刊笑声舞台上的作家是徐卓呆(1880—1961),《小说月报》《万象》《大众》等文化期刊上常见他的滑稽专栏,平襟亚的"故事新编"在古代文本、时政和娱乐八卦之间的自由穿梭中创造了海派"油滑"的笑声美学，而徐卓呆给战时上海大众提供了另一种极具个人风格色彩的喜剧文化实践：把战时日常生活滑稽化。

徐卓呆是苏州人，原名傅霖、筑岩。同行中皆知其善谑，他的同乡郑逸梅说他"游戏三昧，往往说着开开玩笑"。名字"卓呆"就是一个文字游戏，"卓呆"是"筑岩"的谐音，因为他别号"半梅"，取"梅"的古字"楳"的一半叫"呆"；因为崇拜卓别林，曾取笔名"卓弗灵"，把"呆"解为"弗灵"。[1] 还自称"半老徐爷"，因为属羊，又自号"羊老伶工"，谐音《杨家将》里的杨老令公。旧派文人取号多要雅致，他偏偏弃雅取俗，别署"李阿毛"，把自己的书房标为"破夜壶室"。[2]

在晚清民初现代文化转型之时，徐卓呆有许多开创性的文化活动：去日本学体育教育，在"新民"强国的时代引入现代身体教育；学习日本戏剧引进"新戏"，和欧阳予倩、郑正秋等人一起致力于改革戏剧，以戏剧灌输社会教育，近有

---

[1] 范伯群：《东方卓别林、滑稽小说名家——徐卓呆》，载徐卓呆著，范伯群、范紫江主编：《滑稽大师徐卓呆代表作》，江苏文艺出版社1996年版，第1页。

[2] 郑逸梅：《味灯漫笔》，古吴轩出版社1999年版，第44—45页。

学者称之为"成就最高的中国早期剧作家"[1]。范伯群说徐卓呆一生有三个时期,"第一是徐傅霖时期,是体育家、教育家、童话作家;第二是徐半梅时期,是新剧家;第三是徐卓呆时期,是小说家"[2]。实际上,除了戏剧和文学,他的文化实验还包括了当时最新的艺术形式——无声电影,他和汪优游创办了专门拍摄嬉闹片的"开心影片公司"[3]。由体育、戏剧到滑稽小说和电影工业,徐卓呆新奇的玩意很多,他采用日本的影片公司低成本和快速拍片模式,三年拍了18部电影,还学习过日本的"连锁剧",改称为"连环戏",把一部戏的半部拍到电影荧幕上,半部在舞台演出,银幕和舞台的戏可以互补两种不同艺术形式的优缺点,交替演出,观众喜欢新奇的玩

---

[1] 田炳锡:《从〈故乡〉、〈母〉等看徐卓呆的戏剧艺术成就》,《云南师范大学学报(哲学社会科学版)》2007年第1期。

[2] 范伯群:《东方卓别林、滑稽小说名家——徐卓呆》,载徐卓呆著,范伯群、范紫江主编:《滑稽大师徐卓呆代表作》,江苏文艺出版社1996年版,第1页。

[3] 1925—1927年间这家公司拍摄的18部电影有12部是喜剧,大多改编自当时的文明滑稽戏,大部分卖座很差,《神仙棒》是第一步卖座的中国喜剧电影。参见郑景鸿:《笑里沧桑八十年——中国喜剧电影发展史》,香港进一步多媒体有限公司2005年版,第36—37页。

意，轰动一时，连卖满座。[1]

徐卓呆是一个富有变革精神，面向大众文化市场不断追求新奇和创造的实验者，而这些现代文化实验多以引人发笑的方式出现，他是民初滑稽文化最重要的生产者，雷勤风把他称为早期中国的现代技术创新、移民、资本主义经济发展等历史条件中产生的"滑稽的企业家"（comic entrepreneur）[2]。他编写过30多个滑稽剧本[3]，自己也投笔登台，自认为并不擅长演"真挚的人物"，而擅长演傻子一类的滑稽角色，同侪称赞"滑稽之才，由于天赋，每一发吻，闻者无不绝倒"[4]。他从日本学习演戏、化妆，他翻译、写童话、收集笑话、创作"滑稽新体诗"《不知所云集》（1923），"措辞之妙，设想之奇，读者莫不为之捧腹"[5]，在旧派文人中有"文坛笑匠"、"滑

---

[1] 郑逸梅：《味灯漫笔》，古吴轩出版社1999年版，第42页。
[2] Christopher Gordon Rea, "A History of Laughter: Comic Culture in Early Twentieth-Century China," Ph.D. Diss., Columbia University, 2008, p.105.
[3] 徐半梅：《话剧创始期回忆录》，中国戏剧出版社1957年版，第65页。
[4] 徐半梅：《话剧创始期回忆录》，中国戏剧出版社1957年版，第38、42页。
[5] 赵苕狂：《徐卓呆传》，载芮和师编：《鸳鸯蝴蝶派文学资料》上册，福建人民出版社1984年版，第383页。

稽之雄"、"东方卓别林"、"滑稽大师"[①]之称。

尽管徐卓呆早年和戏剧改革者并肩创造了"新剧"潮流以启民智,但自20世纪20年代初开始他就是新文学阵营批判的靶子。他常常同时得到两种评价:对他文学书写的形式和创新改革的肯定以及对其"落后意识"的批评。新文学家承认他的小说有"轻松的想象"和"精彩诙谐的好文句",却憎恶其江湖说书派的"恶趣味"和"性的游戏主义"。[②]30年代初,日本刚发动战争侵略中国东北,徐卓呆写市民惶恐逃难的小说,被称为"国难小说",被左翼文学评论家钱杏邨批评:"小市民层的读者和封建余孽的阅读,虽然简明易解,写得'饶有兴趣'",但对战争的书写"意识"太落后,"只有社会记录的真实","人物没有出路"。[③]徐卓呆不符合左翼意识形态的要求,也未曾成为一个先锋的都市作家,但是并不

[①] 钝根:《徐卓呆小史》,载《鸳鸯蝴蝶派文学资料》上册,福建人民出版社1984年版,第384页。原载《社会之花》1924年第1卷第1期。

[②] 子严:《读〈笑〉第三期》,载《鸳鸯蝴蝶派文学资料》上册,福建人民出版社1984年版,第851页。原载《晨报副刊》1922年10月13日。

[③] 钱杏邨:《上海事变与鸳鸯蝴蝶派文艺》,载《鸳鸯蝴蝶派文学资料》上册,福建人民出版社1984年版,第876页。

妨碍他"成为一位大受读者欢迎的著名的通俗文学家"①。他的"通俗",不仅与旧派文人所承传的雅致贵族气的古典美学相对,还有对知识分子和精英文化、陈词高义的疏离,把本土戏曲文化中的"滑稽"转化为现代大众传媒上日常的文化实践,在日常生活中创造出各种"新奇"的文化产品以娱乐大众。

战时的徐卓呆和"李阿毛"

孤岛时期,已近花甲之年的徐卓呆回到上海,给报刊副刊写专栏,给小报《现世报》写滑稽小说,给电影公司做编剧、拍电影,也做话剧的编剧,但他的话剧团演出被左翼话剧家称为"文明戏",徐卓呆只好自嘲地另名为"通俗话剧"。② 在他身上我们可以窥见鸳鸯蝴蝶派"复兴"阵营在战时上海通俗文化的活跃。他是各大通俗文化期刊的中坚作者,《杂志》月刊上他回忆早期话剧活动,介绍园艺技术,在《小说月报》《万象》《紫罗兰月刊》《永安月刊》《乐观》《大众》

---

① 范伯群:《东方卓别林、滑稽小说名家——徐卓呆》,载徐卓呆著,范伯群、范紫江主编:《滑稽大师徐卓呆代表作》,江苏文艺出版社1996年版,第2页。

② 徐半梅:《话剧创始期回忆录》,中国戏剧出版社1957年版,第125页。

等"鸳派"商业杂志上发表短篇小说、剧本、笑话,同时翻译菊池宽、横沟正史、堤千代等日本作家的小说。抗战期间生活困苦,卖文拍戏只是徐卓呆诸多职业的一种,他还"商了一商",自制"科学酱油"出售,自称"卖油郎",抗战胜利后还写过一篇《妙不可酱油》教授读者酱油的做法。[①]

郑逸梅回忆,在困苦的沦陷时期,徐卓呆曾作过一篇《先天下之吃而吃》:

> 在户口米吃不饱而黑市米买不起的时候,我家里人,早已大起恐慌了,独有我作会心的微笑,默无一语。当他们极度忧虑,我就对他们说:尽管放心,决不会饿死,我早已备好干粮了。因为我家兼营酱油业,常有充酱油原料的豆饼送来。我胸有成竹,预备一朝买不到米,就得把豆饼来充饥。今见家人们如此恐慌,我就立刻实行,将豆饼磨成了粉,试制各种食品,觉得虽没有独立性,倒是个很好的配角。混入面衣中,其味甚佳,且有香气,而且成分可以各半,制馒头、面包,也颇可口,面疙瘩

---

① 徐卓呆:《妙不可酱油》,《茶话》1947年第18期,第40—48页。

亦可。但这些成分，只好三与七之比，太多了，恐怕缺乏黏性，所以要做一条条的面，就加不进去。有时领到了户口碎米，拿来煮粥，往往有一些怪气息。如果放一些炒过的豆饼粉下去，豆饼粉的香气，就可以将这怪气息盖去，不但效力大，量也多了。我家一吃之后，人人满意，每月本来可以领到四十二斤面粉，现在大约可以加三十斤豆饼粉进去。这样一来，差不多有了七十二斤面粉可吃，肚子里可以多塞许多东西下去了。把它当作炒米粉那么拌来吃，倒也很香，而且不用和入面粉，不过糖太费了，不是生意经。这是我家独行之秘，一向不肯告人，因为豆饼是猪猡吃的，说出来到底有些难为情，所以只好关好了门大嚼。不料前天早晨，内子华端岑一读报纸，哈哈大笑，原来当局要将豆饼粉作为户口粮了。我一闻此讯，大为欢喜，从此以后，不必怕羞，我合家可以公开做猪猡了。[1]

这篇文章颇能展现徐卓呆书写战争、日常生活和滑稽

---

[1] 郑逸梅：《文苑花絮》，中州书画社1983年版，第191—192页。

的方式。文章的标题戏仿范仲淹的千古名句"先天下之忧而忧",把文人的家国忧愁变成了一个普通人生存最基本的"吃"的问题,同时也把焦点从"情感"转为了细细碎碎的"物质"。文章再现了饥饿和恐慌的战时现实,但重点在于自己如何以"会心的微笑"克服众人的恐慌,如何在物质的困苦中自得其乐,这种自得其乐却又不是儒家颜回式的"不改其志",而是在日常生活的物质匮乏中机智地创造出丰富,在当局配给的户口米里掺豆粉得到的精神胜利和创造的快感,作者自得于自己的生活智慧,并且自嘲"猪猡",把战时日常生活作滑稽展示,是苦中作乐,娱己娱人。

战时徐卓呆最广为人知的文化产品是"李阿毛"。李阿毛是一个穿梭在多种类型的现代文化产品之间、进入战时上海市民日常生活的虚构角色。他最初出现在孤岛时期《新夜报》的一篇小说中,有偷天换日的本领,喜欢捉弄人。小说登完后徐卓呆在《新夜报》上设立了一个"李阿毛信箱",专为读者解答疑难,一时颇为轰动,读者来信最多的时候一日有四五百封之多。[1] 在1939年小报《现世报》的滑稽小说上,

---

[1] 徐卓呆:《李阿毛编剧者言》,《青春电影》1939年12月,第17页。

李阿毛是在电影院门口和电车上频频得手的"贼博士"扒手。在《时事新报》和小报《现世报》上也开"李阿毛信箱"专栏，徐卓呆自称"李阿毛博士"，以简短而诙谐机智的语言回答读者来信，"专答男女恋爱婚姻问题"。由于在读者中反应热烈，正在国华影片公司做编剧的徐卓呆便把李阿毛的故事拍摄成滑稽电影，女主角是"善吃豆腐的女博士"、家喻户晓的"唐小姐"（徐卓呆也曾借用电台播音员"唐小姐"的名义在报纸上解答读者的疑难问题），拍了《李阿毛与唐小姐》（1939）、《李阿毛与僵尸》（1940）和《李阿毛与东方朔》（1940）[1]，当时广告称："集时装古剧与一炉，时代之滑稽影片。""想入非非，笑话百出！"[2] 据他自己介绍，《李阿毛与唐小姐》是滑稽之中带讽刺，第二部《李阿毛与东方朔》外表滑稽，骨子里有孝悌忠信等道德教训，第三部《李阿毛与僵尸》以恐怖始，以滑稽终，李阿毛窥破了骗局，而且还与对方一起合作"装神弄鬼，闹得不亦乐乎"，剧中除了市民熟悉

---

[1] 参见郑景鸿：《笑里沧桑八十年：中国喜剧电影史》，香港进一步多媒体有限公司2005年版，第59页。

[2] 《电影世界》1940年第2卷第2期，载《中国早期电影画刊》第9卷，全国图书馆文献缩微复制中心2004年版，第346页。

的"唐小姐",还有一个为国牺牲的发明家,一个为虎作伥的土匪,演成一出"侦探剧似的话剧"。[①]在沦陷时期的《万象》月刊上,李阿毛是短篇小说系列《李阿毛外传》的主人公,是虚构人物,但有时却又是文化期刊上的一个作者,徐卓呆曾以"李阿毛"为笔名创作小说《唐小姐》,在《大众》杂志上发表《妙不可言集》,《小说月报》上发表滑稽小说《一根太太》,战后文化月刊《茶话》上发表"李阿毛戏作"《和事老》等。用21世纪中国社会流行文化产业的说法,"李阿毛"是一个跨界文化产业的大IP,延伸到各类现代传媒文化行业中,深入城市大众的日常生活中与粉丝互动、游戏。

《李阿毛外传》在《万象》1941年7月第1年第1期开始连载,一直到1942年6月,由12篇独立小故事的短篇组成。在这些小故事中,李阿毛被作者称为"现代马浪荡"[②]。从"马浪荡"身上能看到"李阿毛"这个角色和本土戏曲的联系。"马浪荡"为吴语地区的评弹和滑稽戏的丑角,多智,常在戏

---

① 徐卓呆:《关于李阿毛与僵尸》,《大众影讯》1940年第1卷17期,第135页。
② 徐卓呆著,范伯群、范紫江主编:《滑稽大师徐卓呆代表作》,江苏文艺出版社1996年版,第31页。

中穿插笑话。自晚清开始苏剧中便有《马浪荡》剧目，在20世纪30年代前后，该戏在沪家喻户晓，人们常把无固定职业的男子称为"马浪荡"。[①]

而在小说中，李阿毛这个马浪荡的表演舞台变成现代城市。但他不是本雅明笔下在城市大众人群中东张西望的游荡者，也不是上海20世纪30年代新感觉派小说里穿梭在大都会的咖啡馆、舞厅、电影院和大饭店之间饱受感官刺激的男性。他是一个中年的胖子（徐卓呆自己也是一个胖子），在城市里游荡，身份不确定，有时是侦探，有时却又是骗子，有时是小偷，有时却是帮人抓小偷。他有时在文化公司、书局和火车站里出没，有时潜进入斗气吵嘴的夫妻闺房中。他常常帮遇到生活难题的朋友出谋划策，救急救难，然而他并非有什么过人的侠义心，有时甚至捉弄欺负朋友，是一个让人哭笑不得的"促狭鬼"。他有"兜得转"的生存智慧，但也不是一个能力高强的超人，作为一个上海人，李阿毛同样也要受二房东太太的气。

有学者把《李阿毛外传》看成一部再现沦陷艰难现实的

[①] 《中国戏曲志·上海卷》，中国ISBN中心1996年版，第171—172页。

讽刺小说,"在李阿毛教别人如何生活的背后,人们看到了生活的艰难和无望",小说的基本主题是"在当今社会生活之中如何生活"。[①] 把战争日常生活"滑稽化",自然是一种书写战争的曲折方式,然而徐卓呆的战争书写并非记录时代的悲剧,或者是为战争立下纪念碑,而是在"艰难和无望"在日常生活中寻求一种创造性的快感,滑稽展现其主体能动性的生活方式和态度,而且有一种超越现实的乐观幻想,就像他笔下的科学家发明的"自动生产机",可以"在非常时期""无中生有"。[②]

《万象》上的马浪荡李阿毛文学角色,跟报纸专栏上解答读者问题的李阿毛一样,来自于城市中下阶层,有"狡智",像弗莱所说的喜剧里常见的一种类型人物——最早是罗马喜剧里的"机智的奴隶"(dolosus servus),专门负责出谋划策以确保主人公得胜的人物。这种角色在喜剧的历史里有很多变种,文艺复兴时期"献策的仆从",在现代的小说里变身为业余的侦探,在英国伦理剧里是"缺德鬼"(vice)(他们的恶作剧其实大多出于善意)。他们共同的特征是善于乔装和变形,

---

① 汤哲声:《滑稽名家东方卓别林——徐卓呆评传》,载刘祥安编校:《滑稽名家、东方卓别林:徐卓呆》,南京出版社1994年版,第19页。
② 徐卓呆:《自动生产机》,《小说月报》1941年第4期,第124—125页。

"不是无忧无虑便是一肚子坏主意"。莎士比亚的戏剧里就有很多这样的例子,这些角色总是胸有成竹、运思自由。这种"机智的奴隶"或曰"缺德小人"的人物角色十分好用,最为古典喜剧作家喜欢,因为干什么都"纯粹本着对恶作剧的喜好",借助这个角色容易铺展开整个喜剧的情节,弗莱称之为"喜剧的灵魂"。[①]

徐卓呆把通常是喜剧次要角色的"喜剧的灵魂"作为系列小说的男主角,"李阿毛"作为一个扁平的文学形象,最突出的特征便是"纯粹对恶作剧的喜好"(他对恶作剧的爱好同时还包含了爱好揭穿骗局和恶作剧)和善于易装、乔装成各种形象:《愚人节》中伪装为一个痛哭悼念妻子的基督教徒;《汉高祖的水盂》伪装成考古专家把小偷盗取的古董交换回来,还要留下纸条嘲弄小偷;他捉弄贪财的房东太太,揭穿算命先生的骗局;《推广部主任》里他捉弄老朋友编辑张独素,用匿名投稿到报纸骂新书《男女交际术》,用"不花钱的广告"、"反宣传"的方式宣传新书,书越骂越畅销。《李阿毛

[①] Northrop Frye, *Anatomy of Criticism: Four Essays*, Princeton, N. J.: Princeton University Press, 1957, p. 179.

外传》里有9篇是骗局或恶作剧，3篇是揭穿骗局或者揭开谜团，如同侦探般探查或跟旁人洋洋得意地分析一个骗局的构成。无论是做侦探还是做骗子，这些故事都意在展示李阿毛的足智多谋、伪装能力和反伪装的能力。

徐卓呆20世纪30年代写滑稽小说时便常写人物乔装或骗局（如《女性的玩物》《开幕广告》等），材料也是现代城市日常生活，战时的《李阿毛外传》延续了之前的写法，但明显地多了饥饿、贫困、失业、特务、封锁等战争现实材料，然而，这些乱世材料在小说中出现似乎只是为李阿毛的足智多谋提供了动机和更多的表演机会，现实的困苦只是他滑稽小说里的情节发展的起点。例如《日语学校》里，由于米油煤球统制，不会日语的李阿毛开办"日语学校"，以米、油当学费教学生他仅会的"米"和"油"的日语单词，然后再拿米油换煤球。《征求终身伴侣》里阿杨哥贫困无路向李阿毛求助，李阿毛租一个邮政信箱，炮制一个年轻富孀征婚的广告，和回信的应征者约定见面时，李阿毛扮成富孀的兄长，和相亲者探讨慈善问题，顺便让对方捐钱，等有人调查时，征婚的邮箱早已易主。《从后面走出去》里李阿毛为失业的理发店主和园圃店主想了个赚钱的绝妙点子。贫困、饥饿被视为一种可以用机智和表演克服的小问题，而作者津津乐道的是李阿毛表演的过程，故事的高潮总是李阿毛骗局得胜时，或秘密被他揭穿的洋洋得意的一刻，当"纯粹出自恶作剧的喜好"的角色成为男主人公时，"恶作剧"也成了这个系列小说的主题。在《愚人节》《封锁》《项链》《封锁》这些篇章中，与现实中的饥饿现实无涉，这些的恶作剧/拆解恶作剧中呈现的现实只是城市大众在日常生活的关系：商人和顾客，广告和读者，夫妇、房东和房客，就如徐卓呆在报纸上的"李阿毛信箱"专栏，介入的是现代城市里的普通人可能会遭遇的人际关系。

诚如范伯群所说："在民不聊生的重轭下，作者所写的是超常规的求生之道。铁蹄下的市民们似乎已无法用自己的勤劳赖以维持生计，作者只能用马浪荡的狡智来博取苦恼人们的苦笑。这些笑料并非教唆人们去施行骗术，因此在夸张中加上了浓重的荒诞成分，……但他毕竟源于生活，忠于写实。"[1] 他的"写实"在于日常物质性的再现。这些故事里甚少

---

[1] 范伯群：《东方卓别林、滑稽小说名家——徐卓呆》，载徐卓呆著，范伯群、范紫江主编：《滑稽大师徐卓呆代表作》，江苏文艺出版社1996年版，第4页。

出现政治讽刺和现实批判的笑话，徐卓呆常用的方式是变形，特定的战时政治现实产物，例如"封锁"，本是沦陷时期对街区进行局部搜查的军事政治暴力行为，在《封锁》中变成为斗嘴夫妻之间的"封锁"；"搬出证"（日军占领租界后，当局对上海成年市民配备"市民证"之类的证件以进行严厉的户口控制[①]）是李阿毛骗小偷给他免费搬运死尸后留下的嘲讽的纸条。严肃沉重的政治嵌入日常生活的物质细节中，变形为骗局里琐碎的小道具。

小说家的恶作剧

弗莱说"纯粹的对恶作剧的爱好"时，已经触及喜剧骗子这种类型人物的特征：他在喜剧中的作用常常是结构性的而不是语义性的。骗局得胜的情节在故事结束那一刻带给读者的是机智的胜利感、新奇和犯禁的快乐，而不是道德的、伦理的讽刺，徐卓呆的"机智的骗局"引起读者的惊叹和愉悦，读者们不同情骗局或恶作剧的受害者，或者质疑这

[①] 参见上海地方志办公室：《上海地方志资料库·上篇》，上海地方志办公室网站，http://www.shtong.gov.cn/dfz_web/DFZ/Info?idnode=177922&tableName=userobject1a&id=245185，2018年6月27日。

种骗局的真实性。这种"纯粹"的笑声使得他的喜剧想象要比平襟亚的"插科打诨"式的"故事新编"更少道德和政治现实讽喻的倾向,即便是他在沦陷后写的两篇以日本人为主角的小说,跟"大东亚和平"议题或"民族抵抗"都毫无关系——《一根太太》讲的是一个日本妻子如何设计逼走丈夫的情妇;《糖莲心》写一个傻乎乎的日本人到上海来"学习支那",以一个外乡人的角度来看上海的怪异现状,如果说文章还有一点"隐晦抵抗"的意思,也就是拿这个日本人取笑,如他在中文名片上闹出"米田共"和"长尾龟太郎"的笑话。

在徐卓呆的小说里,"纯粹出自于恶作剧的喜好"不仅适用概括李阿毛这个文学形象,也适合形容叙述者自己,叙述本身就是制造阅读惊喜的骗局。除了《李阿毛外传》,徐卓呆发表的其他许多短篇小说和独幕剧本也大多与骗局有关,例如《爱情代理人》是经理夫人考验丈夫忠贞的恶作剧,《相见恨晚》是中年人伪装成年轻人相亲的骗局,《一根太太》是妻子对丈夫情妇的骗局。在沦陷时期"故事新编"的风潮里,徐卓呆也有戏仿古人的"故事新编",但与平襟亚钟情于巧妙的互文游戏和瓦解权威文化符号意义的"新编"不同,他的兴趣在于古代故事里的"骗局"因素,将古代文本夸张地重写为一场狡猾机智的表演，或一出现代骗局。例如《崔莺莺之夫》重写《西厢记》崔老夫人"赖婚"，她说"无论僧俗人等，只要能退贼就许莺莺为妻"，其实是把张生和惠明和尚都骗来帮忙退贼。整个剧本就是狡狯的崔老夫人与两个"结婚候选人"巧辩的过程，一番唇枪舌剑后两个男人都落败。最后长老对崔老夫人说："读书人和出家人都很容易打发，万一是手里拿着刀枪的，恐怕就不是他们的对手了。好险啊！"[1]这是剧本中唯一的现实影射，两人相视而笑中故事闭幕。在《西施之歌》中西施被写成一个能歌善舞的女特务头子，一个骗局的统筹人。"美丽的女特务"这种战时特有的女性形象，在徐訏1943年风靡一时的畅销书《风萧萧》里吸引过许多读者，当时也有以西施为题材的"借古讽今"以抒发民族大义的电影，广告宣传写"大辱历历在目，国仇耿耿于心"。[2] 但徐卓呆对西施故事与现实意义关联的兴趣仅在于有"特务"

---

[1] 徐卓呆：《崔莺莺之夫》，《万象》1941年第2年第2期，第165—168页。
[2] 1941年国联电影公司曾摄制《西施》，由卜万苍编导，袁美云、梅熹主演，参见上海地方志办公室：《上海电影志·大事记》，上海地方志办公室网站，http://www.shtong.gov.cn/newsite/node2/node2245/node4509/node15168/index.html，2002年1月7日。

身份的欺骗性。故事讲西施以美貌和歌舞让吴王误了国政，但吴王是"艺术批评家"，她代表的民间通俗文艺太"下里巴人"，无法让吴王保持长久的兴趣，西施只好改变策略，让她手下的"女特务"——一班供吴王享乐的女戏子集体出动，她们的策略是拜喜欢看戏的官太太们为"过房娘"。文武百官都是"妻管严"，官太太们掌握着国家财政大权，她们的审美水平是"落难公子中状元"的套路，还迷恋唱小生的干女儿。干女儿们周旋在众干妈之间，以置办唱戏行头为名掏空了政府财库，西施的特务大计也成功了。叙述者评论道："好在过房娘没有同业公会，所以干女儿的骗钱方法，决不会穿。"[1] 总而言之，徐卓呆把种种苦难现实、战争的产物、战时流行话题都变成骗局和恶作剧的材料，致力于用荒诞无稽的想象来引人发笑。

当时风行的战时话剧在他的戏仿下也会变成一出捉弄读者的闹剧。独幕趣剧《赵五娘的秘密》里，剧本开头是一出影射现实的历史剧，讲贫穷的老两口哀叹世道艰难，儿子上京考功名，只好靠媳妇赵五娘去领赈济米，五娘一大早去排

---

[1] 徐卓呆：《西施之歌》，《万象》1942 年第 2 年第 2 期，第 88—91 页。

队领的赈济米在路上也被抢了,二老只好以稀饭度日。这再现了战时市民们靠"赈济米"度日的乱世饥荒景象。随着剧本的开展,读者不断遭遇阅读的转折:婆婆突然发现媳妇躲起来偷吃,争吵一番后发现,媳妇偷吃的其实是米糠,宁可自己吃米糠也要把最后的稀饭留给二老,二老感叹他们幸亏有"贤德的儿媳"。这时剧本是一个关于传统美德的故事。接着赵家叔父在舞台出现,揭穿五娘偷吃的糠其实是"营养丰富的燕麦片",现在大家都吃"机器打的籼米"易有"脚气病",五娘就是因为缺少维他命 B 而偷吃燕麦片,贤惠的媳妇其实是狡猾的骗子。此时剧本变成了一个平襟亚式的、古代人物生活在现代城市中道德堕落的"故事新编"。最后剧本再次出现喜剧转折,赵五娘的口吻一变,成了一个话剧演员:"胡闹!这对白剧本上是没有的。""这是古装戏!用不着什么维他命 B!什么机器打的籼米?什么脚气病?我不干了!"演叔父的男演员争辩道:"现在写剧本的先生们,在古装剧本的对白里,喜欢多用新名词,甚而至于连日本的名词,也放了不少进去,那末,我用了维他命 B,机器打的米,脚气病,就错了么?我不能学时髦么?"在戏里的观众(同时也是文本里的演员)起哄叫"闭幕"的嘘声中故事结束。[1]原来这是一个关于现代话剧演员演古装戏的故事，不是"故事新编"，而是对当时流行影射沦陷时期上海生活的"故事新编"和"古装戏"的戏仿——他嘲笑的对象自然也包括了他自己的"故事新编"。戏仿造成了"元戏剧"的荒诞效果，把当时借古讽今的历史剧和道德书写变成了一出闹剧。

徐卓呆有各种各样引人发笑的"招数"来确保这些恶作剧的笑声效果，有时是对特定对象的戏仿、有时像描绘一出嬉闹电影式的场景：男女之间紧凑生动的唇枪舌剑（verbal slapstick）（如《愚人节》），嬉闹、舞台人物的进进出出（《请走后门出去》），走进机器里的人（《自动生产机》），等等。徐卓呆的滑稽中那些"低级"的喜剧形式，例如闹剧（farce），通常被认为是最缺少文学及文化含量的一种喜剧形式，情节放肆离奇，人物行为缺乏可信真实性，它粗暴地排斥任何感伤的因素[2]，清晰地划出了他的喜剧想象与感伤、悲剧书写模

---

[1] 徐卓呆：《赵五娘的秘密》，《万象》1942年第1年第8期，第178—182页。
[2] 关于闹剧的定义，参见 Maurice Charney, *Comedy High and Low: An Introduction to the Experience of Comedy*, New York: Oxford University Press, 1978；以及 Albert Bermel, *A History from Aristophanes to Woody Allen*, Carbondale: Southern Illinois University Press, 1990。

式之间的界线。

滑稽与公共舞台

"滑稽大师"徐卓呆,用现代文学形式和文化传媒继承了中国笑声文化中的"滑稽"文化传统[①]。正如从汉代司马迁《史记》开始,"滑稽"就作为一种美学范畴存在于中国的文学作品之中。《史记·滑稽列传》取"滑"、"稽"二字的喻义,形容先秦以来宫廷俳优讽谏君王时的"出口成章,机智巧辩"。[②]在对中国古代滑稽的研究中,人们常强调的是讽谏作用和机智巧辩的特点,而"滑稽"文化的表演性却少人重视。从先秦俳优在君王和大臣面前的表演开始,"滑稽"的产生就意味着存在着表演者和观看者的关系。民国时上海游艺场里的"滑稽戏",也是一种公共舞台上的表演。欧洲中世纪民间文化的笑声产生在"公共广场",在中国语境中更恰当的描述是"众人围观"。这种公共表演的大众特质几乎是与生俱

[①] 中国的笑声传统源远流长,可上溯到《诗经》中的谐趣、先秦的寓言,历史上几乎所有的文学样式都有数量繁富的笑声作品,参见卢斯飞、杨东圃编:《中国幽默文学史话》,广西教育出版社1994年版。

[②] 汤哲声:《中国现代滑稽文学史略》,文津出版社1992年版,第1页。

来的。平襟亚用"马戏团"的小丑表演来比喻自己的故事新编，其实也触及了这种"剧场空间"的表演性质。雷勤风深刻地提出过一个"阿毛VS阿Q"的问题：让普通大众享受一下精神胜利法有什么问题呢？[1]这种文学里的滑稽表演，就是以引大众发笑为目的。学者李海燕认为，在晚清民初时期，"鸳鸯蝴蝶派在文学公共空间里创造了一个情感的群体，在这个公共空间里，中产阶级的个体交换私人经验，把他们自己作为伤感男女的时尚"[2]。"通过阅读和哭泣的经验，读者们被变成一个个私人的个体能走到一起组合成一个公众，一个感伤的群体。"[3]如果悲剧让观众/读者成为"哭泣的群体"，那喜剧文学剧场空间创造的是一个发笑的群体。

这种滑稽的表演性在徐卓呆的写作中，常常与一种面具式的、与"真挚感情"相对立的特质紧密联系。徐卓呆在讲

---

[1] Christopher Gordon Rea, "A History of Laughter: Comic Culture in Early Twentieth-Century China," Ph.D. Diss., Columbia University, 2008, p.152.

[2] Lee Haiyan, "Sentiment and the Literary Public Sphere," *Modern China*, Vol. 27 No. 3 (July 2001), p. 321.

[3] Lee Haiyan, "Sentiment and the Literary Public Sphere," *Modern China,* Vol. 27 No. 3 (July 2001), p. 301.

述者、观察者和受骗者的关系中重新描绘城市生活的喜剧景观，多用王师母、李阿毛、阿杨哥这一类面具化的人物，这些喜剧角色把自己以及它自己创造的世界作为景观向众人展示，它有时模仿真实世界，但常是歪曲的模仿，缺乏真实性。它既不展现作者的内心的世界，也很少致力于表达细微深邃的感情。有趣的是，徐卓呆回忆早年在滑稽舞台上的经验时，说自己不适合演"真挚的人物"，善于以傻子的形象来引起观众的快乐，他觉得戏台生活第一件赏心乐事的就是化妆[①]，也即表演的"面具"。

巴赫金对骗子、小丑、傻子三种喜剧人物功能的论述，或许能帮助我们更深入理解徐卓呆的"狡智"表演所展示的世界。巴赫金认为中世纪晚期社会底层的民间及半民间文学中有讽刺和戏仿的趋向，里面有三种突出的形象：骗子、小丑、傻子，"他们有一个特征、同时也是他们的特权——在这个世界上成为'他者'的权利，不和任一现存的单一范畴保持一致的权利"，他们是生活的密探，以戏仿的方式揭露各种陈腐、平庸、虚假的陈规旧习。在与成规的斗争中，这些

---

① 徐半梅：《话剧创始期回忆录》，中国戏剧出版社1957年版，第69页。

喜剧角色所带的面具有特别的意义：

> 他们保证了不去理解的权利，去混淆、去戏弄、去夸张生活的权利；在谈话中戏仿他人的权利；不把话当真、不"显得真诚"的权利；在幕间表演、剧场的时空世界里过日子的权利；把生活表演成喜剧和把他人当成演员的权利……①

巴赫金所说的这三种喜剧人物的笑声有其特定理论的语境，提出"时空体"(chronotope) 这个概念时他分析了多种类型不同的时空体，中世纪晚期底层文学里的角色建立起属于他们自己的"剧场时空体"，深刻影响了欧洲长篇小说的发展，他们把民间文化公共广场的性质带进了小说中，以面具的方式把人类"外在化"展现，它们还影响了长篇小说 (novel) 中作者的位置，也影响了作者观察的视角。长篇小说

---

① M. M. Bakhtin, "Forms of Time and of the Chronotope in the Novel," in *The Dialogic Imagination: Four Essays,* ed. Michael Holquist, translated by Caryl Emerson and Michael Holquist, Austin: University of Texas Press, 1981, p.162.

的作者以一个既不参与其中也不理解种种现存陈规的人的视角,把日常生活、政治、艺术中的成规揭露出来。①

尽管历史和理论语境不一样,这三种喜剧人物形象的特质与功能、他们所建立的"剧场时空体",以及巴赫金"隐喻性地把握"这些喜剧形象的方式,都为我们进一步理解徐卓呆的喜剧文学想象提供了启示,可以从以下几方面加以发挥:作为公共表演性、骗局与小说叙述的关系,以及笑声作为"他者"的位置和特权。

徐卓呆的小说创造了一个属于机智骗子、穿街过巷的"马浪荡"的时空世界,上海被看成一个闹剧和骗局的大舞台,把火车站、家庭室内、公司都变成了骗局展开的空间,城市种种物质文化成为恶作剧的道具,城市生活由一个个滑稽片段组合而成。在他的一些短篇里,"骗局"同时在"叙述"形式上起作用。作者的讲述行为本身也是一个恶作剧,他有时操控叙述视角、叙事距离以造成阅读惊喜,像存心要捉弄读者,展示骗局的同时也是戏弄读者的过程,使读者在阅读

---

① M. M. Bakhtin, "Forms of Time and of the Chronotope in the Novel," in *The Dialogic Imagination: Four Essays*, ed. Michael Holquist, translated by Caryl Emerson and Michael Holquist, Austin: University of Texas Press, 1981, p. 163.

的过程中被卷入骗局。正如《赵五娘的秘密》的戏中戏所展示的,作品嘲弄读者有时也嘲弄自己。而骗子就是那个欢乐的关键,正如巴赫金所说:"和呆板阴郁的欺骗相反,我们有了骗子的欢乐的欺骗。"[1]

《愚人节》写新婚妻子为了一封来历不明的女子情书和丈夫吵架,要寻短见,夫妇俩正吵到选择何种死法时,一个提着皮包的男人在门口大哭,说他妻子当年因为他有外遇而在这房子里烧煤气自杀,刚好今天是四周年忌日,恳求夫妻俩允许他到屋内单独忏悔祈祷。夫妻俩走到室外,听到屋内男人向上帝大声大段地忏悔时忘记了吵架,等男人完成祷告离开后进屋,发现家里财物失窃,在"四月一号"的日历旁,有一张署名"李阿毛"的名片。

这篇小说写得像一出独幕剧的剧本,由简单的场景描述和大量的人物对白组成,剧本开头用戏剧性的外视角呈现小夫妻吵架赌气逐渐升温的唇枪舌剑家庭场景,然后转用第三

---

[1] M. M. Bakhtin, "Forms of Time and of the Chronotope in the Novel," in *The Dialogic Imagination*, ed. Michael Holquist, translated by Caryl Emerson and Michael Holquist, Austin: University of Texas Press, 1981, p.162.

人称有限视角,从夫妻的视点,发现一个陌生男人在室外痛哭,读者的目光也跟随着夫妻俩从室内转到室外,和他们一样获得有限的信息,却突然发现自己和受骗的夫妻一样被蒙在鼓里。叙述者展示骗局时,悄悄隐藏其全知的视角,通过旁观的叙述角度也骗倒了读者,读者欣赏骗局的同时也就是被骗的过程。因此徐卓呆的"骗局"其实包含了两个层面:作为故事内容的骗局和作为叙述本身的骗局,讲故事、叙述本身就是一个捉弄读者的恶作剧。

徐卓呆常常选取一个城市普通人或曰"小市民"的旁观角度来讲述故事,因为骗局就是他/她生活中的一个"断片",徐卓呆曾认为小说就应该写人生的"断片"[①]。读者被邀请和房东太太、公司小职员一起去窥探,甚至参与一出出城市奇遇。例如《一根太太》从女房东王师母的第三人称有限视角讲述日本女租客的故事,从小说开头对王师母行动的讲述中,我们能看得出这位女房东太太显然有窥视打探楼上女租客私生活的好奇心,对语言不通的日本人也有点大惊小怪。她打听到女租客是日本商人一根先生的情人,一根太太出现时,王

---

① 徐卓呆:《小说无题录》,《小说世界》1923年第1卷第7期。

师母奇怪地发现一根太太只是友好地邀请女租客去看话剧。故事结局是王师母目瞪口呆地看女租客被一根太太笑语盈盈的骗局倾巢清场。

《爱情代理人》从一个有点神经质的公司小职员的视角来铺展经理夫人设计的一场爱情忠贞考验。作者通过叙述视点的转移、外聚焦到内聚焦的转换、叙述者声音和转述心理独白的混淆来制造骗局（及阅读的骗局）的效果，使得读者进入城市时空和小市民的心理世界，与小说里的人物一起分享被骗的惊奇。小说直接从办公室文员张季浩的独白开始："失败了！"他错拆了寄给经理的一封私人信件。小说接下来对这个办公室小职员的描述呈现了他的特点：善良、粗心、敏感，甚至有点神经质。他谨慎留意周围同事们对自己的态度，总是担心自己粗心而做出一些违背都市生活准则的小差错被笑话，例如忘记系领带。拆错经理的私函让他觉得这次失败特别严重，因为这是"女子寄来的秘密信"，会影响经理的形象。他的心理独白引导读者认为这是一宗婚外情事件。叙述者一本正经地告诉读者，在众人眼中经理是个有声望的正经人，尽管事实是否如此他无法保证。小说直接引述张季浩的心理活动："想不到经理先生这样地靠不住！"他觉得不安，决定要替经理保守秘密,于是拆开了这封信。

小说第二节直接展现了信的内容,女子暗示自己与经理曾有亲热暧昧的交往,尽管对方可能已忘记,但她还记得并且无比尊敬他,现在生活艰苦,她出自于"极大的苦痛和决心"鼓起勇气给他写信,希望得到他的经济援助,"若然你对于一个女子心中最后的希望,有好意而表同情",就和她在火车站会一面。小张读罢呆了一回,暗想:"上海的地方,太大了!"

小说接着写:"总之,他看了一封了不得的信了。这自称杜淑英的女子,绝非单单是个管理员,还带一点靠不住的性质,而一定不是丑陋的人。"读者很难分辨这是对张季浩心理活动的间接转述,还是叙述者自己的评论。叙述者故意混淆两者,把一个外形美丽而道德可疑、纠缠着情欲和金钱故事的都市女性的刻板印象送到读者面前。年轻纯真的小张对"上海"这个城市的复杂深深地感慨,想置之不理却又忘不了女子所说的"极大的苦痛和决心"。为挽救自己的粗心所造成的失败,他决定代替经理去与这女子相会。叙述者告诉读者,其实小张是被这封情书引起了好奇心,想见识一下这种类型的都市女性。

第三节描写小张忐忑不安的思量,他最后决定冒险去火车站。在这个充满流动性、不确定性和各种可能性的城市空间，左右张望的小张没等到想象中的年轻女子，却遇到了经理夫人。当他解释自己是替经理办公事的"代理人"时，经理夫人面露笑容。叙述者间接转述忧郁的小张的心理独白："恶事已经泄漏，他私拆书信，吞没书信，都给经理先生知道了。"第二天经理召见小张，然而他不是责备反而是感谢小张"救了他一救"，要拿那封被截留的信去"参考参考"。看完"情书"后，经理"面孔上有种种表情"，叹一口气说："我一定会上当的。"

《爱情代理人》发表在《小说月报》1940年的创刊号，正是鸳鸯蝴蝶派阵营"复出"，顾冷观宣称要为"孤岛"市民提供"精神食粮"的第一期。左翼文学批评家认为"礼拜六派的重振"并没有提供恰当的精神食粮，就把这篇小说作为礼拜六派"nonsense"特征的例证，"叫人一笑，但除了一笑，再也没有什么"[①]。徐卓呆给读者提供的"食粮"是办公室心理情境与夫妻家庭"斗智"骗局结合的一出城市喜剧。与其

---

① 叶素（楼适夷）：《礼拜六派的重振》，载芮和师编：《鸳鸯蝴蝶派文学资料》下册，福建人民出版社1984年版，第816页。原载《上海周报》1940年第2卷第26期。

说这出喜剧是供"消化"的精神食粮，不如说提供了给读者"消费"的笑声：他创造了作为骗局奇观的城市生活，而读者也被拉进其中。不可靠的叙述者一直在引导读者入骗局，跟着小张的内心活动去猜想故事，但有时叙述者又拉开叙事距离，通过对小张性格心理的描述来展现这个办公室小职员对周围事物的过度反应和自以为是的天真。骗局的操纵者是经理太太，伪造一个外遇机会来探测丈夫的忠诚，这个骗局把家庭喜剧情调、大众读者对都市生活中浪漫绯闻的"前见"、现代城市职业角色身份心理描写融合在一起。

无论是李阿毛穿街过巷的恶作剧表演，还是普通小市民对骗局的"观看"，都在向读者展示"在城市怎样成功地骗人"：这些恶作剧或骗局的得以成功往往依赖于广告、信件、契约、纸条、邮箱、名片，甚至是一场法租界的中国话剧（《一根太太》）。骗子的剧场空间里展示了被骗者/隐含读者/读者所熟悉的城市物质文化，诚如雷勤风所说，徐卓呆自觉地强调城市文化的"物的欢闹"[①]。文本中，战争的现实、艰苦

---

① Christopher Gordon Rea, "A History of Laughter: Comic Culture in Early Twentieth-Century China," Ph.D. Diss., Columbia University, 2008, p.137.

的物资缺乏被城市文化的"物的欢闹"替代，当张爱玲在炮火空袭时拿到的那份小报可能是一个欢乐骗局中的关键道具的时候，这些战争炮火中的城市文明痕迹使徐卓呆的城市喜剧剧场具有一种寓言的性质：《愚人节》里"四月一号"的日历，《推广部主任》里的报纸广告，《征婚广告》里骗局成功后便易主的出租邮箱，这些"物"的痕迹无不与一种西化的现代性城市想象、资本流通、文化商品的消费性联系在一起。

《相见恨晚》是徐卓呆作品里较为少见的"含泪的滑稽"[①]，同样也是一个情感骗局，戏仿的是城市大众熟见的爱情小说。故事写重庆某报上出现一则征友广告，说前线青年士兵梅良士在战壕里觉得无聊孤独，诚意征友。不久他收到一封署名"王素珠"的女子的回信，说她同样孤独，愿意与他交朋友。他们继续书信来往，兵士把自己描述为一个因爱国热情而从军，同时又有着热烈感情的青年，而女子则说自己要反抗家长的安排，拒绝和富家子弟结婚。这正是晚清《玉离魂》以来为人熟知的爱情和爱国热情结合的文学模式，和"五四"

[①] 范伯群：《东方卓别林、滑稽小说名家——徐卓呆》，载徐卓呆著，范伯群、范紫江主编：《滑稽大师徐卓呆代表作》，江苏文艺出版社1996年版，第6页。

反封建家长制的浪漫故事。两人的热情不断升温，女子奉上一张美丽年青的玉照，梅良士则写："我的素珠！万一你爱了别的男子，那么我的心脏，一定粉碎。"[1]

然而展示完几封热烈的情书后，叙述者告诉读者，梅良士不是年轻、勇敢、爱国的英雄，而是一个矮小、平庸、中年的小店员。他的确是因为寂寞无聊而征友，没想到"广告的劲力太大"导致事情发展失控。他约王素珠见面，在情书里和对方说自己受过伤所以面貌偏老，王素珠则说那照片是自己五年前的照片。梅良士上门拜访时对自己实在没信心，自称为梅良士的叔父。接待他的是王素珠的姑妈，一个略胖的未嫁的中年妇女，告诉他素珠已出嫁，梅良士大失所望。然而叔父和姑妈，这两个孤独的中年人最后也恋爱起来，在结婚证书上签字的一刻，梅良士战战兢兢地写下自己的真实姓名，为自己的"一时恶戏"请求女人的原谅，而中年女人也含泪也签上自己的名字"王素珠"。

故事戛然而止的方式显示了徐卓呆的匠心，他没给读者进一步感慨或伤感的机会，小说以关于勇气、浪漫、青春的

---

[1] 徐卓呆：《相见恨晚》，《小说月报》1940年第3期，第102—104页。

爱情故事开始，而以两个寂寞平凡的中年人的结合结束。充满热情的情书部分（也是骗局的关键部分）被详细地展开，叙述者热衷于展示双方是如何一起共同虚构了这个关于青春和勇气的爱情故事，之后叙述者插入对男骗子的寂寞空虚内心生活的描写：人到中年他还未曾恋爱过，不舍得结束这个骗局。正是这一段内心描述使得读者给予两个中年男女同情，喜剧中出现了悲凉意味，然而叙述者的同情仅限于此，随后叙事节奏突然变快，两人在真实世界（而非文字幻象）中的恋爱心理历程被简洁地一笔带过。前半部分情书的热情浪漫和后半部分叙述里的简洁理智之间的鲜明对照，加强了骗局被揭穿时的反讽效果。骗局被拆解时，情书里那种浪漫爱情文学书写的"构造性"也被揭露出来，而且分明是陈旧的"套路"。但徐卓呆的骗局始终以喜剧性结局结束，承认了男女主角以虚假的浪漫文学的和欺骗的方式表达的其实正是他们"真实"的欲望——爱国英雄的浪漫书写是陈词滥调，但同时也是平凡人情感和欲望表达的"真实"形式，满足了对方（读者）的期待，而且是情感交流的有效工具。

　　徐卓呆对现代文学情感浪漫书写的戏仿跟李阿毛对城市大众的戏弄很相似：他保持一个"他者"的发笑立场，然而让大伙儿们都有快乐的机会。徐卓呆的战争滑稽书写，展现的是对战争日常创伤的一种创造性的美学转化，与其说是"逃避文学"，不如说是一种主动积极的化创伤为创造的一种文学生产和劳动。在这种意义上，徐卓呆的确是一个文坛的"卖油郎"：他的喜剧文学想象和他的"抗战酱油"一样，基于城市日常生活的物质，然后创造、发酵、转化为让人愉悦的感官感受。

小结

本书的第二章试图建立起一个关于废墟和笑声的叙事：上海的沦陷不仅意味着现代民族国家进程的挫折，也意味着都市现代性的挫折和凋零，在毁灭、停顿的历史时刻中，都市文化的生产和消费却在延续。作为一个充满各种意识形态竞争的领域，通俗文化期刊作为笑声的舞台，是由一班鸳鸯蝴蝶派的"旧派文人"推波助澜建造而起的。这些文化期刊给"孤岛"提供精神的"粮食"，隐喻着现代城市文化的"消费"。在"保存文化"的文化实践中，"熟悉的语调"说着的"俏皮话"是其中一种最受欢迎的消费类型。他们调动传统的、现代文本等文化资源来制造滑稽或者喜剧效果。无论是

"故事新编"或者徐卓呆的恶作剧,以作家固定风格系列的方式出现,满足消费的大众对这种类型重复的期待。这些文化期刊上的"笑声"不仅仅是一种政治高压下的适应性策略,还是商品化的文化生产,也是反精英立场的自觉的美学选择。

正如夏志清对林培瑞(Perry Link)的批评,把晚清民初的鸳鸯蝴蝶派文学视为"抚慰人心"的小说只是根深蒂固的偏见[①],把他们的乱世喜剧想象视为一种无可奈何的娱乐同样也是一种同情的偏见。他们回答了一个问题:作为文化商业产品,是否依然能有其挑战性的意义和产生其创造性的形式。从西方马克思主义的观点来看,这些文化商业制造的笑声和乐趣是资本主义文化工业制造出来的"安抚人心"的"虚假欢笑"[②],然而,在中国的战时历史语境中去考察,能发现其文化意义远不只是"a medicinal bath"。他们的文化构成里既有中国叙事传统的"滑稽",也有好莱坞电影的嬉闹戏,有现代短篇小说叙事实验的技巧,延续了晚清以来印刷传媒"时政滑稽"的文学传统,试探政治讽刺边界和开拓文化抵抗的空

[①] 〔美〕夏志清:《〈玉梨魂〉新论》,《联合文学》1985年第12期,第8页。
[②] Max Horkheimer and Theodor W. Adorno, *Dialectic of Enlightenment*, translated by John Cumming, New York: Continuum, 1990, p.140.

间，以幻想和游戏来超越艰苦无奈的现实；而另一方面，这些笑声创造了一个剧场表演的时空，追寻大众围观的快乐，以及"把生活看成喜剧"的权利，刻意把情感诉诸喜剧而避免悲剧想象。嬉戏性的语言表演，也挑战了强调模仿/写实的"讽刺现实主义"的主流喜剧模式。这些大众文化中的喜剧想象把战争艰难岁月中的日常文化符号家常世事变成笑料，把城市文化和日常生活展现为喜剧的景观，呈现了城市现代性的文化物质性和传媒文化生产机制，也再现了战时城市大众的日常文化经验和情感结构。读者大众共同分享城市文化传统和文化符号，在笑声中建立了一种城市文化和情感的认同。理解了这一点，我们才能体会张爱玲躲避空袭时拿到小报时的奇异感觉：它是一种文明的物质感，也是亲切和伤恸。

第三章
从"轻薄"到怪诞:张爱玲的俏皮话

第一节 "标准中国幽默"与城市的俏皮话

在平襟亚和徐卓呆的俏皮话中,城市生活是母题。而对张爱玲来说,"俏皮话"首先是上海城市生活中的日常语言,是她观察、体验城市文化特性和社会生存状况的媒介。她阅读城市中无处不在的俏皮话:公寓里听到的、小报上看到的,甚至是电车的车窗上刻下的;她留心身边人的俏皮话,说好友炎樱"会说俏皮话,而于俏皮话之外还另有使人吃惊的思想",把两人的聊天以"语录"形式登载在杂志上,把自己的私人生活以有趣对话的方式奉送给城市大众读者。[①] 在1944年

---

① 参见张爱玲:《炎樱语录》,载《流言》,中国文联出版社1993年版,第110—112页。

的散文集《流言》中，《公寓生活记趣》《烬余录》等几篇就是用俏皮话讲述自己的战时经验。而在张爱玲的小说中，男女主人公在眉来眼去的时刻，俏皮话更是不可缺少的推动情欲故事发展的情节关键。范柳原善于说俏皮话自不用说，《红玫瑰与白玫瑰》里王娇蕊对佟振保说："没想到你这个人也会说两句俏皮话！"张爱玲阅读、书写俏皮话，然而也正如上一章提到的，在通俗印刷文化里，张爱玲自己也是小报俏皮话的嘲笑对象，成为城市读者的娱乐材料。

在散文《到底是上海人》中，张爱玲说上海人的"通"不限于一种有文化素养的"文理清顺，世故练达"，还表现为一种"标准中国幽默"，"到处可以找到真正的性灵文字"，即大众的俏皮话无处不在。她以小报上一个落魄文人给女伶作的打油诗为例，作者表明自己是"塞饱肚皮"后给女伶写颂歌，张爱玲惊叹："多么可爱的，曲折的自我讽嘲！"这种自我嘲讽中隐含着一种"由疲乏而产生的放任，看不起人，也不大看得起自己，然而对于人与己依旧保留着亲切感"。这个城市仿佛有文字的地方都会有俏皮话。张爱玲又在电车里发现乘客用指甲在车窗的黑漆上刮出一副对联："公婆有理，男女平权。"她解说道："一向是'公说公有理，婆说婆有理'，由他们去吧！各有各的理。'男女平等'，闹了这些年，平等就平等吧！"她把这句俏皮话背后的"疲乏"和"放任"转换为一个特写镜头表情："那种满脸油汗的微笑，是标准中国幽默的特征。"①

张爱玲给"标准中国幽默"的特写镜头里，隐藏着一个外来的观看视角，似乎在模仿她小时候立志要超越的林语堂，用俏皮话写就"幽默"的小品文，把吾国吾民介绍给外国人。然而，林语堂认为"俏皮"是一种国民的劣根性，"遏制了思想和行动的活跃性，捶碎了一切革新的愿望"②。张爱玲在这里却像调侃地回应林语堂：瞧，"性灵文字"正来自这种"满脸油汗的微笑"！她在城市小报和街头文字中解读出来的"中国人的幽默"，跟林语堂所倡导的"幽默"大相径庭。如果被鲁迅嘲笑为"在英国圆桌会议上的幽默"是一种西化的、知识分子的文雅戏谑，是略带优越感的"会心微笑"，而"满脸油汗的微笑"则是城市大众的生存态度，是普通人自嘲的姿

---

① 张爱玲：《到底是上海人》，载《流言》，中国文联出版社1993年版，第52页。
② 林语堂著，黄嘉德译：《吾国与吾民》，东北师范大学出版社1994年版，第51页。

态，包含了无可奈何的现实经验和柔软圆滑的生存法则。在张爱玲看来，这种幽默不是"超脱"，而是"放任"，背后是不甚坚定的、暧昧的道德立场。"俏皮话"成了这座城市的道德暧昧的脚注。

有意味的是，张爱玲把一种抽象的语言风格转化为一张城市人的脸谱，把它图像化和具象化，正如她画的许多脸谱漫画一样，简单笔画勾勒出来的脸谱能精准地再现人物的社会阶层、性别、身份和气质特征。她把这种"满脸油汗"的"标准中国幽默"看作一种中国社会和现代城市的景观和表演，"传统的中国人加上近代高压生活的磨炼，新旧文化种种畸形产物的交流"的城市中"奇异的智慧"，这种世故的"处世艺术"上海人"演得不过火"。正如她自己所说，即便写的是香港故事，"无时无刻不想到上海人"。她对上海这座城市着迷，"标准中国幽默"一直贯穿在她的城市书写中，她小说里的笑声扎根于对她对现代城市文明和大众的着迷与观看，他们在都市生活中的表演，常常有不甚愉快的、不彻底的，甚至是空洞的笑声。

俏皮话本质是一种语言的表演，通常以其新奇的比喻，以对日常语言陈规的故意歪曲，制造陌生化效果，或者是对道德陈规进行大胆轻佻的挑逗。《炎樱语录》里就有很多这一类的例子。例如炎樱戏仿西方的谚语"两个头总比一个好",歪曲为"两个头总比一个好——在枕上"。这类俏皮话以"文理清顺,世故练达"的语言表演为基础,提供了一个对社会文化规范和道德律令暂时反叛和"越轨"的瞬间。在另一篇散文《道路以目》中,张爱玲写有一个外国姑娘以一种东方主义的猎奇心态称赞中国胖乎乎的小孩,"思想严肃的同胞们觉得她将我国未来的主人翁当作玩具看待,言语中显然有辱华性质,很有向大使馆提出抗议的必要"。而"爱说俏皮话的,又可以打个哈哈,说她如果要带个有中国血的小孩回去,却也不难"[①]。这个例子说明俏皮话常常与性、调情相联系,跟"公婆有理,男女平权"那副车窗对联一样,把争辩性的宏大话题(如民族主义、性别解放)悬置起来,回避清坚决绝的道德政治立场,以轻浮的笑谑回击对方。

在张爱玲书写城市日常生活的散文里,有许多有趣的生活小场景,例如住公寓的绅士气冲冲跑上楼顶斥骂滑旱冰的小孩,结果发现滑冰的是一群美丽的少女,偃旗息鼓,颓然

---

① 张爱玲:《道路以目》,载《流言》,中国文联出版社1993年版,第54页。

归来，是日常生活中一个小小的喜剧性反转。而她的俏皮话远不止是"记趣"。作为城市大众的俏皮话的阅读者和倾听者，张爱玲也把俏皮话作为再现城市生活和时代的一种形式，即便写的是战争对城市文明的破坏、沦陷时期贫乏的物质生活。在《公寓生活记趣》中她这样写道：

> 自从煤贵了之后，热水汀早成了纯粹的装饰品。构成浴室的图案美，热水龙头上的H字样自然是不可少的一部分；实际上呢，如果你放冷水而开错了热水龙头，立刻便有一种空洞而凄怆的轰隆轰隆之声从九泉之下发出来，那是公寓里特别复杂，特别多心的热水管系统在那里发脾气了。即使你不去太岁头上动土，那雷神也随时地要显灵。无缘无故，只听见不怀好意的"嗡……"拉长了半响之后接着"訇訇"两声，活像飞机在顶上盘旋了一会，掷了两枚炸弹。在战时香港吓细了胆子的我，初回上海的时候，每每为之魂飞魄散。若是当初它认真工作的时候，艰辛地将热水运到六层楼上来，便是咕噜两声，也还情有可原。现在可是雷声大，雨点小，难得滴下两滴生锈的黄浆……然而也说不得了，失业的人向

来是肝火旺的。[①]

这一段"记趣"记的其实是战时城市物质生活的破败。她提到物资的贫乏（煤贵了）和现代技术设备的破坏，注意力却转移到室内的装饰品和"美"，拟人修辞把废置的物质设施和复杂败坏的管道网络变成了一个和叙述者共同生活的充满焦虑的身边人，叙述者调侃他的暴躁和易怒，取笑他"肝火旺"，却同时让人联想到城市失业者的焦虑、不安的社会气氛、"空洞而凄怆"的死亡气息。她形容的是水管道的"不怀好意"的声音，却又联想到了炮火轰炸的战争经验，把文明毁坏的历史现实转化为滑稽的对某种体质的中国化描述。这里的俏皮话是一种以简洁的言辞表达复杂意义的灵巧的语言操作，在丰富的物质性细节、滑稽的人类形象，以及社会气氛、个人的心理创伤和记忆之间，叙述者的俏皮话起了关键的转换作用。

城市俏皮话不仅显示了张爱玲与这道德暧昧的世故城市之间阅读、观看而又融入其中的关系，也可以说是 20 世纪 40

[①] 张爱玲：《公寓生活记趣》，载《流言》，中国文联出版社 1993 年版，第 23 页。

年代的张爱玲文学世界里喜剧性的隐喻：就像她所喜爱的俏皮话一样，喜剧已不仅是一种文学形式或手法，还是一种主题（motif），是城市通俗印刷媒体文化里暧昧的娱乐传统，也和处于转型、断裂时期的半殖民地资本主义城市中的大众脸谱、暧昧的"满脸油汗的微笑"息息相关。在《自己的文章》里，张爱玲表明她不会按照古典悲剧的原则来处理她的人物，在她看来这种文类已不适合书写现代世界中的人。除了《金锁记》，她笔下的人们全是一些不彻底的人物："平常人不是英雄，在他们的生活里没有悲剧与喜剧的截然界限，他们不那么廉价地就会走到感情的尖端。"她的"苍凉"世界尽管有悲哀，而笑声却同样是她的文学文化想象中不可缺少的有机部分。

在汗牛充栋的"张学"著作中，已有许多研究者提及张爱玲作品里的喜剧特质，夏志清一早指出张爱玲的短篇小说"大部分都带一点喜剧和讽刺的意味"，对可笑愚笨的普通人的讽刺中有同情，跟简·奥斯汀一样，"态度诚挚，可是又能冷眼旁观；随意嘲弄，都成妙文"[①]；周芬伶认为张爱玲的散文

---

① 〔美〕夏志清：《张爱玲的短篇小说》，载刘绍铭、梁秉钧、许子东编：《再读张爱玲》，牛津大学出版社2002年版，第328页。

创造了一种"机警"的文体,其特征是"反滥情",而她的小说里的讽刺"将尊贵严肃的主题人物以一种低微可笑的物象出现,而达到夸张讽刺的效果"[1]。艾米·杜林以《倾城之恋》为例,论述张爱玲以戏仿的策略来颠覆男权社会建构起来的"红颜祸水"性别书写传统[2];李欧梵分析了"浮华的喜剧"《倾城之恋》中喜剧成分的文化资源,指出作为一个文化世界主义者的张爱玲,在小说创作中借鉴了好莱坞神经喜剧电影的表现手法。而近年对张爱玲喜剧的研究,则覆盖了她20世纪40年代末期到香港时期创作的喜剧电影剧本,探讨她如何借用好莱坞喜剧和女性类型电影的文化象征资源,用喜剧来挑战以痛苦和悲伤为中心的"感时忧国"的现代文学书写传统。[3] 正如上文所说,城市的俏皮话是张爱玲观察的城市

---

[1] 周芬伶:《艳异:张爱玲与中国文学》,台北远流出版事业有限公司1999年版,第164—165页。

[2] Amy Dooling, *Women's Literary Feminism in Twentieth-Century China*, Houndsmills, Bassingstoke, Hampshire: Palgrave Macmillan, 2005, pp. 165-169.

[3] 参见 Poshek Fu, "Eileen Chang, Woman's Film, and Domestic Shanghai in the 1940s," *Asian Cinema* 11. 1 (Spring-Summer 2000), pp. 97-113; 以及 Kenny Ng, "The Screenwriter as Cultural Broker: Travels of Zhang Ailing's Comedy of Love," *Modern Chinese Literature and Culture* 20.2 (Fall 2008), pp.131-184。

日常生活语言，是本土通俗娱乐文化传统，也是写作的语言和叙述策略，甚至是一种世界观式的主题特质，这种文学想象中的笑声远比好莱坞喜剧的笑声要复杂。张爱玲如何看待喜剧？她如何处理城市、俏皮话和战争的关系？或者说如何从资本主义城市大众"满脸油汗的微笑"和战争的创伤中创造复杂的笑声，这些仍是让人着迷探究的问题。

第二节 "轻薄"的笑声：超越讽刺

在 1943 年的一篇影评里，通过讨论两出"悲喜剧"国产电影《秋之歌》和《乌云盖月》的大团圆结局和惹笑场景，张爱玲评论五四文学革命以来喜剧的遭遇：

> 半个世纪前，几乎所有通俗喜剧小说都是结婚收场的，很多时候还来好几对……"打倒封建传统"以来，中国人终于连收场的小登科也打倒了。小说家和戏剧家陶醉在新进口的写实主义，都小心翼翼，务必来个劳燕分飞。我们的电影界对结婚场面，更是敏感到只敢让要成眷属的那两口子，一块面对晨光，晨边

沾个微笑。①

张爱玲看得很清楚,"五四"反传统的文化潮流中,悲剧被赋予再现现实、促进现实文化变革的任务,作家们的文类选择会被历史潮流裹挟,悲剧成了主导性的文学模式,也成了文化消费市场里的主导类型。观众的审美口味也会因此改变、固定,经过几十年反传统文化的洗礼,现在的观众瞧不起喜剧:"一般观众又总觉得如果不是悲剧或讽刺,片子不会有什么深度或意义。这种情况下,弄喜剧的免不了觉得'蠢'。"观众的审美和消费习惯又成了一种压力反过来影响作家们的创作。张爱玲把悲剧主导文化市场的现实视为历史性的产物,在她看来,"笑"是"人性本身的需要",不会因历史文化的潮流而改变,所以在大众文化的娱乐形式中即便是悲剧也会有过多的惹笑场面,但对喜剧的处理有好有坏,高

---

① 张爱玲:《〈秋歌〉和〈乌云盖月〉》,载《张看》(下卷),经济日报出版社2002年版,第219—221页。原载上海英文杂志《20世纪》1943年第5卷第1期,中译文载台北《联合文学》1987年第29期。《秋歌》的电影译名有误,应为《秋之歌》(中联电影公司1943年,谭惟翰编剧,舒适导演)。

明的做法应该是像"上乘喜剧"《乌云盖月》那样"喜剧自自然然地流入眼泪中"。[1]

本书第一章写到,张爱玲指出了当时的文化现实对喜剧的规限和偏见,"揭露现实"的讽刺成为喜剧文学的准则,讽刺现实往往被视为是喜剧的价值所在。没有讽刺意图的"喜戏",会被视为"粉饰现实",张爱玲对这种文学成规提出了质疑。她认为无论是感伤的浪漫文学还是讽刺文学都有所不足,"不知道感伤之外也有感情"。[2]胡兰成曾写张爱玲看朝鲜现代舞蹈家崔承喜的表演后回来称赞道:"讽刺也是这么好意的,悲剧也还能使人笑。一般的滑稽讽刺从来没有像这样的有同情心的。"[3]她欣赏的是多种成分的混杂,或转化,或颠倒的"复合体":使人发笑的悲剧,或是"喜剧流入眼泪中",或者是"反高潮——艳异的空气的制造与突然的跌落"。[4]所

---

[1] 张爱玲:《〈秋歌〉和〈乌云盖月〉》,载《张看》(下卷),经济日报出版社2002年版,第219—221页。

[2] 张爱玲:《〈秋歌〉和〈乌云盖月〉》,载《张看》(下卷),经济日报出版社2002年版,第219—221页。

[3] 胡兰成:《张爱玲与左派》,载《乱世文坛》,台湾INK印刻文学2009年版,第33页。

[4] 张爱玲:《谈跳舞》,载《流言》,中国文联出版社1993年版,第169页。

以，在她看来写浮世的悲哀不如写浮世的悲欢。[①] 在她的世界中令人愉悦的东西总和忧伤与脏乱之物掺杂在一起。在《诗与胡说》中她曾写道："活在中国就有这样可爱：脏与乱与忧伤之中，到处会发现珍贵的东西，使人高兴一上午，一天，一生一世。"正如金凯筠（Karen Kingsbury）所说，她"参差的对照""不仅是阐述主题和人物的手法，它同样在叙事风格层面发挥作用，叙述人那揶揄的口气，在自我嘲讽／自我放纵，幻想／现实、讽刺／同情之间穿梭"。[②]

如果把张爱玲的喜剧方式都视为"带同情的讽刺"，会把张爱玲的喜剧想象及其文化功能简单化了。首先，小说里的人物在日常对话中有许多俏皮话，有幽默或者机智的语言表演，像欧洲的风俗喜剧，总有一个叽叽喳喳的善于说俏皮话的社会群体，正如张爱玲所说，这是一个"文理清通，世故练达"的群体。

[①] 张爱玲：《〈太太万岁〉题记》，载《华丽缘》，台湾皇冠出版社2010年版，第315页。
[②] 〔美〕金凯筠：《张爱玲的"参差对照"与欧亚文化的呈现》，载杨泽编：《阅读张爱玲：张爱玲国际研讨会论文集》，台湾麦田出版社1999年版，第316页。

例如张爱玲的短篇小说里最轻松的《琉璃瓦》，傅雷说"幽默的分量过了分，悲喜剧变成了趣剧"还要"沾上了轻薄味"，就是指这一篇。小说嘲笑一个执迷于以嫁女谋取金钱和社会地位的老派家长姚先生，以调侃始，以调侃终，开篇和结尾都是一群面目模糊的"亲友们"的俏皮话。小说开头写亲友打趣姚夫人是"瓦窑"，结局时亲戚打趣姚先生凑齐了八个女儿可以"八仙上寿"，姚先生的世界是一个以中国传统文化的典故和熟语来说俏皮话的人际社会。姚先生的女儿们一个个伶牙俐齿，跟他吵起架来也是机智地针锋相对，连最为听话文静的三女儿心心，反抗时说的俏皮话也不亚于她泼辣机智的姐姐，她形容父亲给她物色的"富室嫡派单传"子弟是："椰子似的圆滚滚的头。头发朝后梳，前面就是脸，头发朝前梳，后面就是脸——简直没有分别！"《鸿鸾禧》写尹家手忙脚乱给大儿子筹备婚礼，就是从两个小姑二乔、四美对大嫂的刻薄而俏皮的评价开始："碰一碰，骨头克嚓嚓嚓响。""白倒挺白，就可惜是白骨。"两个姑娘为自己的俏皮话乐得"笑成一团"。人物角色的幽默机智的语言不仅用以展现人物角色的气质、性格和社会风气，也为小说搭建了一个有趣好笑的喜剧舞台，而小说的目标并不在于提供一种讽刺性的道德批判，也不介意这种笑声是否有"轻薄味",而是会说俏皮话的城市大众。

张爱玲常使用喜剧常用的误会和夸张荒诞的滑稽场面来安排情节。在《封锁》里,吕宗桢躲避厌恶的亲戚,而被旁边的吴翠远误以为他要调情。《琉璃瓦》里姚先生给心心安排的相亲对象是富家子弟"陈先生",而心心却误以为是坐在旁边的"程先生",闹出大笑话。归家后姚家父母见心心芳心大动,以为相亲成功,却在欢喜中来一个喜剧性反转,姚先生发现女儿喜欢错了人,"汗衫脱到一半",还套在头上,冲进去浴室去审问,"从汗衫领口里露出一双眼睛,亮晶晶地盯住他女儿",发现心心喜欢的是穷人程惠荪后,"下死劲啐了她一口,不想全啐在他汗衫上"。这半套汗衫、吐口水的场景,使姚先生成了一个滑稽演员。

正如第一章提到的《倾城之恋》,白流苏的笑声干扰了女性悲剧书写意义的完整,张爱玲小说的喜剧成分往往为给一出悲剧带来多义性与模糊性。有时小说写人生的悲剧,同时也把悲剧叙述成一出闹剧,有夸张的小丑、喋喋不休的受苦者,仿佛人生就是由一出出不可理喻的闹剧组成。滑稽闹剧、夸张的表演、过分的戏剧化是"满脸油汗"的城市大众的人生常态。

例如悲剧《花凋》,写少女郑川嫦在刚得到爱情时得了肺结核,被父母视为拖累,她连做"现代林黛玉"的资格都没有,"一寸一寸地"失去了生命。这个关于生命凋零的悲哀故事,小说用夸张的修辞细致描绘一个又脏又乱又拥挤的家庭场景,郑先生是前清遗少,像"酒精缸里泡着的孩尸",他的人生像"连演四十年的一出闹剧"。呼奴使婢的一家子,把钱用得糊里糊涂,"说不上来郑家是穷还是阔",他们被描述为贫穷而肮脏,然而肆意享受着现代城市文明生活的一群闹哄哄的人:住洋房、吃零食、听无线电、坐汽车、看电影,留声机屉子里有最新的流行唱片,事实上家具是借来的,小姐们要每晚抱了铺盖到客室里打地铺,孩子蛀了牙齿没钱补,在学校里买不起钢笔头。小姐们在外人前"温柔知礼",在家里明争暗斗,"丝袜还没上脚已经被别人拖去穿了,重新发现的时候,袜子上的洞比袜子大"。连郑家的两条大黄狗都被描写为怪诞的小丑:"老而疏懒,身上生癣处皮毛脱落,拦门躺着,乍看就仿佛是一块敝旧的棕毛毯。"郑家的中秋节宴就是一场吵闹的、摔碗骂仆的、演员在舞台上进进出出的闹剧场景。郑夫人在自己心目中是一个"美丽而忧愁"的岳母,但小说这样描写她:

郑夫人坐在床上，绷着脸，耷拉着眼皮子，一只手扶着筷子，一只手在枕头边摸着了满垫着草纸的香烟筒，一口气吊上一大串痰来，吐在里面。吐完了，又去吃粥。[1]

这是一个充满了语言的暴力、夸张的表演，以及痰、尸体、藓等意象的"腐烂而美丽"的世界，颇有晚清谴责小说里群魔乱舞、肆意胡闹的气象。[2] 叙述者评论郑夫人的一生是"冗长的单调的悲剧"，但同时又把她写成一个闹剧中夸张地表演受苦的人物。她把未来女婿章云藩当成观众，戏剧化地自伤身世。叙述者提醒读者，"她虽然没上过学堂，却说得一口流利的新名词"：

她道："我就坏在情感丰富，我不能眼睁睁看着我的孩子们给她爹作践死了。我想着，等两年，等孩子大些了，不怕叫人摆布死了，我再走，谁知道她们大了，底下又有了小的了。可怜做母亲的一辈子就这样牺牲掉了！"

---

[1] 张爱玲：《花凋》，载《传奇》，人民文学出版社1986年版，第315页。
[2] 参见王德威著，宋伟杰译：《被压抑的现代性：晚清小说新论》，台湾麦田出版社2003年版，第247—248页。

她偏过身子去让赵妈在她背后上菜,道:"章先生趁热吃些蹄子。这些年的夫妻,你看他还是这样的待我。可现在我不怕他了!我对他说:不错,我是个可怜的女人,我身上有病,我是个没有能力的女人,尽着你压迫,可是我有我的儿女保护我!嗳,我女儿爱我,我女婿爱我——"①

小说戏仿了现代女性解放话语中的悲剧书写模式。郑夫人用的都是五四新文化里关于女性遭受压迫的悲剧叙述中的关键词:"可怜的女人"、"情感丰富"、被"压迫"的妻子和"牺牲"的母亲。她悲悲切切的倾心吐胆对郑川嫦和章云藩都是无形的暴力,郑川嫦听得"胸头发闷"。郑夫人的人生的确是悲剧性的,但她的控诉更像一场闹剧表演,而不是如有些学者所认为的表现了"中国传统女性的反省与指控"和"被压抑的主体性"。②

即便是令人同情的女主人公郑川嫦同样是戏剧化的,在死前还专门去看了一场电影,她"所要的死是诗意的,动人

---

① 张爱玲:《花凋》,载《传奇》,人民文学出版社1986年版,第318页。
② 林幸谦:《张爱玲论述:女性主体与去势模拟书写》,台北洪叶文化事业有限公司2000年版,第239页。

的死"。但是真实世界是"人们的眼睛里没有悲悯"。直到她死后,父母给她修的墓碑也是表演化、戏剧化的:"像电影里看见的美满的坟墓,芳草斜阳中献花的人应当感到最美满的悲哀。"碑文写"回忆上的一朵花,永远的玫瑰",是对她凋零在肮脏混乱的闹剧世界中的深刻反讽。这个故事是一出悲剧,它又何尝不是对生活在充满了戏剧、电影等的城市人悲情或诗情的表演人生一次毒辣的戏仿?

已经有许多研究指出张爱玲与旧派文学的联系,主要是指其文学主题集中于家庭婚恋,远离20世纪40年代的民族国家和革命话语,但是在这种闹剧化的、肆意的小丑书写中,我们能清楚地看到"谴责"、"滑稽"这些通俗亚文类传统的影子。在《烬余录》中,张爱玲提到自己在香港沦陷的炮火中、昏暗的灯光下看完了《官场现形记》,一部充满了荒唐事的晚清小说,"小时候看过而没能领略它的好处,一直想再看一遍,一面看,一面担心能够不能够容我看完"[1]。在她少女时代的文学练习本上,既有用新文学腔的"新台阁体"写的悲剧《霸王别姬》,也有"长篇的纯粹鸳蝴派的章回小说"《摩

---

[1] 张爱玲:《烬余录》,载《流言》,中国文联出版社1993年版,第44页。

登红楼梦》[1],写"主席夫人"元春组织时装表演,贾宝玉和黛玉准备出国留洋,正是晚清通俗小说中常见的戏仿传统经典、40年代的平襟亚还在用的"故事新编"的路数。对她来说,通俗小说即便是滑稽的闹剧也是一种可以汲取的资源。傅雷批评张爱玲有些小说喜剧因素过量而"有了轻薄味",张爱玲却宣称自己并不排斥"低级趣味",她反对"存心迎合低级趣味"其实还是"不把读者放在眼里"的精英心态,她认为要低级趣味"非得从里面打出来",一个作家首先要做读者,"将自己归入读者群中去,自然知道他们所要的是什么。要什么,就给他们什么,此外再多给他们一点别的"。[2]

李欧梵指出,张爱玲超越之前的通俗文学这"多一点",是一个几乎无处不在的叙述声音,在略带讥讽的比喻中引入的"态度",通过操控叙事距离来制造反讽的效果。[3] 这个叙述人的语调往往决定了小说的悲剧或者喜剧的基调,在张爱玲的喜剧中,往往是一个敏锐的喜欢说俏皮话的全知叙述者在不时插

---

[1] 张爱玲:《存稿》,载《流言》,中国文联出版社1993年版,第113—122页。

[2] 张爱玲:《论写作》,载《华丽缘:一九四〇年代散文》,台湾皇冠出版社2010年版,第102—103页。

[3] 〔美〕李欧梵著,毛尖译:《上海摩登:一种新都市文化在中国(1930—1945)》(修订版),牛津大学出版社2000年版,第268—269页。

入评论。这些叙述者的评论起码在两方面为她的喜剧世界标识了她个人化的喜剧特质：首先，这些叙述者的评论往往是一种奇特的明喻（simile），许子东指出张爱玲设置比喻时喜欢用"物化的意象"，"以实写虚"，认为她常用物化的具象喻体和她对真/假的困惑、"唯其虚空，只好琐碎"[①]的苍凉美学有关。如果我们进一步仔细考察，会发现她的喜剧想象里使用的喻体常常是不洁的、卑贱的或怪异的物件，而不是美丽苍凉的服饰、茶具、首饰，例如菁菁回娘家，头发乱糟糟像"破草席子似的"，把被子哭湿像"小孩子溺了床"（《琉璃瓦》）；"满脸浮油，打着皱"的头像一颗核桃（《封锁》）；娄太太的一团白脸"像小孩子学大人的样捏成的汤团"，玉清的新婚照片像"一个冤鬼的影子"，"客人们都是小心翼翼顺着球面爬行的苍蝇"（《鸿鸾禧》）。诚如黄子平先生精辟指出的，在张爱玲的小说中有一种污秽的、卑贱的物，既不能被繁华浮华所装饰所遮掩，又顽强拒绝升华为苍凉。[②] 这些动物性的、变

[①] 许子东：《物化苍凉——张爱玲意象技巧初探》，载刘绍铭、梁秉钧、许子东编：《再读张爱玲》，牛津大学出版社2002年版，第149—162页。
[②] 黄子平：《世纪末的华丽……与污秽》，载沈双编：《零度看张》，香港中文大学出版社2010年版，第45页。

形的、肮脏的具体物象进入她的充满延展性的叙述语言之中，使得她的喜剧想象超越了讽刺—现实主义的模仿的层面，在油滑轻薄的笑声中打开了一个狂欢的怪诞世界。

而另一方面，在小说叙述者插入的俏皮话中，经常出现的是一种反讽（irony）的语言。新批评的理论家克林思·布鲁克斯（Cleanth Brooks）对反讽语言的定义是"语境对一个陈述语的明显的歪曲"[①]，即实际意义与字面意义对立，借用这个定义，在张爱玲的小说中我们很容易发现反讽性的语言。最典型的是她经常用的"好"人：佟振保是"标准的好人"、"理想的人"（《红玫瑰白玫瑰》），吴翠远一家子都是"好人"（《封锁》），娄嚣伯是"出名的好丈夫"（《鸿鸾禧》）。"好人"本意是有德性的人，但张爱玲小说的具体语境中却有另一层意思，即掏空了其中美德的含义，是按照社会道德和行为标准地、刻板地表演的人。又例如《花凋》的叙述者评论郑先生是"带点名士派的人，看得开，有钱的时候在外面生孩子，

---

① 〔美〕克林思·布鲁克斯著，袁可嘉译：《反讽——一种结构原则》，载赵毅衡编选：《新批评文集》，百花文艺出版社2001年版，第379页。布鲁克斯对反讽的定义是诗歌语言的一种"结构原则"，并非是一种喜剧的文学手法。

没钱的时候在家里生孩子"。"名士派"和"看得开",本义指中国士大夫传统里不拘小节的自由精神,词语的本意被后句子的后半部分歪曲,郑先生的随性其实是随心所欲的纳妾嫖娼行为,现代文化和道德的变革运动对他没有丝毫的影响。黄心村在对张爱玲散文语言的研究里指出她"机智地运用了男性的幻想,将其中的逻辑结构转化为叙述技巧,并且运用一个假想的男性声音来加强散文写作的戏剧效果",是一种独特的性别批评方式。[1] 在张爱玲的小说中同样如此,在反讽性的俏皮话里,表面的意义通常是大众习以为常的观念、经验和意义,但叙述者一边装模作样地模拟社会习俗中的大众言辞,却同时增加了一层评价性的维度,俏皮的叙述声音有时甚至混合在人物角色的视角和声音中,但人物的行动又与这些宣布的观点形成矛盾,半真半假,要靠读者自己去体会,正是通过这样的方式,她的喜剧这"多一点"所带来的笑声具有强大质疑的力量,促使人重新思考语言符号的固定意义和文化陈规。

---

[1] 〔美〕黄心村著,胡静译:《乱世书写:张爱玲与沦陷时期上海文学及通俗文化》,上海三联书店2010年版,第173页。

在张爱玲的喜剧想象中，喜剧性反讽不仅作为一种语言的修辞出现在全知叙述者插入的调侃的评论中，也出现在对叙事主题（motif）的处理中。一个主题也可能在文本的语境中含有另一层与之分裂或对立的意义，从而造成了文本意义的含糊，提供了阐释文本所再现的历史和现实的多种可能性。郑川嫦在闹剧世界中的诗意就是一个例子，诗意同时也是戏剧化的意思。在《封锁》里，封锁不仅是"封锁"，同时是"打开"，城市中产阶级日常生活的规范中打开了个人欲望爆发的裂缝；《倾城之恋》里战争不是破坏，而是改变一出喜剧的机器神，促成了白流苏的胜利，胜利也不尽是"胜利"，"也许就因为要成全她，一个大都市倾覆了。成千上万的人死去，成千上万的人痛苦着"，这胜利因而是反讽性的、令人怅惘的胜利。张爱玲的喜剧方式混杂了闹剧、讽刺、戏仿、幽默、机智、戏仿等，而主导性的是这种反讽感。

弗莱区分了讽刺与反讽的差别，认为讽刺是"咄咄逼人的反讽"，"它的道德规范显得更为明确，并为衡量古怪和荒唐的事情规定一系列标准，其中很少含有同情成分"，讽刺往往以机智或夸张的语言来描写一个被明确批评的荒唐的对象，而反讽却传递模糊的道德立场，"当读者摸不清什么是作者的态度，或对自己应采取什么态度心中无数时，这便是反讽，其中很少含有敌意成分"，较少尖锐讽刺的反讽喜剧是"悲剧中反英雄的残余，集中描写一个令人迷惑的失败的主题"。[1] 张爱玲喜剧中出现的许多对现实和历史的嘲讽，是一种暧昧的笑声，不是提供明确的道德指引的讽刺，而是提供另一种观察文化和现实再现的方式，展示社会性别、社会阶级等各种文化等级制中的权威者的荒谬可笑和历史现实的不可理喻。

第三节 浮华与怪诞

耿德华已经指出，沦陷上海时期以张爱玲、钱锺书为代表的"反浪漫主义"文学潮流，以一种智性的、愤世嫉俗的反讽代替五四文学的理想化或感伤主义。[2] 然而，如果要理解张爱玲的反讽中所蕴含的文化批评力量和独特而复杂的喜剧

---

[1] Northrop Frye, *Anatomy of Criticism: Four Essays*, Princeton, N. J.: Princeton University Press, 1957, p.224.

[2] Edward Gunn, *Unwelcome Muse: Chinese Literature in Shanghai and Peking, 1937-1945*, New York: Columbia University Press, 1980, pp.193-263.

美学，需要更进一步考察她的喜剧想象与城市文明之间的关系。她聚焦在婚恋、女性、家庭等题材，以半封建半殖民地的城市中产阶级家庭领域作为反讽笑声的主要战场，这是一个浮华的、消费主义的物质空间，也是一个充满了各种文化冲突和矛盾的场所：不仅是社会性别、阶级的，还有中/西方、旧中国/新兴的资本主义之间的并置与冲突，她引入了一个女性主义的叙述视角，用混杂着闹剧、戏仿、讽刺、怪诞、反讽等种种喜剧形式来再现现代城市文明，而与此同时，她感觉到这种文明正处于现代战争的毁灭与时代的破坏之中。写自己小说里的人物"不明不白，猥琐，难堪，失面子的屈服，然而到底是凄凉的"[1]。她在更广阔的文明危机和历史创伤中去理解这些现代人"非英雄"的滑稽的生存处境。这是一个文明崩坏、充满创伤的时代：

> 个人即使等得及，时代是仓促的，已经在破坏中，还有更大的破坏要来。有一天我们的文明，不论是升华

---

[1] 张爱玲：《〈传奇〉再版的话》，载《传奇》，人民文学出版社1986年版，第349页。

还是浮华,都要成为过去。如果我最常用的字是"荒凉",那是因为思想背景里有这惘惘的威胁。①

在这一段之后,她笔锋一转,写在她去看"在上海过了时"的"低级趣味"的蹦蹦戏,一出让观众喝彩的"玩笑戏"让她联想到"将来的荒原下,断瓦颓垣里,只有蹦蹦戏花旦这样的女人,她能够夷然地活下去,在任何时代,任何社会里,到处是她的家"。②张爱玲从一出滑稽喜剧联想到文明毁灭,因为蹦蹦戏营造的、有"奇异的惨伤"的蛮荒世界中,现代物质文明消失了,如同退回到惨淡的原始社会,玩笑剧中却有一种超越"任何时代,任何社会"的东西,便是花旦那种对自己的欲望的坦然("谁家的灶门里不生火?哪一个烟囱里不冒烟?")以及她所代表的一种恒常的家庭性。同样地,她的喜剧以欲望男女和家庭性为中心,但浮华的城市文明正处于"惘惘的威胁"之中。正是以这种对战争时代和文

---

① 张爱玲:《〈传奇〉再版的话》,载《传奇》,人民文学出版社1986年版,第349页。
② 张爱玲:《〈传奇〉再版的话》,载《传奇》,人民文学出版社1986年版,第351页。

明危机的理解为基础,张爱玲创造了一种独特的关于战争、城市文明的喜剧叙事。

散文《烬余录》提供了一个寓言性的范本,展示了张爱玲如何处理喜剧、战争、城市文明三种叙事因素。她讲述珍珠港事件后日本轰炸香港时的经历,在文明的废墟上就出现了两种类型的喜剧。

一种是她所说的"人生的生趣",是与战争和正史"不相干的事"。都市人的习性和欲望在炮火中"维持着素日的生活典型","有时候仿佛有点反常,然而仔细分析起来,还是一贯作风"。在炮火中人们关心的依然是衣服时尚、饮食和性,年轻人在炮火中去城里看电影,或者在虚空中"攀住一点踏实的东西"而结婚,而华侨富商的女儿愁的是"怎么办呢?没有适当的衣服穿"。正如李欧梵所说:"张爱玲似乎把一个 screwball comedy 中的人物放在另一个战争片的场景中。"[1]

与此同时,张爱玲的战争叙事中还出现了另一种类型的喜剧:战争中的反常、变形与荒谬。一边是"无端的快乐",另

---

[1] 〔美〕李欧梵:《张爱玲笔下的日常生活和"现时感"》,载李欧梵等著,陈子善编:《重读张爱玲》,上海书店出版社 2008 年版,第 8 页。

一边是好教授佛朗士"最无名目的死"这一类的荒谬事件。沦陷后人们出现"欢喜得发疯"的奇特精神状态，一群集体性神经衰弱、精神过于震动的人，欲望被放大，"一件最自然，最基本的功能，突然得到过分的注意，在情感的光强烈的照射下，竟变成下流的，反常的"。人的本能在荒芜的废墟上绚丽开放，于是出现了"立在摊头上吃滚油煎的萝卜饼，尺来远脚底下就躺着穷人的青紫的尸首"的诡异的超现实主义的画面。

这两种喜剧叙事的特征同样地在张爱玲许多小说中出现。下文通过分析三个小说文本来探讨张爱玲创造女性主义和现代主义喜剧的方式：一方面反讽地，甚至是"轻薄油滑"地书写半封建半殖民地城市中产阶级的家庭喜剧，借此展开对城市性别和阶级的文化观察与批评，嘲笑资本主义父权制；而另一方面，她的喜剧中又出现变形、怪诞意象和梦一般的颠倒，城市像波德莱尔（Charles Pierre Baudelaire）笔下的巨大的怪兽，压在每一个行人的背上[1]，不时发出空虚而怪异的笑声。

---

[1] 〔法〕波德莱尔著，钱春绮译：《恶之花 巴黎的忧郁》，人民文学出版社1991年版，第387—388页。

倒霉的父权家长

《琉璃瓦》故事开头,叙述者以一种宣布世界公理的语气替姚先生说出心声:"女儿是家累,是赔钱货,但是美丽的女儿向来不在此例。"这个《傲慢与偏见》式的开头把读者带进传统中国的性别政治现实。然而叙述者又很体贴姚先生,说"姚先生很明白其中的道理;可是要他靠女儿吃饭,他却不是那种人",只是巧妙地提醒读者:"关于女儿的前途,他有极周到的安排。"

喜剧角色姚先生是一个坏运气的倒霉鬼,为了女儿们能进入黄金世界而苦心竭力,然而做女儿的全不明白"做父母的一番苦心"。无论他如何"因势利导",费尽思量,总是鬼使神差地不能如愿。最后郁愤伤肝,生命的希望破灭,"估计活不长了",他是可笑的,但最后简直成了一个令人同情的悲剧人物。因为在个人解放、婚姻自由已经成为新道德标准的现代社会,他要控制女儿们的婚嫁,要比五四时期的传统家长要曲折费力得多——他面对的是一个复杂的现代世界,比如对婚姻中情感、个人尊严的肯定。大女儿半推半就地嫁了姚先生上司的儿子,却为了维持自尊,不让丈夫怀疑她为了父亲前途而高攀，刻意与娘家断了来往，姚先生没得到一点好处，女儿被夫家欺负后还要对女儿婚姻的失败承担责任。二女儿曲曲说："钱到底是假的，只有情感是真的——我也看穿了，天下没有十全十美的事。"即便是温顺的三女儿心心，也无法接受姚先生纯粹把婚姻当作换取社会地位手段、完全漠视情感因素的安排。结局让姚先生在包办女儿婚姻这件事上的过分的卖力变成了笑话，因为连最软弱的女儿他也无法控制。

故事夸张地塑造一个执迷于以嫁女谋取金钱和社会地位的老派家长的形象，嘲笑这一个落伍于时代的家长权威。这篇小说之所以是张爱玲的短篇里最轻松的一篇，是因为在现代社会中的新式女性要嘲笑这样一个落伍的家长权威毫不费力。姚先生在大女儿结婚时，在报纸上登载一篇花团锦簇的四六骈文，被大女儿嘲笑"八十岁以下的人，谁都不注意他那一套"。而二女儿曲曲更是以机智泼辣的言语直接嘲笑了父亲对女儿贞洁名声的焦虑和他谋图姻亲利益的如意算盘：

> 曲曲笑道："急什么！我又不打算嫁给姓王的。一时高兴，开开玩笑是有的。让你们摇铃打鼓这一闹，外头人知道了，可别怪我！"

姚先生这时也上来了，接口冷笑道："哦！原来还是我们的错！"

曲曲掉过脸来回他道："不，不，不，是我的错。玩玩不打紧，我不该挑错了玩伴。若是我陪着上司玩，那又是一说了！"

姚先生道："你就是陪着皇帝老子，我也要骂你！"

曲曲耸肩笑道："骂归骂，欢喜归欢喜，发财归发财。我若是发达了，你们做皇亲国戚；我若是把事情弄糟了，那是我自趋下流，败坏你的清白家风。你骂我，比谁都骂在头里！你道我摸不清楚你弯弯扭扭的心肠！"

曲曲以放肆的笑来颠覆父亲的权威，她最有威力的攻击，不是批评他的守旧，而是揭穿他的虚伪，他最在乎的是"面子"、人际社会里的声誉，曲曲最后一句"别又让别人议论你拿女儿巴结人，又落一个话柄子"彻底击败了他。小说虽然写的是父女的代际矛盾，但并不是个人权利和父权制传统观念的矛盾和冲突，而是既要追求个人情感满足，又要追求财富和社会地位的城市中产阶级个人化选择之间的冲突。在小说里，反抗家长的自由恋爱的结局也未必保证幸福，正如曲曲结婚后经济拮据，最后还得由姚先生承担生活费。

姚先生显得可笑和可怜，是因为他把女儿作为婚姻交易的非人化的商品，但同时还要在一种人性化的"父母的苦心"的道德舆论压力下间接地、转弯地操控女儿们。把生女儿称为"弄瓦"是中国传统社会中带性别歧视的比喻，姚先生把自己的女儿称为漂亮的"琉璃瓦"，并没有改变视女性为卑贱物的观念，不过是把传统的卑贱物看成高档的商品，把女性的美色看作婚姻交易市场的筹码。复杂的是，这种深入无意识的、女人作为商品"非人性"的观念隐藏在充满人性和情感的表达里。其中有一个场景写心心相亲成功归来，姚太太的快乐无法以言语表达，摸摸心心的胳膊，嘴里咕哝道："偏赶着这两天打防疫针！你瞧，还肿着这么一块！"母爱的亲昵表达却是在怜惜女儿美貌肉体的瑕疵，担心"琉璃瓦"有了瑕疵会降低在婚姻市场上的卖价。

盛宴与祭奠

在《鸿鸾禧》中这种嘲笑婚姻交易和父权权威的笑声变得更为复杂，叙述者把所有沉沦在消费主义欲望城市中的中产阶级男女都当成了嘲笑的对象，甚至他们的"笑声"本身也变得荒诞可笑,资本主义父权制中男性家长的滑稽表演让他的家庭观众们发出空洞而虚假的笑声,成为这出喜剧里最为荒诞的一幕。小说标题借用了京剧的一出大团圆喜剧的曲目,小说人物角色也特意地用"二乔"、"三多"、"四美"这些通俗而无个性的符号,制造出一个通俗叙事的外表,然而通过描写一个都市上层社会家庭从筹备"新派"婚礼到婚礼结束的几个场景,在一个全知叙述者的观察和评述下,通常作为喜剧内容的结婚盛宴和仪式都有了悲剧牺牲与祭奠意味。张爱玲把一个传统喜剧中的喜庆世界变成了一个有着尸体意象、"无人性的"、变形的荒诞世界。

故事从女人们在婚纱店挑选婚纱的场景写起,二乔和四美姐妹俩一边谋划着趁大哥的喜庆日子多添两件衣服来装扮自己,一边用带性暗示的俏皮话嘲笑未来嫂子玉清的身材和她较穷的家庭背景。她们身上的"新鲜的粗俗的气息"象征一个新兴的生气勃勃的资本主义世界,这个世界里的女人们不仅迷恋商品,而且把自己像商品一样装点,正如张小虹在"女人恋物"的论述里所说,张爱玲"更心知肚明女人的商品拜物,不仅是女人对物质生活的痴心迷醉于巧揑计算,也是女人将自己装点为商品在婚姻市场上的论斤论两、讨价还价",揭示了"女人商品化的吊诡逻辑:女人要用商品将自己装点成商品,成功出售后的商品则可更恣意地拥有商品"。[1]小说揭示了她们所处的社会性别现实:婚姻作为她们的唯一能发挥其个人光彩的舞台,婚礼就是她们舞台灿烂生命的高潮。女人被物化为婚姻市场上的商品,而喜宴是她们社交公开露面自我展示的集市。新娘被视为"是银幕上最后映出的雪白耀眼'完'字",而未婚的女傧相则"是精彩的下期佳片预告"。小说给在婚姻市场中待价而沽的女人们画了一幅幅脸谱漫画,棠倩"嘴里仿佛嵌了一大块白瓷,闭不上",梨倩表情"苍白倦怠",无论是故作活泼的笑容,还是冷漠的挑拨性的一瞥,都是婚姻市场上有计划的自我促销策略:"趁着人还没散,留下一个惊鸿一瞥的印象,好让人打听那穿蓝的姑娘是谁。"

叙述者插入的俏皮比喻赋予这个衣锦繁荣的消费主义空间一种无人性、同一化的特质,婚纱店"挂满了新娘的照片,不同的头脸笑嘻嘻由同一件出租的礼服里伸出来。朱红的小屋里有一种一视同仁的,无人性的喜气"。结婚仪式上的新娘

---

[1] 张小虹:《恋物张爱玲——性、商品与殖民迷恋》,载杨泽编:《阅读张爱玲:张爱玲国际研讨会论文集》,台湾麦田出版社1999年版,第177—208页。

"像复活的清晨还没醒过来的尸首,有一种收敛的光"。结婚照"像背后撑着纸板的纸洋娃娃",面目模糊得"仿佛无意中拍进去一个冤鬼的影子"。喜剧的盛宴中似乎出现了一个看不见的、无处不在的鬼魂,有时甚至变成僵硬的笑声里的牙齿:"开玩笑地轻轻咬着你,咬到后来就疼痛难熬。"

这种荒诞感瓦解了婚礼作为浪漫爱情 happy ending 的喜剧神话。婚礼并不是诗意的、浪漫爱情的高潮,而是一个饱含了对社会阶级地位的焦虑、财富的渴望和性别困境的社会仪式,是"说不尽的麻烦"的人生开始,而婚宴上的客人是时局不佳时不肯亏了礼金的食客,是如同动物一样"毫无感情地大吃"的已婚太太。这个"新派"的结婚仪式里除了一个短暂的瞬间有诗意和超越性,剩余的都是庸俗而乏味的表演——社会名流证婚人的演讲,"旧道德,新思潮,国民的责任"的"宏大叙事"言辞没有让仪式的意义得到升华,而是把瞬间的诗意一扫而光,连性笑话都是乏味的,听众配合着"知道笑"。

写到男性家长权威时,张爱玲的闹剧冲动出现了。娄嚣伯是"美国得过学位,是最地道的读书人",新派、留过洋的知识分子,又是银行家,是这个上层社会富裕家庭里的核心人物，掌握了文化与财富绝对的权力，是殖民主义下中西方文化等级、资本主义社会等级和传统家长制度中几种权威的结合。他喜欢的美国杂志上的商品广告成了他对自己洋化的／上层阶级的家庭想象的一部分："汽车顶上永远浮着那样轻巧的一片窝心的小白云。""'四玫瑰'牌的威士忌，晶莹的黄酒，晶莹的玻璃杯搁在棕黄晶亮的桌上，旁边散置着几朵红玫瑰——一杯酒也弄得它那么典雅堂皇。"他感觉他的文化与财富"打成了一片"。不幸的是，他的太太，一个愚笨而传统的中国妇女，以及她手上的传统手工的鞋面，作为他无法摆脱的中国的、传统的"残留物"，无情地嵌入了他愉快自得的梦幻世界，打破了他的幻梦。娄嚣伯厌恶妻子的土气、愚蠢和无用："头发不要剪成鸭屁股式好不好？图省事不如把头发剃了！不要穿雪青的袜子好不好？不要把袜子卷到膝盖底下好不好？旗袍衩里不要露出一截黑华丝葛裤子好不好？"但对她的批评总是"焦躁的商量"，因为他是"出名的好丈夫"。

这个"好"，不仅意味着刻板地遵从家庭伦理规范，还展示了一个西化的、上层阶级的男性知识分子的权威在一个"平等的"、"可商量的"，然而其实是极不平等的等级制中的

表演姿态。小说有一个场景揭穿了他其实时刻都要维护他的家长权威:

> 嚣伯手里拿着雾气腾腾的眼镜,眼镜脚指着娄太太道:"你们就是这样!总要弄得临时急了乱抓!去年我看见拍卖行里有全堂的柚木家具,我说买了给大陆娶亲的时候用——那时候不听我的话!"大陆笑了起来道:"那时候我还没认识玉清呢。"嚣伯瞪了他一眼,自己觉得眼神不足,戴上眼镜再去瞪他。[①]

小说把娄嚣伯写成了一个自我中心、自我陶醉和虚张声势的小丑:"一看见玉清就不由地要畅论时局最近的动向,接连说上一两个钟头,然后背过脸来向大家夸赞玉清,说难得看见她这样有学问有见识的女人。"他在家中的闲谈其实是"自己和自己讨论",内容都是国际风云、政治事件等"宏大叙事",小说抽空了他说话的内容,外在化地描述他的肢体动作:"说到风云变色之际,站起来打手势,拍桌子。"他的演

---

① 张爱玲:《鸿鸾禧》,载《传奇》,人民文学出版社1986年版,第389页。

讲其实没有听众，也没有意义，不过是一个显示其知识与权力的空洞姿态。

娄太太落伍于时尚，被排斥在丈夫儿女们的"新派"的世界之外，她是这场喜宴里多余的局外人，她插不进手帮忙儿子"绝对新派"的婚事，连太太们的社交她也处理得很失败。她无用而卑贱，如同她手上的手工鞋面，被丈夫和儿女们嫌弃。娄太太对她处境的反应既不是愤怒也不是痛苦，而是厌恶，也"不知道是对她丈夫的厌恶，还是对于在旁看他们做夫妻的人们的厌恶"。她皱着眉来表示她对这个世界的不满。然而正是从一个卑贱角色的视角，可以清楚地看到这豪华物质堆砌起来的世界的无意义。娄太太把丈夫的装腔作势看得最为清楚，当娄嚣伯大发宏论，她"注意到大家都不在那里听，却把结婚照片传观不已，偶尔还偏过头去打个呵欠"。她用一些同样无意义的琐碎物件把大而空洞的男人世界隔绝在外："她平静地伸出两腿，看着自己的雪青的袜子，卷到膝盖底下。"而她回忆中的传统婚礼，则与她眼前的空洞的仪式形成了鲜明的对比。她回忆中古老仪式有着"广大的喜悦"，仪式与意义之间是统一的、"一贯的"，而眼前的新潮的现代仪式成了无法整合出意义的碎片，"一片片的，隔绝的"。

在空洞的现代婚礼的对照下，守旧的中国古老的仪式反而有了真正的诗意、热闹和"人"的气味：

> 忽然想起她小时候，站在大门口看人家迎亲，花轿前呜哩呜哩，回环的，蛮性的吹打，把新娘的哭声压了下去；锣敲得震心；烈日下，花轿的彩穗一排湖绿，一排粉红，一排大红，一排排自归自波动着，使人头昏而又有正午的清醒白醒，像端午节的雄黄酒。轿夫在绣花袄底下露出打补丁的蓝布短裤，上面伸出黄而细的脖子，汗水晶莹，如同坛子里探出头来的肉虫。轿夫与吹鼓手成行走过，一路是华美的摇摆。看热闹的人和他们合为一体了，大家都被在他们之外的一种广大的喜悦所震慑，心里摇摇无主起来。①

华美的颜色、如同肉虫的轿夫的汗水，"震心"的声音都在显示传统仪式里有着人的情感、肉体的生命力和仪式意义的统一，与一个充满了无人性的"死气"、"尸首"、僵硬的纸

---

① 张爱玲：《鸿鸾禧》，载《传奇》，人民文学出版社 1986 年版，第 396 页。

板人等意象的现代喜宴形成鲜明的对照。在张爱玲的悲剧书写中,中国古老传统往往指向一个阴湿颓败的家庭空间,但是在这篇小说中,在现代世界被隔绝和鄙弃的娄太太却在现实的碎片中重新拼凑起一个与之抵抗的传统回忆,它有夏日的温暖,有着完整的意义,婚礼上人与人不是演员和观众的疏离关系,而是人们合为一体,有"广大的喜悦"。花团锦簇的现代世界,却是僵硬、空洞、隔绝、怪诞和无意义的滑稽,正如小说最后的一个场景所刻意突出的那种荒诞:娄嚣伯以"最潇洒,最科学的新派爸爸的口吻"询问玉清结婚的感觉,玉清的回答后,"一屋子人全笑了,可是笑得有点心不定,不知道应当不应当笑。娄太太只知道丈夫说了笑话,而没听清楚,因此笑得最响"。

最后这个笑声的场景有强烈的反讽和悖论特征:一个有性暗示的笑话引起笑声通常是因为突破了禁忌、社会规范,从而爆发出自由的笑声力量,而娄嚣伯处于从属地位的听众们发出的暧昧机械的笑声,却要在社会权力等级所规定模仿自由的笑声。这种笑声越响亮,越是悖论性地证明了权威者说的笑话的空洞和无意义。与其说张爱玲对家庭领域矛盾的喜剧性书写目的是嘲笑父权家长的权威,不如说要把充满了各种无形而强大的阶级行为规范、文化等级的城市展现为一个荒诞的世界。她反讽调侃的声音甚至还嘲笑了现代社会的笑声本身,无论是二乔、四美机智刻薄的俏皮话,婚礼仪式上无聊的性笑话,还是最后的空洞大笑。

怪兽、幻觉和变形

除了《倾城之恋》和《封锁》两篇,战争现实在《传奇》小说集里都被处理为一个隐隐约约的远景,在那些经济的窘迫中精明计算的人物身上,和娄嚣伯关于国际风云的演讲中才看见战争的阴影。《封锁》直接书写了沦陷上海时期特有的历史事实和战争经验,战争不仅是清晰的舞台背景,还在叙事情节发展中起了关键的作用。现实中的"封锁"指隔离一个区域以便政治搜查,跟空袭、暗杀、监禁一样,是沦陷年代这座都市的日常生活中诸种恐怖现实之一,但张爱玲把它写成了一场弗洛伊德意义上的潜意识演出,一出在无意识中的欲望闹剧。

在故事的开头,叮叮的电车声切断了时间与空间,电车成了上海这个被隔绝的现代大城市的象征,在既定的前进轨道上停止。"如果没有空袭,如果不碰到封锁,电车的行进是永远不会断的。"一个流动繁忙的城市在战争中停止了日常生活的重复性律动：

> 这庞大的城市在阳光里盹着了，重重地把头搁在人们的肩上，口涎顺着人们的衣服缓缓流下去，不能想象的巨大的重量压住了每一个人。①

这幅变形的超写实的画面，给这个特定时刻引入了怪诞的特质，城市变成了波德莱尔《巴黎的忧郁》中压着每一个人的怪兽。在《每人都有他的怪兽》一篇中，波德莱尔描绘了一幅超写实的画面：在灰色阴郁的苍穹下，疲倦而麻木地行走着一群人，他们弯着腰，背上趴着一头像一袋面粉那么重的巨大怪兽，有力的肌肉搂压着人们的胸口。他们不知道要往哪里去，被一种无法控制的行走欲控制着。没有人对吊在脖子上和头上的怪兽表示愤怒，甚至认为怪兽是自己的一部分。②

---

① 张爱玲：《封锁》，载《传奇》，人民文学出版社1986年版，第331—332页。
② 〔法〕波德莱尔著，钱春绮译：《恶之花 巴黎的忧郁》，人民文学出版社1991年版，第387—388页。

《封锁》中现代城市的怪兽意象和波德莱尔的象征描绘惊人地相似。荒凉的背景,空洞重复的现代性城市日常生活,在它的重压下的是丧失了主体意识和意义的都市人。城市打盹的一刻,是怪兽沉睡的一刻,这是《谈画》中所提到"超写实派的梦一般的画"。正如陈建华在《张爱玲与塞尚》一文中所指出的,张爱玲对塞尚印象派绘画的创造性阅读,展示了西方现代主义绘画和她的写作风格和策略之间的默契:以繁复的写实为根底,是介乎于写实和"超写实"之间的参差。[①] 孟悦、陈建华等学者已经深刻指出她小说中的"奇幻",是一种跨越既成理性经验的想象游戏,聚焦于日常幻想、白日梦和潜意识,在日常生活中揭示荒诞和"时代的梦魇",蕴含着她对理性和文明的质疑。[②] 变形、反转、颠倒等荒诞喜剧想象,是战争和现代文明中的心理创伤转化为文学想象性

[①] 参见陈建华:《张爱玲与塞尚》,《中国图书评论》2009 年第 10 期,第 36—44 页。

[②] 参见陈建华:《张爱玲〈传奇〉与奇幻小说的现代性》,《湖北大学学报(哲学社会科学版)》2007 年第 3 期;孟悦:《中国文学"现代性"与张爱玲》,载金宏达编:《回望张爱玲——镜像缤纷》,文化艺术出版社 2003 年版。

"创造"的关键性媒介。

封锁后短暂的喧嚣和骚乱是战时恐怖的直接反应，之后陷入沉寂，连这种沉寂也是怪诞的：人们的感知在特定的紧张中变得尖锐，声音更为刺耳，被这不经见的沉寂吓噤住了。空间的外与内的对照在这个被隔绝的时刻，在电车被隔绝的空间里浓缩了这个城市的日常生活场景，电车里搭建了一个以大众为背景的舞台，一个隔绝的被定格的历史时空。叙述者用全知的外视角去描述这群空虚无聊而拥挤的大众：医科学生、公司职员、生意人、家庭主妇、大学女教师。包括公事房里的是非、像"甜的，滋润的核桃"的脑袋以及容易把裤子弄脏的不体面的熏鱼。乘客们用各种类型的城市文字印刷品来填补"可怕的空虚"："有报的看报，没有报的看发票，看章程，看名片。任何印刷物都没有的人，就看街上的市招。"或者是以身体性的（"有板有眼的小动作"）代替思想。女主人公吴翠远，千篇一律的发型和"带讣闻风味"的衣装暗示了她个性上的乏味和情感上的一潭死水。叙述者用身体性的和食物的、物化的意象取代了一切形而上，极力描绘出一群庸众日常的舞台背景。

接下来张爱玲把现代文明的交通工具变成了一出怪诞喜

剧的舞台：一个怪诞、变形的、如同梦一般的场面的舞台剧。战时城市的白日梦中，日常生活以错乱、变形、颠倒、反转的方式呈现：医科学生拿出一本图画簿修改人体骨骼简图，旁边无知而肤浅的乘客，既不懂医学也不懂艺术，以为他是在写生（科学被颠倒成艺术），学生写的医学名称被看成是"东风西渐"的西洋画学中国画题字。这样一个小场景里张爱玲也没忘记反高潮的"反转"：拎着一条熏鱼的丈夫批判性地发表他的艺术见解时，妻子在旁边提醒他："你的裤子！"注意力被拉到一点也不艺术的脏兮兮的熏鱼上。男主角吕宗桢，一个银行的会计师，是这群人里的其中一个，他也进入了一个空虚、不知所措而颠倒的世界：

> 一部分的报纸粘住了包子，他谨慎地把报纸撕了下来，包子上印了铅字，字都是反的，像镜子里映出来的，然而他有这耐心，低下头去逐个认了出来："讣告……申请……华股动态……隆重登场候教……"都是得用的字眼儿，不知道为什么转载到包子上，就带点开玩笑性质。也许因为"吃"是太严重的一件事了，相形之下，其他的一切都成了笑话。吕宗桢看着也觉得不顺眼，可是他

并没有笑，他是一个老实人。①

包子上粘着的报纸的文字把日常生活中有重大意义的事件以一种"开玩笑的性质"，以"转载"的方式印在这种形而下的琐碎食物上，吕宗桢没有笑，叙述者称赞他严肃老实的美德，其实在暗示这个平庸而理性的男人无法察觉这些颠倒形象中的荒诞意味。他甚至以理性的判断来代替自己身体的真实感觉："他决定他是饿了。"

叙述者以调侃的语调描述这些庸众场景，把小说的男女萍水相逢的爱情置于一个怪诞的梦境之中，这个梦境有双重特质——既是真实世界的颠倒，又是复制。电车浓缩的大众在这无意识的幻梦中同样复制了真实世界的规范与律令：例如社会阶级的等级、人际关系以及中产阶级对物质、体面和金钱的着迷。"清寒子弟"远房亲戚董培芝从三等车厢向头等车厢里的吕宗桢进攻。叙述者评论他是"胸怀大志"的青年，要娶一个"略具资产的小姐"。他谦卑地躬着腰，"含有僧尼气息的灰布长衫"，是"吃苦耐劳，守身如玉的青年，最合理

---

① 张爱玲：《封锁》，载《传奇》，人民文学出版社1986年版，第333页。

想的乘龙快婿"。然而叙述者的称赞在这个语境里还反讽地包含了另一层意思：迎合姻亲长辈对年轻人品德的要求，是一个家境清寒的年轻人以婚姻谋求晋升社会地位的法宝，他那禁欲般的装束如同他的战衣。吕宗桢同样能领会这一点，于是他"慌了神"，怕这青年过来搭讪，"后果不堪设想"，紧急情形下装作与女教师吴翠远调情，把青年逼退回属于他的三等车厢中。

这段调情的开始不合情理且充满偶然性，调情本源自误会，但由于他处于一场阶级地位的保卫战，又刚刚被车厢里的家庭主妇引起了他对妻子的厌烦，这些都促使他索性把调情进行下去。男女主人公的罗曼史的发展注定了是一场玩笑，起承转合都是闹剧：

> 宗桢道："你不知道——我家里——咳，别提了！"翠远暗道："来了！他太太一点都不同情他！世上有了太太的男人，似乎都是急切需要别的女人的同情。"宗桢迟疑了一会，方才吞吞吐吐，万分为难地说道："我太太——一点都不同情我。"

翠远皱着眉毛望着他,表示充分了解。①

吴翠远心里嘲笑这个已婚男人的平庸,但恰好是因为这个男人在真实地展现他的平庸和花言巧语,她愿意扮演一个耐心的倾听者的角色。他们真正动情、产生爱情感觉的一刻,也是由于电车外战争因素的偶然介入而导致了感觉的"变形":

街上一阵乱,轰隆轰隆来了两辆卡车,载满了兵。翠远与宗桢同时探头出去张望;出其不意地,两人的面庞异常接近。在极短的距离内,任何人的脸都和寻常不同,像银幕上特写镜头一般的紧张。宗桢和翠远突然觉得他们俩还是第一次见面。②

这里再次出现了"情感的光强烈的照射下"的变形。吕宗桢刚开始"不怎么喜欢"这淡而无味的女人,"整个的人像

---

① 张爱玲:《封锁》,载《传奇》,人民文学出版社1986年版,第339页。
② 张爱玲:《封锁》,载《传奇》,人民文学出版社1986年版,第340页。

挤出来的牙膏,没有款式",而现在她的脸却变成了"一朵淡淡几笔的白描牡丹花,额角上两三根吹乱的短发便是风中的花蕊"。特定的时刻中视觉感知的变形,带来了一个浪漫的充满美感的瞬间,以及被生活压抑的欲望的爆发:她脸红了,而他变成了一个"单纯的男子"。接下来的一句陈述暗示了叙述者的观察距离,"宗桢断定"翠远是一个可爱的女人,当他自恋而感伤地对她讲述自己的生活时,叙述者转用了第二人称来描述他的心里的感觉:"你不要她,她就悄悄地飘散了。她是你自己的一部分,她什么都懂,什么都宽宥你。你说真话,她为你心酸;你说假话,她微笑着。"仿佛是吕宗桢在和旁人描述他这个情人的可爱与通情达理(与他刚刚想起的常提出不合理的要求的妻子相反)。通过叙述声音的转换,小说微妙地暗示出吕宗桢所处的幻觉状态。

小说也展示了吴翠远的幻觉。她的"新式的,带着宗教背景的模范家庭"都是"一尘不染的好人",干净、卫生、现代、西化,但都是刻板模仿现代西方的上层社会的一群"假人"。她受的高等教育、"打破了女子职业的纪录",也无法让她摆脱在婚姻市场上待价而沽的处境:"家长渐渐对她失掉了兴趣,宁愿她当初在书本上马虎一点,匀出点时间来找一个有钱的女婿。"在城市打盹的这一刻,她才得以触摸到"真实"。她把吕宗桢看作"真人"。她认为自己找到了反叛刻板生活的契机,嫁给这个没有钱的男人做妾可以让她打破中产阶级婚姻买卖中最为看重的金钱和社会地位的规则。小说叙述声音借用她的内心独白说:"这个人,这么笨!这么笨!"接着转用一个全知的叙述声音对她内心独白自由引语:"她只要他的生命中的一部分,谁也不稀罕的一部分。他白糟蹋了他自己的幸福。"这"幸福"当然也是人物角色自己的评判。最后用一个全知的上帝视角、外聚焦视角冷静地描述她可笑的失控:"她哭了,可是那不是斯斯文文的,淑女式的哭。她简直把她的眼泪唾到他脸上。"当封锁解除,电车继续前进,城市恢复了它的日常节奏,他们的罗曼史也毫无痕迹地结束了,现代的通信技术也无法帮他们续梦:电话号码是一串毫无意义的转瞬即逝的数字。"整个的上海打了个盹,做了个不近情理的梦。"城市的打盹扰乱了真实世界的秩序,而更具悖论性的是,只有在幻觉性的、颠倒的世界中,欲望的真实状态才会展现。小说最后一个场景,张爱玲的反讽与闹剧的冲动再次出现,一个"缝穷老婆子"掠过车头,慌张横穿过马路(这画面凸显了一种突如其来的冲击感),电车司机一声响亮的"猪猡！"，粗俗的以动物骂人的方言，如同当头棒喝，不带任何感伤与同情，同样以闹剧的方式结束了这场城市的迷梦。

张爱玲的苍凉文学世界中，从城市风俗和世故社会的俏皮话、轻薄油滑的家庭滑稽闹剧、颠覆女性悲情书写的表演性闹剧，到反讽的叙述声音和主题，以及荒诞的幻梦现代主义喜剧，既可见本土通俗文化传统中"油滑"的滑稽传统，又能见到她的写作和西方现代主义艺术的默契与融合。从建立主体性、颠覆性的自由笑声和现代文明中空洞或怪诞的笑声，把现代日常生活的高压和战争心理创伤转化为文学想象性的"创造"，张爱玲的文字世界里有现代文学中最为复杂的笑声。

第二部分

笑声舞台的文化政治

笑声不仅出现在战时城市通俗印刷文化的想象空间里，也出现在现实的剧场空间中。现代中国话剧史里有一个奇异的现象：剧场舞台上笑声频频爆发的历史时空是沦陷时期的上海。大量的外国喜剧的"改编"——其实是重写或仿作——被钟爱喜剧的导演（例如黄佐临、胡导）搬上舞台；诸多戏剧学者和作家，例如李健吾、杨绛、石华父、张爱玲等也为职业剧团提供喜剧剧本，沦陷时期上海的话剧舞台上一度"喜剧成风"。剧作家的喜剧想象在舞台上通过身体和语言的呈现，把剧院变成一个充满大众笑声的表演空间。

话剧史和沦陷时期文化史研究已经指出沦陷上海"喜剧成风"的种种历史因素，包括孤岛时期难民涌入后的娱乐需要、电影业的萧条以及话剧人以"商业化"作为在政治高压下的生存策略,等等。[①]这些历史背景是理解探究战时笑声空间里的基础,然而战时笑声中的文化政治需要更具体深入的描述和探究。孤岛时期左翼话剧人追求一种"理想喜剧",曾提出要"磨炼喜剧",其中的喜剧论述凸显了战时笑声的历史文化规限,也提出了战争中该如何发笑的政治伦理问题。

左翼话剧人改编西方喜剧时要"中国化",在改编的"中国化"之处,能看到与"理想喜剧"的暗合。与此同时,"女人"和"喜剧"的组合在沦陷上海的娱乐文化风潮中成了焦点,流行"好莱坞"和"巴黎噱头"的西方都市女性喜剧改编,1943年杨绛创作的《称心如意》和《弄真成假》也是女性喜剧,张爱玲跨界试验尝试打破话剧界的"壁垒",用的也是一出"女人戏"——《倾城之恋》。她在小报上为之所写的宣传小文,折射了此时笑声空间里的文学美学之争。曾是沦陷时期上海剧坛"盟主"的李健吾,战后改编了一出反战主题的希腊女性喜剧,在现实形势、政治意识形态和文化话语权急速变化的时候,女性的笑声却遭到上海文化界猛烈的批

---

① 参见柯灵:《沦陷上海期间戏剧文学管窥》,《上海师范大学学报(哲学社会科学版)》1982年第2期。

评。剧作家们借用"话剧"这种舶来的文学形式在本土的娱乐市场中给城市大众制造笑声，而这娱乐市场本身是一个充满意识形态和文化美学话语激烈竞争的场域。

笑声在战时的高压政治环境中开拓了文化空间，也承载着个体作家不同的文学美学追求。第五章通过分析战时三位剧作家的战时喜剧及其面对战争的不同方式，探究李健吾、杨绛、石华父和张爱玲等剧作家如何在一个特殊的话剧喜剧娱乐文化中表达个人的文学美学理想。这些出现在特殊政治时空里的喜剧及其论述，展现了民族救亡话语、都市娱乐流行风尚和作家个人文学美学追求之间的互动与龃龉。

第四章
战时舞台喜剧论述

第一节 "磨炼"喜剧：崇高的笑声与战时伦理

在欧洲和日本戏剧的影响下，晚清民初的"新剧"和20世纪20年代的"爱美剧"，已经逐渐把"唱念做打"融诗词曲为一体的中国古典戏曲改造为以写实的对白和舞台动作为主的"话剧"。[1] 到30年代中期，中旅话剧社的《雷雨》在天津、北京以及上海商业性公演的成功，话剧从业余的"爱美剧"变成职业化的文艺演出形式。[2] 日本步步入侵，左翼文化

---

[1] 陈白尘、董健：《中国现代戏剧史稿》，中国戏剧出版社1989年版，第3—5页。
[2] 参见中国艺术研究院话剧研究所主编：《中国话剧艺术家传》第三辑，文化艺术出版社1986年版，第45页；洪忠煌：《话剧殉道者——中国旅行剧团史话》，浙江大学出版社2004年版，第120—125页。

人开展了"国防戏剧活动",话剧走到了街头,街头剧《放下你的鞭子》流行一时,抗日战争全面爆发后,"救亡话剧"成为民族文化抵抗、救亡运动的工具,许多话剧在难民所、伤兵医院演出,大量的业余剧团如同"雨后春笋般生长出来",直到日军进入租界才消失。[1]"孤岛"初期民族救亡的"话剧运动"在狭窄的生存空间中"争生存和自由的严酷斗争",是"危险的走钢丝的游戏"。[2] 从民初戏剧改革到沦陷前的话剧,从作家剧本创作的戏剧变成面向大众舞台的表演艺术,肩负着启蒙民众和政治救亡的实用任务,在沦陷时期话剧发展为一种商业娱乐文化产业之前,"启蒙民众"和大众娱乐之间的矛盾尚未暴露。在"喜剧成风"之前的孤岛时期,以引发笑声为目的的喜剧开始把这个问题尖锐化了,严肃的抗战现实和形势也提出了一个伦理问题:在战争中什么样的笑声才是道德的?

话剧家李伯龙在总结"孤岛"第一年"无数次话剧演出"的经验时,发现城市大众和"文化人"对喜剧演出的反

---

[1] 顾仲彝:《十年来的上海话剧运动》,载洪深:《抗战十年来中国的戏剧运动与教育》,中华书局1948年版,第152页。

[2] 柯灵:《剧场偶记》,百花文艺出版社1983年版,第26页。

应和要求不一样。改编的法国喜剧特别受观众欢迎,安那托尔·法朗士(Anatole France)的《哑妻》(*The Man Who Married a Dumb Wife*)和以莫里哀《吝啬人》改编的《生财有道》上演时观众笑声连连,收到很好的喜剧效果,但被一些文化人批评太"文明戏化"。刚好当时有一个法国业余剧团到上海演出,《哑妻》也是其中一个剧目,对比法国剧团的演出,中国版的《哑妻》太不够夸张,"很多场面不能收到剧本上所能发挥的更讥讽更泼辣的舞台效果"。李伯龙认为用法国剧团那种夸张的喜剧方法应该能得到更多观众的欣赏,但"如此夸张而近乎漫画化的演出形式,来搬上中国舞台,无疑地会给一部分人认为这是更低级的文明戏,而受到更讥笑的批评的"。[①]

"文明戏"是民初"新剧"的别称(当时凡新事物往往冠以"文明"或"改良"),这个昙花一现而带有贬义的绰号在孤岛时期再次出现,跟左翼话剧运动里"文化人"的精英立场有关。"绿宝剧场",一个开在新新百货公司四楼的表演剧

---

① 松青(李伯龙):《谈孤岛的喜剧与磨炼》,《剧场艺术》1939年第12期,第2—4页。

场，1938年开业后，20世纪20年代演新剧的"笑舞台"里的一些滑稽演员在里面演戏，经常遇到"话剧人士"的挤压。这个剧场在孤岛时期邀请过"艳星"表演，上演的也有左翼话剧团体改编的《人之初》和《少奶奶的扇子》等，但在左翼话剧家们眼中，"文明戏"代表一种表演夸张、以插科打诨和噱头吸引观众的落后滑稽文化，但在绿宝剧场的编剧徐卓呆看来，"文明戏"这个蔑称只是宗派主义的文化人巩固其话语权的工具：

> 凡对于不满意的戏剧，往往说：这简直是文明戏！拿来借题发挥，而这些开口说文明戏、闭口说文明戏的人，如果去问问他们：甚么叫文明戏？文明戏是方的、还是圆的？文明戏的真相如何？定义如何？界限如何？范围如何？他们还是瞠目不知所答，他们不过随便发挥他们的宗派主义罢了。[1]

因为绿宝剧场的存在，李伯龙发现孤岛时期的"文明戏"

---

[1] 参见徐半梅：《话剧创始期回忆录》，中国戏剧出版社1957年版，第126页。

也在发展,并因为擅长滑稽喜剧成为争夺观众市场的强劲对手。"他们"有舞台上长时期的经验的积累,"为了营业而迎合趣味等等原因"造成"偏于喜剧的类型",依赖于喜剧文明戏"夺取了更广大的观众"。[①]李伯龙认为要争夺城市观众市场,就要向"文明戏"学习,中国的喜剧特别少以及喜剧演得不够好,原因就在于文化人对于"文明戏"的轻视和"洁癖",完全排除夸张和噱头,影响了喜剧的健康发展,也失去了观众。为了响应左翼领导人夏衍提出的在"此时此地""磨炼话剧"[②]的号召,李伯龙认为应该"大量采用喜剧"。响应他的还有后来成了沦陷时期上海"四大话剧导演"之一的吴仞之,他认为鉴于剧运停滞的现状,宜先把喜剧作为"磨炼"之资,把"喜剧运动"做"难剧运动"(国难时的话剧运动)的先锋,因为"喜剧里有许多机智、幽默、讽刺、调侃、教训等对白"更能锻炼演员说"舞台话"的能力,喜剧角色对

---

① 松青:《谈孤岛的喜剧与磨炼》,《剧场艺术》1939年第12期,第2—4页。
② 孤岛时期出现"剧本荒",夏衍1939年5月在香港提出不能再重复抗战刚开始的阶段的《放下你的鞭子》一类的话剧,而是创作出适宜于"此时此地"的剧本。参见夏衍:《论"此时此地"的剧运》,《剧场艺术》1939年第7期,第1—2页。

人物个性的"外在化"是最好的磨炼。[①]

向文明戏学习、以喜剧吸引观众来"磨炼话剧"的建议遭到了左翼影评人鲁思的激烈批评。[②] 在他看来，以一种戏剧的形式而非以抗战的内容作为前提来磨炼话剧，有"形式主义"的倾向；而他最担心的是，喜剧是危险的，因为"容易逗引观众逃避现实"，向文明戏学习更加要不得，因为"文明新戏的历史，还告诉我们：戏剧一旦脱离了为民族解放革命斗争的战线，它就会腐败、没落、失掉它的价值，而成为小市民的点缀品和玩意儿的"。他认为必须搞一个"与抗战有关"的"喜剧运动"。[③]

如何才能与抗战有关而又能让人发笑？孤岛时期左翼话剧人探寻更为具体的理想喜剧形式。宋之的提出"新喜剧"的概念，认为在抗日工作中喜剧是最适宜和最有力的形式，

[①] 吴仞之：《从磨炼谈到喜剧》，《剧场艺术》1940年第1期，第15—16页。
[②] 鲁思曾在20世纪30年代中期作为左翼影评人的主要代表和穆时英关于"软性电影"展开激烈的争论，参见李今：《海派小说论》，台北秀威信息科技股份有限公司2005年版，第108—109页。
[③] 鲁思：《磨炼问题与难剧运动》，载《戏剧电影问题》，世界译著出版社1949年版，第50—54页。

因为"用喜剧的形式给予刻画讽刺和批判，使得人人得以藉知自己的弱点"，喜剧被限制为一种讽刺性的喜剧模式。然而仅仅是讽刺性的喜剧还不够，应该创立一种"积极的浪漫主义"的喜剧来适应抗日战争的形势，鼓舞士气："悲剧型的英雄应该是过去了，我们现在尤其需要喜剧型的英雄。"因为喜剧的英雄能"燃烧抗日的热情，强化民族的复兴力量"。如果写"悲痛的素材"，"一定要预测到将来的幸福。这种浪漫的写实之于我们，是绝对必要的"。"积极的浪漫主义"应该成为"新喜剧"的主流。[1]也就是说，在民族救亡是时代主题的时候，笑声要么用来纠正偏离历史目的进程的人物行为，要么用以鼓舞士气，无论是讽刺喜剧，还是"积极的浪漫主义喜剧"，都是要生产一种"进入历史"的崇高笑声。

五四时期寄托在悲剧文类上的对理性精神和历史正义的追求，现在被寄托在喜剧上。在康德式的美学观念里，"崇高"排斥笑声，然而正如喜剧学者张健所说，20世纪40年代

---

[1] 宋之的：《论新喜剧》，载《演剧手册》，上海杂志公司1939年版，第6—10页。

的中国喜剧发展出一种"崇高"的色调,并证明了"崇高是可以与喜剧联系在一起的",在讽刺喜剧中,这种崇高色调体现为攻击性能的强化和正面形象的介入,在幽默喜剧中则主要体现为"英雄形象的塑造和超越意识的确立"。[1] 这种崇高的笑声意味着人们站在正确的道德立场上发笑并展示出主体的理性精神。在理想喜剧中,民族救亡是"绝对命令"、最高的道德原则,然而形势并不允许主题与抗战有关的"喜剧运动"。在严格的政治审查下,有明显的爱国意识和抗战主题的话剧都不能在租界公演,例如孤岛时期演出最为成功的喜剧,丁西林1940年在内地创作的著名"抗战喜剧"《妙峰山》,要重演时便被法租界禁止。[2] 当时剧团演出的剧目直接受剧烈变化的国际政治形势影响。中共地下组织的于伶拉上李健吾、顾仲彝、吴仞之、朱端钧几个留沪的戏剧学者,曾试图成立一个"有学院性质"的艺术剧院,但日本势力已步步逼近,法工部局禁止剧团登台演出,还要将其驱逐出境。在李健吾

---

[1] 张健:《幽默行旅与讽刺之门——中国现代喜剧研究》,中国人民大学出版社1997年版,第73页。
[2] 顾仲彝:《十年来的上海话剧运动》,载洪深:《抗战十年来中国的戏剧运动与教育》,中华书局1948年版,第160页。

等人的争取下,以"中法联谊会"附属机构的名义成立"上海剧艺社",法租界的条件是"必须上演法国的剧本"。[①]因而当时法租界许多话剧上演的都只是法国戏剧的"改编"。由于创作的剧本数量完全跟不上演出的要求,剧作家们也只能大量地上演外国戏剧。此时商业戏剧开始繁荣得益于民国初年文化改革里知识分子的世界主义文化视野,二三十年代的文学革命者们译介了大量的西方戏剧,例如战时的著名喜剧《人之初》《甜姐儿》《荒岛英雄》,在早年浩大的文学翻译丛书里就有了中文译本。"闹剧本荒"时,戏剧家们把它们搬上了剧院舞台,改演成一幕幕"中国化"的景观,重新讲述为城市大众熟知的故事。

在这种情况下,话剧人所追寻的"理想喜剧"遇到的问题就更为复杂。崇高喜剧要引人发笑,会把闹剧等"低级"的喜剧形式吸收纳入讽刺喜剧二元对立的道德系统中。而这种道德对立正是战时文学想象中民族救亡主题的展现形式。正如文化史家傅葆石所说,沦陷上海文学想象中的

---

① 顾仲彝:《十年来的上海话剧运动》,载洪深:《抗战十年来中国的戏剧运动与教育》,中华书局1948年版,第145页。

民族抵抗话语划分了二元对立的道德两极：善／恶、纯洁／堕落、人／恶魔。无论是左派还是右派，抵抗的作家都把通敌者称作"恶魔"、"垃圾"、"渣滓"，把"他们"非人化来强调"我们"的人性。[1] 堕落的人性要为民族和社会危机负责，救亡话语因此在文学表现中转换为一种伦理探讨，即"怎样的生活才正当的"。在作家看来，在战争带来的社会动荡和危机中，人更应该进行严肃的思考："怎样改变自己的生活？"

这种严肃的战时主题让理想喜剧不可避免地面对内部的美学矛盾。钟情于喜剧的话剧人，既要在高压政治的历史环境中以崇高笑声开拓文化抵抗的空间、争取观众市场，同时又要警惕"喜剧的危险"。因为喜剧里的愉快轻松、表演上的夸张和闹剧化会削弱抗战主题的沉重和严肃。或者说，自由不居的笑声，很容易在一个主题鲜明的文学文本中留下无法包容、吸纳的痕迹和暧昧地带。除此之外，当时的"理想喜剧"还要面对改编西方喜剧如何"中国化"的问题。当西

---

[1] 〔美〕傅葆石著，张霖译：《灰色上海，1937—1945：中国文人的隐退、反抗与合作》，生活·读书·新知三联书店2012年版，第102—103页。

方的笑声旅行到战时上海这个特殊的时空，要适应的不仅仅是本土大众娱乐传统，还有战时政治文化现实以及剧作家个人的文学美学趣味追求。两出战时喜剧《人之初》和《荒岛英雄》的改编，就展现了西方喜剧"中国化"的过程中追寻"理想喜剧"而遭遇的"磨炼"。

《人之初》

上海剧艺社的首演剧《人之初》1938年9月在环龙路演出后"盛况空前"，后来上海剧艺社固定在璇宫剧院做长期的职业演出，1939年《人之初》重演时仍能轰动一时，"上海人很喜欢这出戏"。[1] 一直到1945年抗战结束，《人之初》一直都是上海的职业剧团重复演出的保留节目。[2] 这部戏改编自法国现代剧作家帕尼奥尔（Marcel Pagnol）的成名作《托巴兹》（*Topaze*，又译《小学教员》[3]，后来改名为《金银世界》），原

---

[1] 顾仲彝：《十年来的上海话剧运动》，载洪深：《抗战十年来中国的戏剧运动与教育》，中华书局1948年版，第147、160页。

[2] 吴仞之：《人之初·序》，载顾仲彝：《人之初》，世界书局1946年版，第1页。

[3] 参见郑延榖译：《小学教员》，中华书局1936年版。

著讲一位郊区小学教伦理学的教员托巴兹是个天真正直的老实人，教导学生依照道德格言去生活，例如"金钱不能带来幸福"，但学生们捉弄他，同事们嘲笑他，女人们玩弄他。他拒绝帮有钱的学生修改成绩单，被学校解雇，一个贪污渎职的政客看中他的天真老实，安排他坐上一个权力者的位子做自己贪污骗局的棋子。托巴兹进入城市上流社会，见识了政坛、商界和新闻界的腐败和罪恶，从一开始的抗拒到慢慢享受，从一个天真的道德格言遵守者变成了一个实际的"现实主义者"，比他的合作者更大胆更不择手段，赢得了他做循规蹈矩的道德家时得不到的一切：金钱、爱情和名誉。社会体制、政府和教育机构的整体性腐败已成了一张无处逃遁的大网，结局暗示了所有人都会因为自己的物质享乐欲望而被这张网吞没。

而在"中国化"了的《人之初》里，编剧顾仲彝把混杂着幽默、闹剧和社会讽刺的一出喜剧，重写为一出严肃地进行社会批评的讽刺喜剧，帮助观众认清楚社会如何造成"人性的堕落"。他认为，原著是一部针对"黄金世界"的社会讽刺剧，"只有消极的讽刺，没有积极的指导——这是原作的缺点"①。导演吴仞之同样认为,这出"法国心理派喜剧"对社会的讽刺"缺乏明朗的暗示",像外科医生看了病而没有开药,原著对社会的"速写"太宽泛,演出时导演应"着重强调讽刺的主题",突出"症结所在"即"金钱暴力的控制"。他导演这出法国喜剧时警惕原著中的笑声影响讽刺主题的严肃性,"生怕喜剧姿态的松动,容易解掉观众心理所应当察觉的严重性,因此希望在这个戏里能够含些沉重的空气"。强调特意用"复合的线条"来平衡笑声和"沉重的空气",以致当时在法租界观看演出的法国大使说:"你们把一出喜剧当作古典剧演。"② 这部戏从孤岛时期开始演了七年,1945年吴仞之表示,为这七年来"没有失去喜剧的效果而托出了主题的严肃"

---

① 华城影片公司的电影《金银世界》"大胆地改变了一下",把张伯南和陶康侯写成两个对照的人物:"张是陷落在金银世界里的一个成功者,但仍然是一个迷路者。陶康侯才是我们理想中的新青年,他的眼光远大,知道黄金世界的光荣之不足恃,离开了势利的上海教育界,到西康区办边疆教育,最后张伯南从金银世界里觉悟过来。"参见顾仲彝:《人之初·序》,载〔法〕巴若莱著,顾仲彝编:《人之初》,新青年书店1939年版。

② 吴仞之:《这一次导演者的话》,载〔法〕巴若莱著,顾仲彝编:《人之初》,新青年书店1939年版,第2页。

的导演方式感到欣慰，总结这出名剧的导演经验时说："对于中国观众无须拘泥着法国喜剧里的闹剧 style。"[1]

在改编后的《人之初》，堕落的现代世界就是上海，托巴兹成了"张伯南"。导演所说的"复合的线条"，是指剧本加重了学校同事朋友"陶康侯"的角色分量，他观察着张伯南的变化。"孤岛"初期出版的剧本还保留原剧的结局，陶康侯将在张伯南的公司里得到一个秘书的职位，暗示他的未来将会和张伯南一样走向堕落，但经过几年的改变和排演，在1946年的剧本里，结局变成陶康侯棒喝张伯南的堕落："老张，你得及早回头救自己！"然后转向观众愤怒地控诉："想不到一个正直的年轻人到腐败的社会上混了没多少时间，就变成一个可怕的坏人！这不是张伯南个人的问题！这是整个社会堕落的问题！我们大家起来救救这个社会罢。"[2] 在这里，拯救个人也就是拯救社会，在战时的语境里，编剧和观众都知道其潜台词是"拯救中国"，正如1939年的一个观众评论："《人之初》没有提出一点被压迫民族之反抗侵略的事实，然

---

[1] 吴仞之：《人之初·序》，载顾仲彝：《人之初》，世界书局1946年版，第2页。

[2] 顾仲彝：《人之初》，世界书局1946年版，第146页。

而全剧所围绕着的那个问题——怎样改变自己的生活,却正是英勇抗战的中国人民所应该严重注意的。"[1]

"怎样改变自己的生活",是民族救亡话语对个体提出的问题,选择做"好人"还是"坏人",这个伦理问题在战时同时也是一个政治问题。在民族抵抗话语所划分的二元对立的道德两极中,暧昧的笑声消失了。原著中有许多道德暧昧的笑点,帕尼奥尔用闹剧化的场景和尖酸的反讽表现主人公刚开始的天真和愚蠢,写政客、情妇等欲望男女时,则用机智幽默的对话表现他们的世故和圆滑,是一出本·琼生式的幽默喜剧,没有关于好和坏的道德论争,也没让坏人最终得到惩罚。但在《人之初》中,男主人公的天真老实更像是一种可爱的美德,"好人"和"坏人"的两极道德对立的讽刺模式中,把民族救亡的主题以批判城市道德堕落和资产阶级物欲享乐的方式展示出来。

即便在沦陷时期的商业喜剧中,一些看起来没《人之初》那么严肃的喜剧依然响应"怎样改变自己的生活"这个战时

---

[1] 居仁:《人之初·观后感》,转引自《戏剧杂志》1939年第3卷第1期,第15页。

伦理主题，例如黄佐临导演的《荒岛英雄》（1943）以及左翼剧团的古装闹剧《八仙外传》（1944）。《荒岛英雄》就代表了另一种理想喜剧的形式，改编西方喜剧、突出"应该怎么样改变生活"伦理问题时，不是诉诸讽刺，而是寄托在英雄人物的塑造上，赋予新的道德内涵。从中我们可以看到战时的理想喜剧把阶级话语、救亡话语进行转换的方式。

《荒岛英雄》

改编自苏格兰剧作家巴雷（J. M. Barrie）的名剧《可敬的克莱登》(*The Admirable Crichton*，1902）[①]。原著写英国贵族罗姆爵爷自命激进，每个月在家举行一次茶会招待下人，鼓吹人人平等，然而却使仆人们不知所措，管家克莱登更是对此颇有微词。一日全家到海上旅游，遇险沦落荒岛，在大自然中贵族们无知无能，全靠能干而又智慧的管家克莱登，他自然地成了荒岛上的统治者，人人爱慕敬畏他，都成了对他唯命是听的仆从。在他的调教下，大家在岛上过了两年幸福的劳动生活。克莱登也对漂亮而能干的大小姐暗生情愫，成功

---

① 中译本有熊适逸译：《可敬的克莱登》，商务印书馆 1933 年版。

求婚时他们却遇救了。回到伦敦后,等级秩序再次恢复,克莱登依然是仆人,罗姆爵爷依然是主人,小姐们依然要面对贵族绅士和贵妇互相欺骗的生活。《可敬的克莱登》于20世纪30年代初曾在纽约百老汇上演,上海电影导演孙瑜留美后还把它改编成一部有声喜剧片《到自然去》(1936)。孙瑜在美国时曾观看过《可敬的克莱登》的舞台演出,非常欣赏,回国时特地带回来一册心爱的剧本。后来他决心改变一下拍悲剧电影的作风,让观众在沉悒的氛围中能享受轻松而欢快的空气,将《可敬的克莱登》改编为有声喜剧片《到自然去》,女明星黎莉莉在里面塑造了一个在大自然里唱歌的充满青春活力的现代女性形象。当时批评颇多,认为是宣传"适者生存"、优胜劣汰的达尔文主义,也有说是宣传"阶级调和",这使孙瑜受到意外的棒击,从此不再拍摄喜剧。[①]

一直喜欢导演喜剧的黄佐临把《可敬的克莱登》搬上了沦陷时期上海的话剧舞台。在1936年孙瑜的改编电影里,焦点是健康自然、充满活力的现代女性,而1943年的《荒岛英雄》则让原著中可敬的男主人公更为英雄化。原著的"中国

---

① 参见沈寂编:《上海电影》,文汇出版社2008年版,第173页。

化"并没有减少笑料,却同时巧妙地融合了阶级和救亡话语,回应"如何改变自己的生活"的战时伦理思考。

原著中英国贵族与仆人的阶级分别,变成了买办官僚(黄佐临的父亲就是天津的大买办)与劳动人民的区别,原著中台词幽默和讽刺一丝不减,保留了罗公使在家庭茶话会的演说的滑稽场面、侄儿故作风趣地说俏皮话。《荒岛英雄》有意味的重写在于人物形象明显被重新塑造,被赋予了新的道德内涵。剧本加强了对"劳动阶层"品德的称赞,管家老王对其有好感的女仆小宝儿,模样平常但"心地好",而在原著中的小女仆并没有这样的美德。女主角罗慕崇,一个上海的娇小姐,在岛上经历了劳动和收获的快乐后脱胎换骨,开始反省之前无聊的日子,觉得现在"我的生活老是丰盛的"。男女主角即便在谈恋爱调情时,也在讨论"应该如何做人",原著中这个场景男女主在交流他们对身份和权力的转变的思考。在《荒岛英雄》中,女主角对之前的富贵生活的抨击比原著激烈得多,她把上层阶级小姐的生活比作"非人"的生活:"罗大小姐那个娇生惯养毫无血性的动物!老总,请您掉过头去把这两个人忘了吧。"而老王承认,他在岛上得到了重新做"人"的机会:"新的我忘的差不多了。这个人,这个当底下人头的在这两年之中有了个做人的机会,他抓到了这个机会就没有放松。"最后一幕,回到上海公馆里,经历了岛上自力更生劳动后的女主角完成了自我改造,教导她的花花公子未婚夫如何去重新做人:

崇:我们结婚之后不要过些无聊的日子,我们要一起做点有用的工作。

鲍:是呀,我一定要叫爹在部里给我找一份好差事做做。

崇:不,我的意思不是说要做官,我是说要做事。①

中国版的女主角在响应孙中山"要做大事不要做大官"的著名训导,要做一个对社会有贡献的人,她在岛上完成自己的改造和人生选择的思考。在原著中,荒岛上的恋爱即将成为危及贵族小姐婚姻的丑闻时,克莱登很清楚,他的存在就是一颗危险的定时炸弹,让周围的人都惶惶不安,出于他素有的照顾他人的美德,他决定自我放逐,在一声苍凉的叹息中灯灭人走。克莱登从头到尾都是一个阶级等级秩序的维

---

① 黄佐临:《荒岛英雄》,世界书局 1945 年版,第 88—89 页。

护者，他离开也是为了维持"符合自然"的等级秩序，贵族罗姆爵爷的社会平等空想也就成了一个笑话。

而在《荒岛英雄》里，管家老王离开上海的公馆却是因为"人"的觉醒，无法继续忍受等级化的社会和自己的奴仆身份："小的不愿意老待在这儿做一辈子的奴仆。"他反抗社会上层阶级的方式是带着女仆小宝儿携手离开，奔向荒岛，留下的是一个有行动力的英雄背影。在沦陷时期的上海舞台上，"奔向荒岛"暗地呼应着"奔向遥远的大后方"。演管家王凯登的是黄佐临的"黄金搭档"、当时的"话剧皇帝"石挥，他的杰出表演突出了主人公的反叛和英雄特质。"我是你们的主人，人人为我劳苦，人人为我使用！"[①]的台词在爱好话剧的青年之间传播甚广。跟《人之初》的改编一样，《荒岛英雄》在改编中创造的新主题同样是"应该如何改变自己的生活"，是救亡抵抗主题的迂回表达，前者借助于城市堕落的影射和讽刺，而后者则诉诸英雄气概的浪漫主义，正是民族救亡话语中的理想喜剧品质。

---

① 白文：《佐临氏在"苦干"时期的艺术活动》，载上海艺术研究所话剧室编：《佐临研究》，中国戏剧出版社1990年版，第379页。

第二节 "卖笑"的话剧：闹剧、趣剧与好莱坞

救亡话语中的"理想喜剧"在沦陷时期并未能主导商业舞台上的笑声，从"孤岛"到沦陷的几年，话剧逐渐从一种少数知识分子的文艺形式发展为一个抗战的舞台，然后变成一种大众娱乐的职业化、商业化的事业。在大众娱乐文化自由市场对"笑"的追求中，沦陷上海的喜剧舞台发展出高度的文化混杂性。

在太平洋战争爆发前，话剧在上海占领的观众市场远远比不上电影，太平洋战争爆发后半年，不景气的上海重新变成投机市场，人口增加，黑市繁荣，"娱乐场所人满为患"，"电影院争相改为剧院"。因为职业剧团过多，剧本供不应求。[①] 这跟日本人和汪伪政府更为重视上海的电影业有关。1941年12

[①] 从1942下半年到1943年突然迅速发展至有史以来的繁荣，最为蓬勃时同时并存七个剧团（上艺、艺光、上剧、南国、上联、中旅和中宝），占据着七个戏院或剧场（卡尔登、兰心、上海、巴黎、金都、丽华和绿宝）"天天演着话剧"，参见麦耶：《论八月的影剧坛》，《杂志》1943年第11卷第6期，第182页。

月后日本禁止了英美电影的进口，1943年汪伪政府宣布全部停止播放好莱坞电影，规定各电影院一律上映国产及"友邦"影片，例如《支那之夜》。[①] 相比之下，日本和汪伪政府并没有把话剧作为宣传"东亚和平"的重要手段，"还留有自由活动的间隙"。话剧比当时日本直接垄断的电影更能赚取商业利益，当时上海有些商人开始投资话剧。[②] 职业话剧团的剧作家和导演们不断试探上海观众们的舞台口味。1942年悲剧《秋海棠》和历史剧《清宫怨》风靡上海，1943年初杨绛的《称心如意》上演时，人们首先注意的是它在悲剧泛滥的剧场文化市场中的平衡作用："孤岛近一二年在上海演出的话剧，差不多都是悲剧，这倒不是因为我们是悲剧的国家，目的无非想赚钱而已。据过去的统计，悲剧似乎容易讨好观众，容易骗到观众的眼泪而观众也觉得能落泪的就是好戏。于是乎悲剧便'洋洋大观'了，于是乎悲剧便成了利薮了，终至于产生了悲剧的悲剧。"剧评家方中认为在"此时此地"出现的《称心如意》不仅是少见的喜剧，而且是少见的好喜剧，"替喜剧出了一口

[①] 柯灵：《柯灵文集》第4卷，文汇出版社2001年版，第273页。
[②] 顾仲彝：《十年来的上海话剧运动》，载洪深：《抗战十年来中国的戏剧运动与教育》，中华书局1948年版，第164页。

气"。① 到 1943 下半年，出现了"喜剧的风行"，《弄真成假》《皆大欢喜》《多夫宝鉴》《梁上君子》《正在想》《荒岛英雄》《上海男女》《错婚》都是喜剧。当时有观众写：

> 一向，中国观众是不爱看喜剧而爱看悲剧的。原因是悲剧有情有节，而喜剧则夸张胡闹。中国人爱看情节戏，自然不会爱看胡闹的喜剧了。现在不知是观众欣赏眼光的转移还是另有原因？最近剧坛上却风行上演喜剧，而且在卖座上也颇不坏。②

"笑声"此时是卖点，当时称之为"生意眼"，成了招揽观众的广告标语的关键词眼。当时《申报》的广告上会标明一出话剧的类型，是悲剧、闹剧还是喜剧，文化消费市场已经成熟。同日做广告的《阳光三叠》是"哄堂大笑，喜剧之王，散场观众春风满面"，《八仙外传》的广告是"笑料丰富，噱头百出"（图2）。黄佐临《梁上君子》当时得到观众和评

---

① 《称心如意》演出特刊剧评，载杨绛：《杨绛文集》第4卷插页，人民文学出版社2004年版。

② 文熊：《沉寂的十一月的剧坛》，《上海影坛》1943年第3期，第128页。

论界的一致称赞，原因就是喜剧导演技巧的高超，广告以观众的轰动发笑效应做宣传："狂笑102次，大笑603次，微笑161次"的"空前闹剧"（图3）。《甜姐儿》是"笑料山积，

图2 《阳光三叠》和《八仙外传》广告，《申报》1944年2月1日

妙语横生，足以消愁，足以祛寒"（图4）。而与此同时，上海的地方戏"滑稽戏"，一个以夸张的闹剧风格和地方俚语表演为特征的戏剧种类也开始流行，如《小山东到上海》《瞎子借雨伞》等，在沦陷时期的《申报》上，江笑笑等滑稽戏演员的"笑！笑！笑！"一类的广告一直与话剧团的广告并置。

图3 《梁上君子》广告，《申报》1943年12月7日

图4 《甜姐儿》广告，《申报》1942年12月9日

在沦陷后期的1943、1944年，城市观众们似乎更需要笑声。即便是新文学名家的悲剧也无法保证得到城市观众的青睐。吴天改编的《家》在孤岛时期曾大受欢迎，但曹禺改编的《家》在1943年卖座相当惨烈。当时很积极地写剧评的麦

耶（董乐山），认为原因在于剧坛开始流行"闹剧"和"噱头"，而曹禺冗长的改编本沉闷、不够戏剧化，契诃夫味道太重。[①] 作家吴祖光在内地写的《风雪夜归人》，虽然跟当时风靡上海的鸳鸯蝴蝶派小说改编的悲剧《秋海棠》一样，是姨太太和戏子相恋的题材，但情节无法渲染得像《秋海棠》那样热闹曲折，许多男女主角的对白是对人生问题启示的说教，民初一个妓女出身的姨太太的世界观健全得可疑。"这种戏当然不是我们吃惯了红烧蹄膀的观众所能接受的。"[②]

正如"足以消愁、足以祛寒"的广告所显示的，战时大众苦闷情感得到发泄，如同严寒中更需要温暖的火。在娱乐文化市场"卖笑"的潮流中，抵抗的话剧家试图继续以笑声开拓文化抵抗空间，希望"意识正确"而同时又受观众欢迎。当时有剧评家愤愤不平："在大家多少有些蒙了耳目欺慰自己的当下，根本不能分别正统与非正统，新文艺与鸳鸯蝴蝶派，以至话剧和文明戏之间的鸿沟分隔现在都浑浑淘淘了。被骂的文明戏干得相当出色，而正统的戏剧家却在干着文明戏玩

---

① 麦耶：《观剧随谈》，《杂志》1944年第14卷第1期，第155页。
② 麦耶：《新年影剧漫评》，《杂志》1944年第12卷第5期，第166—167页。

意儿。"[1]即便在左翼文化人影响下的剧团,以抗日救亡为"意识"的喜剧也开始发生了变化,以闹剧和噱头作为卖点,吸收了大量的夸张热闹的舞台动作和语言风格,已经看不到"对文明戏的洁癖"。

例如顾仲彝编剧、方逸天(吴天)导演的《八仙外传》,是一出"故事新编",用的材料是民间传说中的八仙故事。故事讲八仙中有一仙投降给"魔王",王母娘娘派七仙到人间寻找替补,候选人是富家小姐何静莲,一个愤世嫉俗的女孩。何小姐比武招亲,七个神仙去应征,同时完成对候选人的道德考察。剧本人物对白里出现"魔王"、"变节"、"投降"等词语来暗讽汉奸和投日行为,例如吕洞宾说:"我早说这个人眼神太活,心思太多,迟早要变节。"正如上一节所写,战时话剧的抵抗主题常常转换为对金钱社会和道德堕落的严肃批评。女主人公就认为:"富贵是人生最俗不可耐的东西!"她择偶的过程就是她批评社会"道德沦丧"的过程。她痛骂贪婪自私、油滑奸诈的公子哥们,并且憎恶自己的富贵出身和骄奢淫逸的生活,认为这个世界充满了"贪吝、残酷、强暴、

---

[1] 鹰贲:《剧坛漫感》,《上海影坛》1943年第2期,第34页。

欺骗、奸诈、淫荡"。最终她因"出淤泥而不染"成为神仙何仙姑，"牺牲自己"，去"救世界的灾难，解除人群的苦难"。

有学者认为《八仙外传》"透露出新文学向民间文化的复归与合流"[1]，但它实际上就是一出插入了道德说教的古装闹剧，虽然有严肃的话题，但剧本并没营造出严肃的气氛和基调，整部戏充满了欢乐的情境和对话。例如喜欢开玩笑的神仙们，在第一幕里拿性开玩笑，说："王母娘娘也同意仙人男女同班了？""大家可不要闹风流案子。"剧本有大半的篇幅都在展示比武招亲的过程，七个神仙向大众表演自己的江湖绝技，其中有丑怪的表演、机智对答和肢体碰撞的场景，飞天入地，各显神通，有时甚至拿严肃的民族救亡主题和义正辞严的社会批评开玩笑：

> 吕洞子：诸位！你们忘记替天行道的大命么？你们瞧，这一边的人间多黑暗呀！天灾人祸，兵荒马乱，到处都是悲惨痛苦哭泣，到处都是残暴欺诈。我们不入地

---

[1] 陈子善：《编后记》，载《海上文学百家文库》第60卷，上海文艺出版社2010年版，第648页。

狱,谁入地狱!

铁拐李:吕师兄,这一套救人的八股,我们早就领教过了。①

这里揶揄的是抗战文艺里出现的僵化程序和口号文学,即20世纪30年代末梁实秋所批评的"抗战八股"。梁实秋批评空洞的政治主题先行的抗战文学,曾在大后方引起激烈的讨论。在这出喜剧里,抵抗的话剧家们表达救亡意图同时又自我嘲讽,暧昧的笑声和严肃主题之间产生了张力。由于导演夸张,笑料丰富,当时的剧评家敏锐地从这一出喜剧中看出了以左翼话剧人为主的同茂剧团②已经"改变了他过去一贯演出的方针",以"古装"加"闹剧"的风格保证了它的营业。③

日本当局禁映英美电影,话剧成了西方文化输入的主要娱乐载体,本土电影和日本电影的萧条,也促使急速繁荣的

---

① 顾仲彝:《八仙外传》,世界书局1948年版,第12页。
② 同茂剧团的成员大半是"孤岛"左翼文化人领导下上海剧艺社的原班人马,包括李伯龙、吴天等人。参见顾仲彝:《十年来的上海话剧运动》,载洪深:《抗战十年来中国的戏剧运动与教育》,中华书局1948年版,第178页。
③ 麦耶:《新年影剧漫评》,《杂志》1944年第12卷第5期,第169页。

话剧成为战前电影的替代品。杂志上的"戏剧"专号、剧评，每天《申报》上的广告占的篇幅多于本土电影和日本的电影，说明了话剧已经成为沦陷时的大众时尚娱乐文化形式。而且，由于话剧已"商业化"，舞台道具、灯光、布景、化妆都有足够的经济支持，不复是战前的"贫穷话剧"，而是舞台布景做得"漂亮闹猛"，还有配乐。[①]傅雷批评当时的导演生怕观众不"吃"，喜剧"一律配上音乐，打一下头，鼓咚的一声"[②]，总是热闹得很。这些轻松愉快的喜剧、华美的舞台布景给战争中见惯了破败和毁灭景象的观众们提供了视觉上的吸引和美好的幻觉，正如当时影评家所说："生活外的破破烂烂太多，进剧院看《梁上君子》哈哈大笑一番而聊一解怀。"[③]

这时沦陷上海喜剧文化有高度的文化混杂性，不仅得益于戏剧家们对欧洲戏剧的借鉴和移植、对本土民间文化的利用，也得益于战前美国电影在上海的流行。沦陷时期的话剧

---

① 有些话剧还有交响乐团现场配乐，例如费穆导演的《杨贵妃》。参见柯灵：《剧场偶记》，百花文艺出版社1983年版，第55页。
② 傅雷：《读剧随感》，载《傅雷文集》第17卷，辽宁教育出版社2002年版，第152页。原载《万象》1943年第3年第4期。
③ 麦耶：《岁末影剧评》，《杂志》1944年第12卷第4期，第170页。

里出现了被称为"好莱坞化"的浪漫喜剧,导演在话剧之中有意识地学习好莱坞电影的叙述手法。

导演李时建(胡导),在一次采访中回忆,当时学习好莱坞电影的"流线型"叙事特点,主要是"轻快、明朗的调子和明快的节奏","商业戏就加一些幽默戏,俏皮玩意儿,带讽刺的,但不用政治口号"。[1]有时甚至模仿好莱坞无声电影里的场景,例如黄宗英演一个喜欢捉弄人的富家女孩,接电话时故意说自己听不见,部长在电话那头气急败坏地拿着电话手舞足蹈而不发出声音,就是导演特意模仿无声电影的手法。[2]而另一方面,流行的喜剧剧目有些由早些年百老汇上座率高的剧目或好莱坞电影直接改编,例如《女人》《鸳鸯谱》。这些"流线型"的浪漫喜剧聚焦在城市上层阶级的现代男女恋爱和家庭生活。例如其时最著名的"流线型闹剧"《甜姐儿》,原名《朱古力小姐》,讲述一个上海糖果大王的女儿和一个普通小职员相遇之后的爱情纠葛。女主角是都市摩登女

---

[1] 邵迎建:《抗日战争时期上海话剧人访谈录》,台北秀威信息科技股份有限公司2011年版,第22页。

[2] 邵迎建:《抗日战争时期上海话剧人访谈录》,台北秀威信息科技股份有限公司2011年版,第22页。

性，开高级轿车，坚信男女平等，开朗自信，伶牙俐齿，还喜欢捉弄人。情节类似好莱坞神经喜剧（screwball comedy）的模式，男女主角初次见面就吵架斗嘴，个性冲突，互相看不顺眼，暗地里是互相吸引，经过不断的误会，结局是任性的富家小姐带着大亨父亲的财产与男主角喜结连理。

这些轻松的浪漫喜剧很受上海大众欢迎，在巴金和曹禺的声名也无法卖座时，《甜姐儿》为穷苦的剧团提供了可观的收入。[1] 广告上标榜为"好莱坞作风流线型闹剧"的《多夫宝鉴》，即便导演平庸无奇但卖座依然很好。这跟美国20世纪30年代经济萧条中的喜剧电影的兴盛相似，在失业、饥饿和恐慌的社会氛围和危机中，充满乐观主义、财产意识、追求社会地位的、较少社会或政治批评的喜剧，是对经济大萧条和社会危机的一种反应。[2] 伴随着这些好莱坞喜剧的，是乱世

---

[1] 参见水晶：《访宋淇谈流行歌曲及其他》，载水晶：《流行歌曲沧桑记》，台湾大地出版社1985年版。

[2] 参见 Kristine Brunovska Karnick and Henry Jenkins eds, *Classical Hollywood Comedy*, New York: Routledge, 1995, pp. 277-278 及 Thomas C. Renzi, *Screwball Comedy and Film Noir: Unexpected Connectios*, Jefferson, N.C.: McFarland, 2012, pp. 38-39。

大众们对一种物质丰富的现代都市生活的美好想象。

在许多左翼话剧家的心目中,这些适应市场要求的受欧美娱乐文化影响或者是有"文明戏"倾向的喜剧都有原罪。例如导演吴天,把他在沦陷期间导演过"通俗的"喜剧都署名"方君逸",导演《家》这一类新文学作品的时候才用原名。[1] 即便过了六十多年,话剧人提及自己当年导演的好莱坞化喜剧时,还要强调自己没有"毒化"观众。[2] 这个原罪就是资本主义城市的享乐。当时就有左翼话剧家激烈地批评了1943、1944年的喜剧风潮,认为这些受欧美娱乐文化影响的喜剧的流行是都市享乐主义、"畸形"的资本主义社会的病征:

> 虽然目前市面上上演着无穷无尽的"喜剧"、"闹剧",然而真正具备风格的,或是得诸现实生活之提炼的,可以说是绝无仅有,那些泰斗是应了商业剧场之需

---

[1] 参见朱伟华:《中国沦陷区文学大系·戏剧卷·导言》,载钱理群主编:《中国沦陷区文学大系·戏剧卷》,广西教育出版社1998年版,第16—17页。

[2] 参见邵迎建:《抗日战争时期上海话剧人访谈录》,台北秀威信息科技股份有限公司2011年版,第52页。

要，粗制滥造，改头换面的赝品，结果当然都是千篇一律的，什么流线型呀，热烈风趣呀，闻所未闻呀，搅七二十三呀，原来只是一个好莱坞和巴黎的噱头，色情的垃圾堆！……像目前如此动乱，淫糜，畸形发展的社会，要想产生大量真正艺术的剧作是不可能的，那些乱七八糟的"喜剧"、"闹剧"，真是反映这种吸血的商业社会的镜子。①

移植到本土场景的聚焦于恋爱、婚姻和家庭的女人戏被左翼文化人视为现代话剧的堕落，在一篇题为《话剧在开倒车》的剧评中，作者不无伤感地怀念民初的新剧运动，《茶花女》《黑奴吁天录》等话剧影响了社会风气，相比之下，20世纪40年代上海的剧坛"群鬼布满"：编导专挑欧美的"胡闹剧"与"专谈男女之私"的剧本，主题不是"少女怀春"就是"男女婚后的笑话和小纠纷"，还要加上歌舞表演。观众是暴发的商人、太太和少爷们，他们的欲望投射到舞台的演员身上（"眼红耳热地注视着台上的男男女女"），离开剧场时

---

① 孟度：《关于杨绛的话》，《杂志》1945年第15卷第2期，第110页。

"红光满面,浑身舒泰,精神兴奋,皆大欢喜"。[1] 在他的描述中,这些喜剧对观众的作用如同精神"鸦片"。

如果说民初文化改革者批判喜剧出自于文学文化革新的需要,认为喜剧沿袭陈腐的文学传统,而沦陷时期左翼剧人批评当时的喜剧风潮,不仅仅是因为它把战争苦难的现实拒绝在剧院外,不能像民初《茶花女》等话剧那样启蒙民众、推动社会文化的改革,更是因为这些聚焦于恋爱、婚姻和家庭的西方都市喜剧滋养了西方资产阶级文化和大众的城市想象。

第三节 "多少有点壁垒森严":张爱玲的跨界

在"好莱坞和巴黎的噱头"的喜剧风潮中,张爱玲以"高乘喜剧"《倾城之恋》加入剧坛。在有高度文化混杂性的商业喜剧风潮中去看张爱玲的话剧跨界,更能看到此时的喜剧舞台是充满文学美学话语之争的一个笑声空间。

1944年,张爱玲"趁热打铁"出版《传奇》,成了上海最红的女作家后,她也趁热打铁地赶上了这一场喜剧盛宴的

---

[1] 孟度:《话剧在开倒车》,《小天地》1945年第5期,第48页。

尾声,把前一年写的《倾城之恋》搬上了舞台。怕广告做得太晚,失去小说流行的效应,年初戏还没上演,张爱玲便写了文章提前做广告,告诉她的读者这出戏的吸引力:

> 这出戏别的没有什么好处,但是很愉快,有悲哀,有烦恼,有吵嚷,但都是愉快的烦恼与吵嚷。还有一点:这至少是中国人的戏——而且是热热闹闹的普通人的戏。如果现在是在哪一家戏院里演着的话,我一定要想法子劝您去看的。[①]

放在当时的剧坛形势看,张爱玲特别强调《倾城之恋》是"中国人的戏",而且是"普通人的戏"有其特别用意。她劝说观众的理由有两个:这出戏不仅有热闹愉快的喜剧气氛,而且克服了当时有"好莱坞和法国的噱头"喜剧"不够中国化"的缺点。1943、1944年"剧本荒"中出现的这些外国改编剧,多有"不够中国化"的问题,西方上流社会风俗与中

---

① 张爱玲:《走!走到楼上去》,载《华丽缘:一九四〇年代散文》,台北皇冠出版社2010年版,第109页。原载《杂志》1944年第13卷第1期。

国普通人相距太远,"好莱坞化的"浪漫喜剧中恋爱、婚姻观念和男女关系被批评为"极其美国化"。例如百老汇喜剧改编的《女人》,表现的只是"金元帝国高等社会的太太小姐们的爱情的无聊纠葛",除了一些"描写女人搬弄是非的人类的特点"外,"全不是中国观众所能体会得到的太太们的社交生活"。[①] 战时改编了不下十部外国戏剧的李健吾,常常在各种剧本的序和跋中感叹改编的难题是如何把欧洲戏剧里的伦理问题处理得"中国化",要让文化品位不高的城市大众理解要颇费思量。[②] 年底将上演时,张爱玲又欣喜地对上海观众们一再强调这出戏的"通俗"和"贴近",是一个"动听的而又近人情的故事","我希望观众不拿它当个传奇,而是你贴身的人与事"[③],"希望能够顺当地演出,能够接近许多人"[④]。

---

① 麦耶:《论八月的影剧坛》,《杂志》1943 年第 11 卷第 6 期,第 183 页。
② 参见李健吾:《撒谎世家》,文化生活出版社 1939 年版;《风流债》,世界书局 1947 年版;以及《好事近》,怀正文化社 1947 年版等剧本的序和跋。
③ 张爱玲:《罗兰观感》,载《华丽缘:一九四〇年代散文》,台北皇冠出版社 2010 年版,第 229 页。原载《海报》1944 年 12 月 8、9 日。
④ 张爱玲:《写〈倾城之恋〉的老实话》,载《华丽缘:一九四〇年代散文》,台北皇冠出版社 2010 年版,第 227 页。原载《海报》1944 年 12 月 9 日。

话剧舞台是否为张爱玲表达她的文学美学理想开拓了新的空间？《倾城之恋》的剧本没有刊发，现在无从观其全貌，但从张爱玲的散文可以看出，剧本添加了一个小说中没有的戏剧性冲突，从中我们可以窥见她如何以话剧的形式，在戏剧行动和人物对白中表达自己的文化和美学理念。她这样谈论这个自己喜欢的场景：

> 里面有个人拖儿带女去投亲，和亲戚闹翻了，他愤然跳起来道："我受不了这个。走！我们走！"他的妻哀恳道："走到哪儿去呢？"他把妻儿聚在一起，道："走！走到楼上去！"——开饭的时候，一声呼唤，他们就会下来的。[①]

"出走"口号的铿锵有力与现实生存中的无奈和意气萎靡造成了鲜明的喜剧性对照。这个场景里对"五四""出走"个人解放姿态的戏仿，赋予"出走"这个文化符号新的含义。她

---

① 张爱玲：《走！走到楼上去》，载《流言》，中国文联出版社1993年版，第91页。原载《杂志》1944年第13卷第1期。

继续写道:"出走"有两种,一种是"接近日月山川",一种是"走到楼上去","做太太、做花瓶、抄书"。接近日月山川指的是远远地离开上海现代大都市,到广袤的"大后方"去,意味着进入、参与到民族国家的历史之中,是解放、脱离和超越。而"走到楼上去"则指向围困在城市生存窄小空间里、远离时代风暴的庸常生活,而张爱玲在这个场景里要表达的是,普通人走不出的日常生活家庭领域,正如话剧里拖儿带女的男人所展示的,庸常的"出走",只不过是家庭纠纷中的一个笑话。

张爱玲在文中毫不掩饰她试图参与话剧舞台的急切、患得患失,以及在小说和剧本两种艺术形式之间跨界的艰难。最困扰她的是,剧坛未必有垄断的情形,但"多少有点壁垒森严",如果先出版剧本来"引起他们的注意",又怕别人改编时顺手把她的好字句和思想也抄了过去。[1]

"他们"到底是谁?当时抗战话剧运动的领导人于伶、阿英、陈白尘、洪深都已离开上海,留在上海的导演、剧作家和演员们形成了一个"干话剧的"圈子,黄佐临、费穆、吴

---

[1] 张爱玲:《走!走到楼上去》,载《流言》,中国文联出版社1993年版,第92页。原载《杂志》1944年第13卷第1期。

仞之、朱端钧被称为"四大导演",李健吾被视为"上海剧坛的巨人",还有戏剧教授姚克、顾仲彝、方君逸(吴天)、洪谟、胡导等导演和编剧,"他们"从孤岛时期就已经活跃在左翼话剧活动家领导的话剧运动中,成为抵抗文化的一部分。尽管李健吾、黄佐临这些自由主义和具有鲜明个人艺术风格的剧作家、导演与左翼集体主义和意识形态之间的关系一直若即若离,但并不影响他们形成一个"圈子"。

《万象》主编柯灵,这位在战时上海为"通俗"和"新文学"群体之间搭桥的领头人为她的跨界提供了支持,帮助她修改剧本并推荐给剧团。最后由善于导演喜剧的朱端钧来导演,作为政治背景较为暧昧、经济实力雄厚的大中剧艺公司[①]的首演剧目,《倾城之恋》上演了两个月。[②] 张爱玲所感觉到的"多少有点壁垒森严",在《倾城之恋》上演时的剧评中也可见一斑。赞赏《倾城之恋》的,是她的"文坛盟友"苏青,

---

[①] 大中剧艺公司有日本控制下的"华影"的资本,由张善琨聘请周剑云组织。参见顾仲彝:《十年来的上海话剧运动》,载洪深:《抗战十年来中国的戏剧运动与教育》,中华书局1948年版,第176—177页。

[②] 12月16日在大中剧艺公司上演,新光大戏院演出,至翌年2月7日共演出80场。

倡导"通俗文学"的编辑陈蝶衣,还有正在汪伪政府文人杂志《古今》做编辑的柳雨生。夏志清曾说,沦陷上海"最有地位,最懂得些文艺评论的批评家"李健吾,目光盯在巴金、曹禺这些"正统的"左派作家身上,像张爱玲这样在《礼拜六》派杂志上写文章的,当然不屑一顾。[①]其实李健吾并非只关注"正统的左派作家",他当时盛赞的是他所在的学者文化圈子里的杨绛。在《倾城之恋》出现之前,同样以恋爱、家庭、婚姻为主题,杨绛的两出喜剧《称心如意》和《弄真成假》已使她成为1943年最出名的"女剧作家"。左翼剧评家在批评好莱坞和巴黎的噱头时,就把这两出喜剧作为"绝无仅有"的"现实提炼"的真正的喜剧。[②]当时出现在通俗杂志和小报上的种种剧评,未尝不是张爱玲所感觉到的这个"多少有点壁垒森严"圈子的文化话语权竞争领域。

但是在大众娱乐的文化市场上,张爱玲、杨绛的喜剧并未被划分出通俗/精英之别,两者都是以笑声作为卖点。《申报》上的广告可见一斑,杨绛《弄真成假》的广告标语是:

---

① 〔美〕夏志清:《张爱玲的小说艺术·序》,载水晶:《张爱玲的小说艺术》,台湾大地出版社1990年版,第3页。
② 孟度:《关于杨绛的话》,《杂志》1945年第15卷第2期,第110页。

"滑稽/讽刺/幽默！"（图5）而且用的是传统通俗章回小说中常见的对仗标题："一本正经谈恋爱，莫名其妙定终身。"而《倾城之恋》的广告定位是"高乘喜剧"，"浅水湾的月色很美丽"，卖点是"浪漫情调"。[①] 胡琴声的苍凉，白流苏的悲哀和无声的屈服，都得以在舞台上真实呈现，女演员罗兰被认为是"演活"了白流苏。从当时剧评所描述的剧情看，张爱玲显然没接受傅雷的批评，依然保留了小说里悲哀和暧昧笑声的参差，范柳原的转变依然积极得可疑。小说中最为暧昧的笑声出现在结局，白流苏笑吟吟地把蚊香踢到桌底下去，但在话剧《倾城之恋》里，笑声主要来自男女机智风趣的调情对话和"走到楼上去"这一类的喜剧性冲突场景。李欧梵曾说小说《倾城之恋》是"中国'才子佳人'的通俗模式和好莱坞喜剧中的机智诙谐和'上等的调情'的混合品"[②]，而话剧舞台明显把《倾城之恋》中的好莱坞电影式的喜剧调情可视化了。陈蝶衣观看后说导演"非常风趣，小动作尤佳"，"调

---

① 参见《倾城之恋》广告，《申报》1944年12月18日。
② 〔美〕李欧梵：《不了情——张爱玲和电影》，载杨泽编：《阅读张爱玲：张爱玲国际研讨会论文集》，台湾麦田出版社1999年版，第367页。

情的场面精彩"①，布景也华丽，配角也泼辣有趣。

图5 《弄真成假》广告，《申报》1943年10月14日

张爱玲的跨界与当时话剧喜剧风潮形成了对话、竞争和重叠的关系。首先，它是一出"中国人"自己的热闹戏，有从旧家庭中走出的悲欢，而不是仅换了一个中国化舞台场景的好莱坞或百老汇的喜剧故事；而更重要的是，同样聚焦于都市爱情和家庭领域，她与战时关注处理女性议题的话剧喜

---

① 陈蝶衣：《〈倾城之恋〉赞》，载陈子善编：《说不尽的张爱玲》，上海三联书店2004年版，第80页。原载《力报》1944年12月23、24日。

剧也构成了对话关系，在话剧舞台上表达她的"苍凉"文学美学观念，在"走到楼上去"这个场景就是力证。戏剧家石华父以机关女性"花瓶"处境所写的喜剧《职业妇女》，就写到"有志青年"离开上海去"看看黄河，看看昆仑山"，而留在上海的职业妇女则要继续谋生，承受父权社会性别歧视和日常生活里的性别角色限制。上班就是在办公室做"花瓶"，回家还要做太太，《职业妇女》里机智灵活的女主角嘲笑了社会的害群之马，用笑声解决了她生存和个人尊严的困境，是一种解放的笑声，而张爱玲"走到楼上去"场景却是以家庭纠纷中的笑话来戏仿女性解放的话语。

《倾城之恋》和杨绛的《弄真成假》有许多相似之处，都有表面浪漫实质算计的爱情男女的机智对话，有一个对财富和社会地位着迷的社会群体，两个女作家都是耿德华所说的"反浪漫主义"，拒绝理想化、情感化地再现社会性别和社会阶层的现实。[①]但是，来自"京派文化圈"的杨绛把上海青年男女模仿好莱坞电影的爱情写成一个笑话，而张爱玲的话剧

---

① Edward Gunn, *Unwelcome Muse: Chinese Literature in Shanghai and Peking, 1937-1945*, New York: Columbia University Press, 1980, pp.193-263.

舞台则更接近好莱坞的模式,让男女主角实现了兵荒马乱中个人主义的爱情。陈蝶衣的剧评里描述了《倾城之恋》最后一幕:男女主角毫无顾忌地拥抱长吻,在他们的周遭是动乱的一群人,旁人做着惊诧的诽笑。陈蝶衣表示喜欢这个场景所展现的剧作者的深意:"而拥抱着的一对,却是眼角里都没有容留他们一丝一毫,予鄙夷人者以更深刻的鄙夷。"[1] 话剧舞台上的《倾城之恋》比小说更接近好莱坞喜剧爱情电影的结局,也是张爱玲面对城市话剧观众时,"中国化"和好莱坞电影模式之间的微妙协商。

第四节 麻烦的女人,麻烦的喜剧:李健吾与《女人与和平》

沦陷时期的"女人喜剧"虽然被左翼话剧人批判,但并不妨碍它以"商业化"在政治高压下养活许多话剧人,并让他们能以"赚干净钱"而道德自保。"女人喜剧"真正惹了麻

---

[1] 陈蝶衣:《〈倾城之恋〉赞》,载陈子善编:《说不尽的张爱玲》,上海三联书店2004年版,第80页。原载《力报》1944年12月23、24日。

烦是在抗日战争结束后。1946年李健吾重写了古希腊喜剧作家阿里斯托芬(Aristophanes)以女性反战的喜剧《吕西斯特拉特》[1](*Lysistrata*,又译《利西翠妲》[2]),喜剧里的暧昧笑声和解放战争时政治意识形态之间的冲突引爆了一次充满火药味的论争。

剧本讽刺当时的内战,写战争制造了一个荒芜萧条的世界,女人们不堪其苦,发起了性罢工,把男人拉回自己的身边,发动了反对"战神"的战争。剧本一开始取名"和平颂",戏名改成"女人与和平","熊佛西先生和许多朋友都反对,因为太不严肃"。但李健吾和其他编导者考虑到当时解放战争时期上海当局的审查,依然按照他们在沦陷时期所熟习的娱乐商业化风格,给这喜剧取了这个"滑稽名字"[3]。当时,

---

[1] 韩石山的《李健吾》(中国华侨出版社1999年版)认为这出喜剧改编的是《妇女公民大会》,《中国话剧艺术家传》第三辑(文化艺术出版社1986年版,第180页)认为是改编自《和平大会》,皆有误。根据李健吾《和平颂》里女人性罢工取得和平的情节,应是《吕西斯特拉特》(*Lysistrata*)而不是《公民大会妇女》(*Ecclesiazusae*)。

[2] 参见〔古希腊〕亚里斯多芬尼兹著,吕健忠译:《利西翠妲:男人与女人的战争》,台湾书林出版社1989年版。

[3] 李健吾:《从剧评听声音》,《观察》1947年第2卷第4期,第22页。

抗日战争后上海重新进口好莱坞电影,话剧市场迅速地冷淡。为了拯救战后"剧运"萧条的处境,李健吾采取他在沦陷时期保证卖座同时又能适应政治高压的做法:在"女人喜剧"中糅合闹剧、噱头、讽喻和歌舞表演的形式。

上海的左派文化圈对李健吾这出喜剧抱很高的期望。一来是基于李健吾在沦陷期间上海剧坛的名气和地位,二来是战后恢复好莱坞电影进口,"剧运"正在衰退。为了配合宣传,《文汇报》从1946年底开始连载20多天,洪深写捧场文章,叶圣陶刊登书法题诗一首表示祝贺,柯灵称赞《和平颂》"把通俗化和教育化结合统一起来","采取的形式是喜剧,而且有歌有舞,用讽刺,用嬉笑怒骂反映了人民大众的苦痛",既能拯救正在衰退的"剧运"又"无愧于它对于观众的商业义务"。[1]

李健吾还没认识到,沦陷时期能让他保持道德清白的城市娱乐文化的"商业性"在解放战争时期激烈的意识形态斗争中意味着什么。抗日战争结束后,他还曾发表一封给友人的信,谈论话剧的"商业化":"我在话剧里面求生活,并不

---

[1] 柯灵:《喜〈女人与和平〉上演》,《文汇报》1947年1月11日。

是为了'地下工作',而是尽量在可能的条件之下弄两个干净钱来过最低的生活。……我们有一技之长,他们利用我们这一技之长来做生意,商业自然而然形成我们的掩护,我们可以苟全性命于乱世了。"[1]面对"大后方"作家们的胜利回归,强调"商业化"是沦陷时期不得已的维护政治正确立场和道德完整的手段,隐含了这些留在"污点"城市而且创作活跃的作家们微妙的自我辩解心态。

结果是,《女人与和平》于1947年1月在辣斐剧团上演后,引起了评论家的反感:"女人是这样取得和平的吗?"把和平的要求寄托在性和女人,情节荒唐,是"对女人和和平的讽刺"。洪深也建议在剧中正面点破战神作为"打倒的对象",话剧舞台上的笑声应该明确地指向挑起内战的"战神"国民党。[2]李健吾为自己辩护:这是一种"商业化"的、同时也是政治高压下的保护性的处理,因为他必须让剧团"活下去",在国民党当局的审查压力下,评论家这样的建议未免忽

---

[1] 李健吾:《与友人书》,《上海文化》1946年第6期,第28页。
[2] 批评文章包括梅朵:《两出女人的喜剧》,《文汇报》1947年2月7日;左平:《女人是这样赢得和平的吗》,《文汇报》1947年2月22日;许杰:《听过声音之后》,《文汇报》1947年3月9日。

略了上海的演出环境的恶劣,事实上这出喜剧不但让剧团还清债务,营业还有了盈余。

以一出"两性战争"的滑稽喜剧来对付上海观众的娱乐脾胃,此时不再能成为合理辩护的理由,在沦陷时熟习的"寓教于乐"的歌舞喜剧风格遭到了从"大后方"胜利归来的左派批评家更为严厉的批评。楼适夷认为"李健吾这种以商业上座为借口的人杀死了艺术","阻塞了话剧的前途"。"今天的话剧所以搅得那么悲惨,那种死拉观众的营业路线是应该负责任的。像李先生之流的话剧运动者,眼睛死盯盯望着上座的场子,完全放弃艺术路线,纯正的艺术的优秀作品不敢搬上舞台,而明显噱头又搞不过姚水娟和大世界,进步的与落后的双方观众都拉不住,这就是话剧剧院闹得如此冰冷的原因。"李健吾因而得到了一个他的"阶级定性"——"李先生不愧为封建独裁政体下的文人"。[1]

除了是否应该在剧中直接表明政治批判的对象,李健吾和他的批评者之间有更为深一层的分歧。双方对这出"女人戏"里带性意味的笑声有不同理解。左派评论家们认为这种

---

[1] 楼适夷:《从答辩听声音》,《观察》1947年第2卷第4期,第22页。

喜剧中的性是色情、噱头，而李健吾认为这出经典的古希腊喜剧中的"性"其实关注的是两性之间的战争："我们必须深一层了解讽刺。阿芮司陶芬尼司（即阿里斯托芬。——引者注）之所以用女性作为争取戏里和平的工具，简单得很，正在讽刺我们这些高贵的男性。"他愤激地以反话还击："剧评家和曰木先生是对的，他妈的（现）实生活是那样痛苦，不是深微的讽刺所能用命的，一切必须直来直往才痛快。一切必须严肃才正经。这是什么时代啊！你们搞戏的为了生存走圆路，我们可急不能待啊！你们完全对。"① 在李健吾看来，这出戏剧的真正精髓在于女性的笑声，揭露了男人们的自以为是。他承认自己改编失败。因为他发现女观众也没有读懂喜剧中的反讽："我听了很不舒服，因为想不到戏里的讽刺她全十收了。"②

事实上，是李健吾自己主动削弱了原著中两性喜剧的主题。他删除了许多毒辣的女性讽刺和关于性的插科打诨，特意减少这出古希腊喜剧里放肆的"淫秽"语言，性暗示的语

---

① 李健吾：《从剧评听声音》，《观察》1947年第2卷第4期，第22页。
② 李健吾：《从剧评听声音》，《观察》1947年第2卷第4期，第22页。

言大大减少,唯一保留的是"性罢工"情节,而性罢工也被改写成"休想得到我们的爱情"。[1] 阿里斯托芬笔下的女性享受性,不过为了战争而勉为其难,暂时罢工。但在《女人与和平》里,男性的弱点不是原著中的贪婪和好战,而是对性的渴望,女人利用这个"男性专有"的弱点来止战。他撤销了原著中号召同伴发起战争的女主角,女人们变成了一个面目模糊的群体,女主角主动发动对男性战争的勇敢和魄力不见了,性别战争的意味大为减弱。女性对男性愚蠢自以为是的机智嘲笑、对父权制的毒辣的语言攻击、对战争的蔑视与厌恶、抢夺财政大权以控制战争的智慧、发表政见时的坦率、对性的爱好的坦白在改编后全都消失了。

也就是说,李健吾有意把这出有反战意义同时也写两性战争的古希腊喜剧变成一出讽刺现实政治的喜剧。他试图在"中国化"的重写中改变"笑"的对象和方向,《女人与和平》嘲笑的对象不是好战贪婪喜功的男性,而是抽象的战神以及"国统区鬼蜮横行、魍魉遍地的黑暗现实"[2]。他给这出让女人

---

[1] 李健吾:《和平颂》第25节,《文汇报》1947年1月11日。

[2] 陈白尘、董健:《中国现代戏剧史稿》,中国戏剧出版社1989年版,第344页。

发笑的喜剧添加了一层浓郁的鬼怪荒诞气氛，增加了一个修鞋匠的角色，铺下一条"探访阴间"的线索。女人们派世间仅剩的一个男人、一个修高跟鞋的皮鞋匠去阴间找回她们的男人，他发现阴间跟人间一样黑暗、荒谬、拜金。阎王穷得无法支撑高房租而要迁办公室，皮鞋匠从阳间带去的漂亮女仆迅速傍上了有钱的经理不肯回阳间，从鬼门关的守门官到阎王大小官员都在索取贿赂。男人们因为阳间战事不断，拒绝跟皮鞋匠回阳间，战神人手不够，花一笔钱从阎王爷手上换了一批男人们回到战场。回到阳间的壮丁在妻子们的性罢工的威逼利诱下，反戈将战神打败。

简而言之，李健吾把一出关于两性战争的喜剧改编为一个鬼怪们丑态百出的怪诞世界，意在讽刺国民政府的腐败和内乱不止的政治现实，但因为其残留的两性暧昧笑声和不够"直白"的政治批判风格，无法达到"暴露敌人"的要求。他对这出古希腊喜剧的"重写"注定要失败——这出著名的充满性意味的喜剧里的道德暧昧不可能与直接的政治批判的意图结合起来，尤其这种政治批判往往以两极分明的道德表述为基础，正如沦陷时期的一些理想喜剧里所做的那样。

这场关于《女人与和平》的论战持续了两三个月，并没有在李健吾宣称"以沉默作答复"时结束,他的沉默和柯灵对他的维护被穷追猛打为"市侩作风",左派批评家号召要"深刻检讨"上海文艺界这种"你好大家好的市侩风气"的根源,因为"彻底的检讨是建立新的阵容之前所必要的"。[①] 此时话剧舞台上的笑声也已不复响亮,而讲述战争创伤的悲剧电影《一江春水向东流》(1947)迅猛地席卷了上海。

---

① 荒野:《一团和气》,《观察》1947年第2卷第4期,第23页。

第五章
从抵抗到超越：笑声的多重文化功能

冬夜的笑声

1942年的一个冬夜，几个蛰居在沦陷上海的学者围炉吃烤羊肉，围炉夜话的有李健吾、陈麟瑞（即石华父）、钱锺书及其夫人杨季康。李健吾和陈麟瑞在孤岛时期已开始为话剧运动提供剧本，他们这一晚的鼓励和建议促使钱夫人写了一出喜剧《称心如意》，李健吾将剧本交给素爱喜剧的导演黄佐临，一个在剑桥大学以莎士比亚研究拿M. Litt学位、曾得到萧伯纳鼓励的戏剧家。剧本很快就上演，杨季康笔名"杨绛"名动一时。得到这几个喜爱喜剧的学者和导演的支持，杨绛很快又创作了另一出喜剧《弄真成假》。两出喜剧在剧院里的成功，不仅为杨绛一家在战争岁月谋得生存的米粮，还刺激了丈夫钱锺书动笔写一部长篇小说，即后来被夏志清誉为

"中国近代文学中最有趣和最用心经营的小说"的《围城》。[①]

这个在现代话剧史中常常被津津乐道的历史场景颇有隐喻意味。正如傅葆石所说,沦陷上海知识分子私人聚会的团体感和"相濡以沫"的亲密感,缓和了沦陷生活中的痛苦和挫折感。他认为这些私人聚会正是人类学家詹姆斯·司各特(James Scott)所说的"社交空间",是对占领者的一种隐形挑战。[②] 在政治高压的沦陷区,这种社交空间能有多大,是一个值得继续讨论的问题,但可以肯定的是,正如这个隐喻性的历史场景所展示的,文化趣味接近的一个小群体在沦陷上海互相扶持,冬夜里的笑声,或者说喜剧文化生产,不仅帮助他们渡过贫困难堪的乱世岁月,也开拓了他们狭小的文化和生活空间。

这群喜剧作者有相近的文化教育背景,都是在20世纪二三十年代在北平的大学里接受西方文化教育,建立了世界

[①] 钱锺书看完话剧《弄真成假》演出对杨绛说:"我也要写,我想写一部长篇小说!"参见吴学昭:《听杨绛谈往事》,生活·读书·新知三联书店2008年版,第203页。

[②] 〔美〕傅葆石著,张霖译:《灰色上海,1937—1945:中国文人的隐退、反抗与合作》,生活·读书·新知三联书店2012年版,第72页。

主义的文学视野。李健吾、陈麟瑞、杨绛几人都曾受教于清华大学戏剧学者王文显（John Wong Quincy）。王文显在耶鲁大学专攻戏剧，曾把英国剧作家哥尔德史密斯（Oliver Goldsmith）的著名喜剧 *She Stoops to Conquer* 改一词，创作了 *She Stoops to Compromise*，和另一出 *Peking Politics* 在耶鲁大学戏剧学院演出。李健吾曾把 *She Stoops to Compromise* 翻译为《委曲求全》，在京沪演出[①]；沦陷后又把 *Peking Politics* 翻译为《梦里京华》[②]。他们因各种私人原因留在上海，蛰居或者以教书为生，生存环境日益严峻，如何才能生存下去成了乱世生活的主题。例如李健吾，战前是上海戏剧专科学校的教授，因家累和腿疾而不能离沪，沦陷后一度失业，同时还在资助失业的王文显一家。陈麟瑞战前是上海暨南大学外文系主任，为了照顾年迈多病的双亲，孤岛时期留在上海，开始创作和改编戏剧，多由李健吾介绍给剧团演出。他是柳亚子的女婿，负责保管柳亚子家中藏书，曾被日寇宪兵和警察当局搜查审问，抗战时期是"他一生中精神上和物质上最痛苦

---

① 参见张骏祥：《王文显剧作选·序》，载《王文显剧作选》，人民文学出版社1983年版，第1—4页。
② 柯灵：《剧场偶记》，百花文艺出版社1983年版，第76页。

的时期"。① 在乱世,他们最后的靠山是"闭口不谈政治的商人们"②。这些从象牙塔里走出的文学学者,通过"话剧"这种外来的文艺形式,成为上海城市大众娱乐文化生产的参与者。他们在北平孕育的文学追求、美学理想能否用战时上海大众的"喜闻乐见"的主题和形式表达出来?

在中国现代喜剧的研究中,李健吾、杨绛、石华父的喜剧通常被归为同一戏剧类型,现代喜剧研究专家张健称之为"幽默喜剧",指其深受欧洲喜剧的影响,以机智幽默的人物对话和匠心架构的情节为形式特点。③ 又有学者认为,李健吾、杨绛的喜剧继承发展了20世纪20年代丁西林移植西方喜剧形式时所开创的一种融合了唯美主义和现实主义的"伦理喜剧"传统,人物对白语言变得更为丰富生动和个性化,增加了肢体性的动作、发挥了戏剧的视觉潜力。④ 这些研究都已指

---

① 柳无非:《回忆麟瑞在抗战时期的一些文学活动》,载《石华父戏剧选》,海峡文艺出版社1992年版,第272—273页。

② 李健吾:《与友人书》,《上海文化》1946年第6期,第28页。

③ 参见张健:《幽默行旅与讽刺之门——中国现代喜剧研究》第二章,中国人民大学出版社1997年版。

④ John Benjamin Weinstei, "Directing Laughter, Modes of Chinese Comedy, 1907-1997," Ph.D. Diss., Columbia University, 2002.

出40年代喜剧形式和舞台表演上比话剧初创时成熟，然而正如上一章所论述，机智对话、滑稽动作和舞台喜剧情境的制造，不仅是戏剧形式内部的变革或喜剧技巧发展的问题。在战争时期，对这些"洁身自好"地蛰居在上海的学者而言，戏剧几乎是他们对自己所处的文化现实发出声音、参与文化政治论述的唯一的方式——他们绝少在沦陷期间的期刊杂志上发表文章（除了李健吾发表剧本）——而他们选择的方式是"笑"。也就是说，沦陷上海的喜剧小圈子的喜剧创造是一种文化实践。这种文化实践里包含政治姿态，正如杨绛后来评论自己的两出喜剧："沦陷在日寇铁蹄下的老百姓，不妥协、不屈服就算反抗，不愁苦、不丧气就算顽强，那么，这两个喜剧里的几声笑，也算表示我们在漫漫长夜的黑暗里始终没有丧失信心，在艰苦的生活里始终保持着乐观的精神。"[①]在这里，发笑标志着一个文化主体的存在，是在乱世艰难生存处境中的一种对抗性的精神。然而这种"乐观"并不意味着他们创造的都是救亡话语中"积极浪漫主义喜剧"，在冬夜

---

① 杨绛：《〈喜剧两种〉一九八二年版后记》，载《杨绛文集》第4卷，人民文学出版社2004年版，第192页。

发笑的这个小圈子，他们创造舞台欢乐来娱乐观众，也有意识地用笑声来想象性地解决（或者是挑衅／揭露）他们所感知的文化矛盾和文化危机，在这些喜剧语言、动作和场景的处理中，无不显示其独特的个人文学美学和文化追求。他们充分发挥笑声的自由特性，赋予其不同的特质。下文将以三位剧作家的代表作品来探讨剧作家们如何用话剧形式的"笑"来展开其个人化的文学美学追求和文化批评，并展示三种不同的笑声与战争文化现实的关系。

第一节　客厅作为战场[①]：社会性别、中产阶级与救亡

石华父，原名陈麟瑞，20世纪20年代在清华大学师从王文显，在哈佛大学专攻戏剧时"对喜剧尤感兴趣"[②]，还曾拟

[①] 标题参考了〔美〕雷勤风：《从客厅到战场——论丁西林的抗战喜剧〈妙峰山〉》，《当代作家评论》2006年第1期。

[②] 杨绛：《怀念石华父》，载《石华父戏剧选》，海峡文艺出版社1992年版，第3页。

以"英国文学里的幽默"[①]为题撰写博士论文。据好友杨绛的回忆,这位戏剧教授的书架上有半架子英语和法语的"笑的心理学"[②]一类的书。1939年他创作了四幕喜剧《职业妇女》(上海剧艺社,洪深导演),"颇受知识女性欢迎",有些业余剧团甚至在机关单位里演出此剧。[③]沦陷上海后石华父心境恶劣,无心创作,转为改编英美名剧和中国古典文学,包括悲剧《晚宴》《尤三姐》和喜剧《雁来红》《孔雀屏》。《职业妇女》应是他创作的唯一一部喜剧。

《职业妇女》写一个假道学、伪君子局长方维德,他认为女人结婚之后应该待在家,辞掉机关里所有的已婚妇女。他在机关和家庭里都是一本正经的权威人物,禁止自己的女儿

[①] 柳无非:《回忆麟瑞在抗战时期的一些文学活动》,载《石华父戏剧选》,海峡文艺出版社1992年版,第272页。

[②] 杨绛:《怀念石华父》,载《石华父戏剧选》,海峡文艺出版社1992年版,第3页。

[③] 根据话剧导演胡导的回忆,20世纪30年代国民党机关里就有女性职员是"花瓶"一说,30年代末上海的邮局里盛传要解雇已婚的女性职员,所以《职业妇女》演出后很受女性职员的欢迎,参见邵迎建:《抗日战争时期上海话剧人访谈录》,台北秀威信息科技股份有限公司2011年版,第47页。

自由恋爱，自己却垂涎年轻女秘书张凤来的美色，纠缠不放。张凤来为了保住在机关的工作，只好隐瞒她已婚的事实。这个情节直接关涉当时都市职业女性被当成"花瓶"的社会性别议题。柯灵1939年写的一篇杂文证明当时真有其事，邮局堂堂正正出了命令限制招收女职员，并且"已嫁之女性，不得报考；其入局后结婚者，则于将结婚时加以辞退"[1]。这是"五四""娜拉出走"之后的一代城市女性所面对的性别现实：女性出外谋生在公共空间中被视为点缀的"花瓶"，回到家中还要做一个好太太。

这出喜剧由两类喜剧场景组合而成：对权威人物的虚伪和愚蠢的漫画化夸张描绘，以及年轻人之间的机智风趣对话。女主角张凤来是中心人物，把描写反面角色的愚蠢的场景和客厅里男女风趣对话的场景连接起来。剧中有一群正面的"灵活的"、"好开玩笑"的男女青年。张凤来的丈夫王道本是新式的知识青年，经常拿妻子被局长追求的事情与她开玩笑，他自嘲为被逼隐身的"老爷"。她的弟弟，一个从香港来的新闻记者，到机关找"王太太"，险些让姐姐的已婚身份暴露，

---

[1] 柯灵：《女性》，载《柯灵文集》第4卷，文汇出版社2001年版，第225页。

他淘气地说自己这次来沪是调查"秘密结婚"事件,恭喜姐姐不仅找到了好丈夫,还在机关里找到了好爱人。丈夫王道本说:"糟了!你把她的值钱小姐头衔毁坏了!"张凤来声称这关涉到重大的吃饭问题,王道本答道:"不但是吃饭问题,还有从光荣的小姐地位下降到淡而无味的太太地位的危险。"[①]这位略带醋意的丈夫,在戏里处于微妙的劣势地位,因为他多少有点觉得自己作为丈夫的性别角色"被压迫"了。

在这部剧中,有生命活力是一种美德。这些年轻人灵活、机智、主张平等,他们的客厅里时不时爆发出笑声,这和伪君子方维德的刻板和权威感形成了鲜明的对比。在舞台场景和道具细节设置上也显示出作者用心制造的差异。第三幕的场景描写张凤来的客厅是"极度现代化","色彩极鲜明","处处显出灵活,舒适,愉快的现象;最怕是板滞的整齐";而第二幕描写方局长的客厅"暗淡无色、缺乏个性、但保存着机械式的整齐"。这些描述使得我们可以大胆猜测石华父的书架上肯定有柏格森的《笑》:柏格森认为笑声来自对那些

---

① 石华父:《职业妇女》,载《石华父戏剧选》,海峡文艺出版社1992年版,第40页。

机械、刻板之物的反动，因为机械化与生命内在的灵活不协调。[1] 方维德的可笑，就是因为他把刻板当正经。张凤来讥笑他："他自己以为这样才是正人君子，我看他是阎罗殿里的人物，一个活死人，他走到哪里，哪里就是一阵冷气……如果一个人同他住上几日，就是不会冻死吓死，也会笑死罢。"[2]

这一点同样可以在象征性道具中看到。在剧中，"花"是一个贯穿全剧的别有意味的道具。故事开头，王道本接张凤来下班，在门口给她买了一支康乃馨，方维德看到买花后也鬼使神差跟着买了一枝花拿回办公室，然而他连那花的名字都不知道；在第三、四幕场景里，张凤来的客厅有插着花的花瓶，而她的弟弟出现时也是带给她一束花。故事意图颠覆职业女性是一种摆设装饰的"花瓶"这个刻板比喻，而以"花"作为感性美丽的、充满生命力的象征，展现一个理想的充满灵性和活力的现代女性，而活力、感性，恰恰是方维德这个腐朽僵化、虚张声势而缺乏人性的男性权威人物所缺乏

---

[1] 〔法〕亨利·柏格森著，徐继曾译：《笑》，北京十月文艺出版社2005年版，第1—32页。

[2] 石华父：《职业妇女》，载《石华父戏剧选》，海峡文艺出版社1992年版，第50页。

的品格特质。正是因为具备这些生命特质，这位女主角的笑才具备了武器的力量。

《职业妇女》第一幕的场景是在公务员机关中，用门房阿福和卖花女的对话展示方维德的社会权威以及女主角所面对的荒谬生存现实；第二幕是在方维德的客厅，展现方维德在家庭领域的父权家长形象，展示他的虚伪和冷漠，来求情的女亲戚也展示了底下阶层妇女问题；剧本主要部分第三幕和第四幕以一个中产阶级新式客厅为舞台场景，在这个客厅里张凤来不但和丈夫、弟弟针锋相对地论辩，还捉弄了方维德和他的侄子，嘲笑了他们伪善和愚蠢。这个客厅作为"战场"具有双重隐喻意义：一场是社会性别的战争，而另一场是民族救亡的战争，而"笑"是女主角的武器。张凤来机智、灵活，不仅和丈夫经常机锋相对，还设计捉弄了局长和同样迷恋她的局长侄子，巧妙地逃脱了他们的纠缠。作为一个留在"孤岛"上海的普通市民，她要维持生存，为了"吃饭"，她不得不用谎言保持她"值钱的小姐头衔"，但作为一个已被启蒙的现代女性，她对自己所处的性别现实有清醒的认识。她知道自己虽然被两个机关男人吹捧追求，其实并没有得到真正的尊重。她挖苦道："那一套刻板的肉麻话，把我们捧到天上去,其实骨子里还不是那个态度?"尽管她只是机关里无关轻重的女职员,但她思考国家社会问题,在自己生存环境和国家社会中寻找自身的意义,谈论她对女性境遇和国家命运关系的认识、民族救亡中女性的角色和作用:"国家愈是多难的时候,愈是我们妇女翻身的好机会,因为表现我们事业的机会也多了。这样男女斗争着,抢着事业做,不但我们自身的地位提高了,连社会也可以不断地进步着。"[①]

在对中国女性主义文学的研究中,美国学者艾米·杜林认为创造"发笑的女性"是沦陷上海杨绛、苏青等女性作家的女性主义书写策略,她们重写现代中国文学里长期地作为被动的受害者的女性形象,拒绝表现自我为受害者的角色。[②] 然而,正如石华父所展示的,创造"发笑的女性"并不是女性作家的特权。男性作家也用喜剧书写来更新女性主义书写传统,也创造了"发笑的女性",她以笑声为武器与她的压迫者斗争,嘲笑父权权威,表达对其所在的社会不公和社会边

---

① 石华父:《职业妇女》,载《石华父戏剧选》,海峡文艺出版社1992年版,第47页。

② Amy Dooling, *Women's Literary Feminism in Twentieth Century China*, Hampshire: Palgrave Macmillan, 2005, pp. 137-169.

缘地位的不满。漂亮的女秘书张凤来对自己所处荒谬的社会性别现实的认识,比这几个女作家笔下的女主角要更来得自觉理性。她善辩能言,清晰表达自己的政治观点:一方面她认为女性应该投身到"社会进步"的工作中,另一方面她把国家的危机视为女性解放的契机,得以从传统的性别角色中走出来。正如当代一位坚持中国本位思考的女性主义历史研究者在战争口述史中发现的,战争为中国妇女走出传统性别角色打通了道路:"战争于沉闷千年的女性生活可以是一次变革的契机。"[①]《职业妇女》的女性主义是具有历史意识的,它展示了在战争时期女性解放和民族国家话语之间的互利共赢,而不是一种简单的屈从/隶属关系,把女性解放纳入民族救亡话语之中。由此看来,"发笑的女性"并不是女性主义文学内部发展的产物,而是女性主义和其他话语重叠、共同作用中发展出来的文学更新。

正如喜剧学者张健所说,《职业妇女》展示了女性形象的主动力量和理性的认知,张凤来是"世态化幽默喜剧"中少

[①] 李小江:《亲历战争:让女人自己说话》,《读书》2002年第11期。

见的女性英雄,把"英雄化潮流"[1]带进了现代幽默喜剧中。然而,这个喜剧出色的地方在于并没有把女性英雄单一地崇高化。孤岛时期的话剧舞台上一个严肃地对社会话题发表议论的女主角,很难在大众话剧舞台上引人发笑。剧作家的处理方式让笑声与崇高战争主题之间关系暧昧,使得这出喜剧更像喜剧。

如果把女主角的严肃放回剧本的语境中考察,就能发现喜剧的形式使得这个女英雄的地位变得不太稳定。女主角这段严肃的社会国家思考和庄严议论发表在一个反讽性的喜剧语境中,弟弟揶揄她有敷衍局长的追求而谋生的好本领,不用牺牲美色就能维持职业:"米一粒都没撒,鸡已经在手里了。"张凤来还击,一个女子结婚之后做事是正当的,不能以"偷鸡"来打比方,接着她开始把客厅变成了一个演讲厅,发表她对于社会、国家和女性问题的看法。她每说上一段,丈夫王道本便在旁边笑嘻嘻地插上一句——"这是她的出发点"、"这是她的中心思想"、"这是她的结论了"——使得她

---

[1] 张健:《幽默行旅与讽刺之门——中国现代喜剧研究》,中国人民大学出版社1997年版,第157页。

的一段演讲式的"高见"显得有些夸夸其谈，造成一种反讽性的喜剧情景。李专员称赞她对社会国家的抱负："佩服！佩服！可惜王太太留在上海，不然的话，定有更大的事业做给我们看到。"丈夫立即挖苦她在性别战争中的强势："在上海也可以了。李先生，你看我们两个谁是胜利者，谁是被压迫的，自从结了婚，我一直没有出头过；今天幸亏你来了，我还是第一次听到王太太的称呼呢。"她的弟弟在她大发高见时在沙发上睡着了，醒来问："你还有工夫吃饭么？"[1]这个问题在上下文中产生了一层双关意义，"吃饭"所代表一种谋取生存的日常生活需要，反讽女主角的崇高形象的超越性。

这个喜剧场景偷偷地（然而不过分地）破坏了剧本社会性别与民族救亡主题的严肃。这里制造的喜剧情境的暧昧笑声，与严肃的救亡主题的绝对鲜明的两极所要求的黑白分明相冲突。但这种冲突并没有彻底瓦解主题，而是让戏剧在一种喜剧情调中保持平衡。这些男女机智对话造成的效果是，它预设了男女平等交流的前提，中产阶级的新式客厅提供了

---

[1] 石华父：《职业妇女》，载《石华父戏剧选》，海峡文艺出版社1992年版，第47页。

一个家庭空间，让女主角得以在轻松对话的气氛中积极表达自己对社会性别现状的批评，突出了这出喜剧里严肃的、把女性贡献到国家救亡和社会改造的主题；与此同时，也让她的男性家庭成员——丈夫和弟弟可以愉快而无奈地抗议，观众在笑声中可以选择不完全认同她的陈述，而是和她喜欢开玩笑的丈夫和弟弟一起，对她严肃的大道理保持了一点微妙的距离，没有让严肃沉重的主题影响喜剧的效果。笑声恰恰来自这些对话中两种立场同时存在形成的反讽效果。

在1939年的上海话剧舞台上，抗战主题已经不能直接表达，抗日救亡的意识在剧本中以较为隐晦的方式出现，张凤来只说了一句"国家有难的时候"，民族抵抗的信息主要聚集在一个"有志青年"的角色上。方维德女儿的男朋友，形象模糊，在剧中不常出现，剧本隐晦地表示他可能是一个积极的"抗日分子"，表面上是因为和局长方维德女儿恋爱而被局里解雇，其实是因为"在外面太活动"。他说"上海这种堕落的生活再不想过了，想去看看黄河，看看昆仑山"。孤岛时期，"离开上海"到"远远"的地方去，是加入内地抗战事业的一种隐晦的说法。这个青年"有志"的表现还包括了在上海"兼职演话剧"，把局长编到戏里去，嘲笑他老顽固、假道学和欺负女性。不言而喻,这是孤岛时期话剧活动的自我写照:以抨击社会不公和道德缺陷的方式加入抵抗的行列。张凤来把方维德用来引诱她去香港的船票和支票转送给了这个有志青年,一心支持他和恋人离开上海。

尽管救亡主题以次要角色的方式被隐晦地表达出来,尽管客厅里的笑声暧昧地影响了张凤来的英雄形象,但《职业妇女》仍然是一部"抵抗剧",通过张凤来这个"留在上海"的女战士形象,暗示了被围困的"孤岛"上海依然是中国的一部分。尽管不像"到内地去"那样直接成为救亡事业的战士,但她以及她代表的城市中产阶级依然是国家社会事业的一部分,她在上海的机关工作是她参与社会贡献的方式,而她现代城市的消费生活和救亡事业并不冲突。

这一点跟左翼话剧中的城市批判,以及抗战后一些涉及中产阶级议题的战争电影都不一样。例如战后喜剧电影《遥远的爱》(1947)中,贪图安逸的中产阶级无法承担国家的灾难,女主角毅然脱离了这个阶级,把自己贡献给救亡事业,战争磨掉了她的女性气质,在抗战中她成长为一位朴素的中性化的战士。而《职业妇女》中的女主角张凤来,这出城市喜剧中的理想的现代女性,则充分享受都市物质文明和西化的时尚，喜欢打扮，上舞场，爱涂脂抹粉、烫头发、穿高跟鞋；她的弟弟，从香港——另一个西化的殖民城市——带给他们夫妻俩的礼物是名牌丝袜、领带和巧克力。她是一个备受压迫的职业女性，也是一个消费主义城市里的享受者。城市女性的这些消费行为曾经在20世纪30年代左翼文学的道德批判中被视为"堕落"，但是在这里，却是她灵活的生命力的表现，只有古板的伪君子方维德才会反对。

中产阶级在这出剧中是一个让观众觉得愉快轻松的群体，然而《职业妇女》在客厅场景中触及的阶级问题，还有另一个严肃的层面，它甚至对中产阶级的女青年张凤来所相信的女性平等论述提出了质疑。在第二幕有一个下层妇女的角色，局长的穷亲戚，被他以已婚的理由解雇。对她来说，生存的难题压过了性别平等的问题。她觉得性别平等问题只是知识阶层的话语争论，对她而言，更为迫切的是物资缺乏和一家子的生存问题，她跟局长夫人抱怨说："报纸上说的那些男女平等的空道理，我都不要听。"报纸上批判方维德歧视女性，他叮嘱这个前来求职的穷亲戚不要对记者乱说话，对她大发牢骚：

德：……男的女的各用一半才是平等，那么女的都是饭桶我也得用吗？那些文章太好笑了，我想都是吃饱了饭没事做的男人写的。我劝你不要上那些新闻记者的当。

英：姑父说的是，我刚才也与姑妈说过，对我不是纸面上的道理的问题，是干脆的一家四口人的吃饭问题。

德：那很好，那很好。[①]

方局长敷衍她提出的"吃饭"问题，以为对方赞同他性别歧视的言论，谈话显示了他的虚伪和冷漠。剧本暗示，造成下层人民生存困难的正是以方为代表的社会权威们的虚伪。这些阶层贫困问题作为插曲出现，为中产阶级客厅里的喜剧增加了另一层面现实矛盾，和方维德的投机囤货一起，成为剧本中再现乱世艰难的沉重底色。剧本中的伪君子方维德并不是莫里哀式喜剧中那种纯粹的类型化角色——例如小气、吝啬或者虚伪等——除了歧视女性，他还趁战乱囤米和棉纱，做投机生意发国难财，为了躲避政府专员的调查，企图

---

① 石华父：《石华父戏剧选》，海峡文艺出版社1992年版，第24页。

带上女秘书张凤来到香港躲风头。借着这个人物角色，剧本得以再现20世纪40年代初期种种社会现实问题：政府官员腐败、经济乱象、性别歧视、封建家长对年轻人自由的压迫。

对种种社会和文化现实的矛盾，剧本的处理是相当"伦理化"的。剧中小心翼翼地处理了反面角色的"坏"，剧本对他的讽刺集中在他的"虚伪"上，在表现他贪污腐败时，并没有"坏"到底："现在米价高到四十元一石，蓝布贵到五六毛一尺，一般人怎么活得下去？我们固然要赚钱，但赚钱也得有个知足的时候；赚了人家的钱就够了，何必又把人家的姓名都赚了来，有什么用处？"[1] 在张凤来嘲笑了他的虚伪，揭穿他的阴谋之后，众人发笑，方维德恼羞成怒时，最终压倒他的是一个国民党的"专员"，这个角色类似欧洲古典喜剧中解决问题时所借助的一个贵族家长权威。在这个权威人物的帮助下，大家都可以对局长方维德提出自己的要求，丈夫王道本要求他不许拿太太小姐的问题兜圈做文章，要求他不许发国难财投机生意；张凤来要求他给子女自由恋爱的权利，而国民党专员认为这些都不是最重要的，"最要紧的，去掉装

---

[1] 石华父：《石华父戏剧选》，海峡文艺出版社1992年版，第31页。

腔作势的面具，要永远除去了那副可笑的面具"。也就是说，方局长身上所折射的违背法律的问题、社会经济矛盾、性别压迫和代际的矛盾，都归结于这个反面角色的"伪君子"道德特征，一旦这副面具被揭下的时候，里面的社会矛盾都得以解决，人物品格的更新是解决社会各种矛盾的关键。而戏剧最后以一段歌唱"法律不外乎人情"来展示政府专员对方维德违法的宽容处理是人性化的，就跟这些年轻人的笑声一样闪耀着人性的光芒。

从上面的分析能看出，石华父对道德讽刺、社会矛盾的处理非常理念化。对于"笑"的伦理道德教化、文化现实改造的功能，石华父比五四时期的喜剧实验者丁西林有更自觉的意识，也寄予更高的期望。在《职业妇女》中，"笑"不仅仅是叙述和对话所引起的观众效果，"笑"是在戏剧内部的人物行动，也是文本的意图甚至是主题。反面角色在谢幕的时候直白地说："今天我感谢你们把我笑醒。"

这是一出有自反性（self-reflective）的喜剧，用笑的文本来讨论"笑"的功能。作为一个被启蒙了的现代女性，张凤来有强烈的介入历史的意愿，并凭着她自身的美德，以笑的方式改变他人。笑声使害群之马得到道德上的更新、使贫困者得以生存、有志青年得了资助去内地,而自己的家庭矛盾也得以解决。笑在这里是崇高的笑声,有进步的、理性的、解放的性质。而剧本中在男女机智玩笑对话中透露出来的那些威胁性的暧昧笑声,正如女主角弟弟、丈夫和她之间的性别之争一样无伤大雅,巧妙地保持了喜剧情调和严肃主题的平衡。在社会矛盾和历史危机最为尖锐的历史时期,处理战争国家多难的严肃主题时,石华父有意识地以幽默的喜剧情调而不是悲情的情感模式来处理文学与现实之间的关系,寄希望于笑声来进行道德上的改造:一种适合现代城市生活的人性美德能帮助建立起性别平等,重建经济与政治的秩序。

第二节 乡土、野性与笑声:李健吾的《青春》

在《职业妇女》中,"笑"意味着感性、灵活、有生命力,是现代城市中产阶级客厅里的愉快笑声,而在李健吾的喜剧《青春》(1944,费穆导演)中,具有生命力和反抗力量的笑声却是"乡土化"的。

无论是《人之初》那样讽刺城市道德堕落的喜剧,还是聚焦在城市中产阶级的爱情和婚姻故事的"好莱坞化"喜剧,多是以上海公馆为舞台背景，《青春》反其道而行之，呈现的是一个远离都市文明的时空——晚清的华北乡村世界；跟都市喜剧中男女世故、风趣、幽默的反话对比，《青春》却以活泼的带着农村泥土气息的北方口语，展现人物内心激烈的情感，以激烈的感情冲突来推动情节发展。它的农村题材、情节主线和北方口语化的人物语言乍一看很接近当时延安地区鼓励的"通俗化"的农村爱情喜剧（其代表作是赵树理《小二黑结婚》，年轻人的爱情被恪守传统礼法的权威长辈反对，经过年轻人的抗争和长辈的醒悟而迎来欢乐的大团圆结局）。这解释了为什么《青春》会被后来的话剧史称为一出"反封建"的爱情喜剧（20世纪50年代初有东北读者把它改编成评剧《小女婿》，在北方地区颇受欢迎[①]）。问题是，在远离延安"文艺大众化运动"的沦陷上海商业舞台上，为什么会出现一出这样的农村喜剧？

傅葆石的《灰色上海》深入细致地研究了李健吾从"孤岛"到沦陷时期的文学活动，认为他在意识形态苛刻的抵抗盟友和高压的政治现实的狭缝之中把话剧发展为一种结合个

---

① 参见唐弢：《忆李健吾先生》，《文史月刊》2002年第2期。

人主义和爱国的演出,他的话剧强调个人尊严和道德反抗的英雄主义,个人主义的英雄同时也是民族抵抗的英雄,个人和自我的解放与民族国家的解放融为一体,《青春》是其中的一个例子,"戏剧和人文主义的价值模式相结合,探索历史和自由之间的辩证逻辑"①。然而,《青春》复杂的文本肌理无法在一个有机统一的政治隐喻里得到有效诠释:舞台上的乡土空间颓败压抑,有梦一般的传统气息和留恋惆怅;舞台上爆发了充满活力和野性的笑声,却也有挥之不去的浓郁的悲剧情调、人生的苦闷无力和宿命感,饱含充沛的情感张力。在追求自由和反抗的政治隐喻之外,《青春》有更复杂的文学美学和现实政治之间的纠葛。

战前一年,李健吾在喜剧《以身作则》(1936)的后记里写过这样一段话:

> 我爱广大的自然,和其中活动的各不相同的人性。在这些活动里面,因为是一个中国人,我最感兴趣的,

---

① 〔美〕傅葆石著,张霖译:《灰色上海,1937—1945:中国文人的隐退、反抗与合作》,生活·读书·新知三联书店2012年版,第86页。

也最动衷肠的,便是根植于我四周的固有的品德。隔着现代五光十色的变动,我心想捞舍一把那最隐晦的也最显明的传统的特征。

真正的公道在人世无处寻觅,未尝不可以在艺术的国度中保存下来。我挣扎于富有人生意义的极境,我接受唯有艺术可以完成精神的胜利。我用艺术和人生的参差,苦自揉搓我渺微的心灵。作品应该建在一个深广的人性上面,富有地方色彩,然而传达人类普遍的情绪。我梦想去抓住属于中国的一切,完美无间地放进一个舶来的造型的形体。①

他试图在现代社会的变动中,借用西方的文学形式重新建构一个富有地方色彩的"传统"和"中国性",以饱含深广人性的艺术想象来面对充满痛苦不公的人生现实。在成为"孤岛"话剧运动的中坚力量之前,李健吾有20多年在西方现代文化影响下的文学活动,而且大多跟话剧,也就是他所

---

① 李健吾:《以身作则·后记》,载《以身作则》,文化出版社1936年版,第i—ii页。

说的"舶来的造型的形体"有关。早在20年代,少年李健吾就酷爱看"文明戏","除去学校的球类运动,没有多少娱乐能够代替文明戏的吸引"。[①]十多岁的时候就经常在戏剧改革家陈大悲、熊佛西的戏中反串女主角,参加"为人生"的文学研究会,在其杂志《文学旬刊》上发表小说和戏剧;考入清华大学后师从朱自清、王文显,模仿爱尔兰现代剧作家写过象征主义的《一个母亲的梦》,曾向中国读者介绍过达达主义和立体主义[②];留学法国时,曾打算以象征主义为研究对象,"但觉得象征主义在中国没有用处"而选择福楼拜作为研究对象[③];归国后与朱光潜、周作人、林徽因等京派的文学圈子密切交往,参与了"京派"《文学季刊》和《水星》的编辑,同时还是"新月派"后期刊物《学文》的同人。1935年到上海暨南大学任法语系教授时以"刘西渭"的笔名成为30年代最有才华和深度的京派文学评论家,从左翼的巴金到林徽

[①] 李健吾:《文明戏》,载《李健吾戏剧评论选》,中国戏剧出版社1982年版,第18页。

[②] 参见傅东华编:《文学百题》,生活书店1935年版。

[③] 李健吾:《拉杂说福楼拜》,载《李健吾戏剧评论选》,中国戏剧出版社1982年版,第280页。

因的现代主义小说,都是他文学鉴赏和批评的对象。他在精神文化上接近史书美(Shu-mei Shih)所说的京派的"新传统主义"。史书美认为京派文学家和批评家都是全身心的世界主义者,他们对传统的回归,不是排外的对本质化了的中国传统的"回归",他们对"中国"的构想,是一种建立在地区与全球对话性关系的基础上的地区性概念。[1]李健吾寻求的"中国性"正是这样一种强调空间地区特性同时具有"人类普遍的情绪"的文化概念。尽管他对西方现代主义的吸收总和感时忧国的民族情怀纠缠在一起,但在1937年前,他这种强调地方色彩、打捞"最隐晦的也最显明的传统的特征"的美学追求,都是一种与西方现代文化对话的"中国性",而不是战时隐喻抵抗外敌的民族主义的"中国性"。

在参加共产党、戏剧家于伶领导的上海剧艺社前,李健吾一直隐蔽在象牙塔和书斋中,用巴金的话是"坐在书房里面左边望望福楼拜,右边望望佐拉和乔治桑"[2]。战前他的戏剧创作

---

[1] 〔美〕史书美著,何恬译:《现代的诱惑:书写半殖民地中国的现代主义(1917—1937)》,江苏人民出版社2007年版,第201页。

[2] 巴金:《〈爱情的三部曲〉作者的自白》,载《李健吾文学评论选》,宁夏人民出版社1983年版,第28页。

只是让他在知识界和文学圈子里获得美誉，《以身作则》、《新学究》（1937）是莫里哀喜剧式的作品，以新或旧派的知识分子为道德讽喻的对象；《这不过是春天》（1934）与《雷雨》同时发表，然而未能像《雷雨》般轰动成名，直到全面抗战开始后，《这不过是春天》被上海的职业话剧团搬上舞台（1939）才为大众所知。[①]钱锺书在《围城》里还拿他的声名隐蔽来开玩笑，内地文艺女青年向上海来的赵辛楣解释《这不过是春天》并不是曹禺的作品，李健吾也不是曹禺的化名。

他的文学和戏剧才华和西方文学素养使得他成为"孤岛"兴起的话剧运动有力支持者，在一种"祖国文化不容中断"的焦虑中，他把改译、重写外国戏剧，"中国化"的"文化复制"作为在诸多现实限制中延续、生产本土民族文化的方式。[②]严酷的生存环境把李健吾推到大众化、商业化的话剧舞台上，沦陷后他改编过不下10部的外国剧本，大多是"情节安排得很好"的、演出成功的法国戏剧，"为了争取观众，为

---

① 关于李健吾20世纪30年代的喜剧创作，参见张健：《30年代中国喜剧文学论稿》，河南大学出版社1995年版，第122—129页。
② 李健吾：《撒谎世家·序》，载《撒谎世家》，文化生活出版社1939年版，第5页。

了情节容易吸纳观众，为了企图尝试萨尔度（李健吾原文译为'度'。——引者注）在剧院造成的营业记录"，他改编了三部萨尔都（Victorien Sardou）的作品，他承认自己看中的是萨尔都"让舞台紧张"的熟练的戏剧技巧。[1]他甚至还改编过几部张恨水的小说，包括《啼笑因缘》。他重写外国戏剧时通常考虑中国的风俗、符合城市观众的趣味，但这些改编明显无法让他的文学理想得到充分的发挥。

《青春》脱胎于李健吾孤岛时期未完成的一出悲剧《草莽》。据李健吾的回忆，他在1938年前后写完了《草莽》上半部分，打算重写，便把第一折剔出，另外作《青春》。[2]《草莽》并未曾演出，40年后才重新修改为《贩马记》出版。[3]《贩马记》以辛亥革命前夕的华北乡村为故事背景，写主人公高振义企图带青梅竹马的恋人私奔，私奔失败后去塞外贩马，自我放逐，成了反清革命党的司令，俘虏的敌军头子恰好是旧情人的丈夫。革命的果实落到袁世凯的手里，他的革命理想幻灭了。经历了爱情和革命理想的双重挫败后，男主

---

[1] 李健吾：《风流债》，世界书局1947年版，第4页。
[2] 参见李健吾：《青春》，文化生活出版社1948年版，第161页。
[3] 参见《李健吾剧作选》"出版说明"，中国戏剧出版社1982年版。

角觉得"还有一个什么更深刻的思想"让他离开军队,去继续"寻找真理"、"为中华民国找一个真正自由的身子"。《贩马记》用的是孤岛时期盛行的"借古讽今",以悲壮的英雄主义表达对"自由"的追寻和不屈反抗意志。[1]

显然李健吾试图用这出戏来做一个把"舶来的造型的形体"进行"中国化"的实验。话剧结合"南戏"传奇剧的结构,分"折"不分"幕"和"场",得以较为灵活地展现主人公的心理独白,营造悲剧的气氛,还融合了一些旧戏唱词和歌谣,处处显示李健吾重绘中国传统和地方乡土色彩的用心。然而传奇戏散漫的结构、感伤化的环境描述、男主人公文艺化的大段大段的心理独白都使得这出戏难以搬演到话剧舞台上。李健吾一直没完成《贩马记》的下半部。按他的原计划,下半部写高振义的追寻真理处处落空,吃尽苦头后回到家乡又遭到守寡的旧情人的拒绝,后来去北大听课、参加革命运动,最后和李大钊一起死在绞刑架下。[2] 这样一出英雄主义的

---

[1] 〔美〕傅葆石著,张霖译:《灰色上海,1937—1945:中国文人的隐退、反抗与合作》,生活·读书·新知三联书店2012年版,第111—112页。

[2] 李健吾:《贩马记·后记》,载《贩马记》,宁夏人民出版社1981年版,第110页。

革命主题戏剧,更不可能在沦陷后的上海舞台上演。而传奇剧旧戏的抒情腔调和西方的戏剧形式如何能一致,对李健吾来说是一个无法解决的深层文学问题:"导演仅借旧戏的外部样式,除去架子、腔调、手法,戏还是正统话剧,怎么能给人一致之感呢?"[1]出版时他甚至觉得这个40余年前的实验是失败的,纯粹是个浪费。

有意味的是,李健吾说"沦陷后决计不创作,只搞些改编混日子"[2]。但在剧坛喜剧成风的时候,他拿《草莽》里废弃了的边角材料创作了五幕喜剧《青春》。[3]他把剧本交给了黄佐临,曾经成功改编、导演了《荒岛英雄》和《梁上君子》,此时正以喜剧导演技巧闻名的黄佐临并不喜欢《青春》,转交给费穆,费穆却"非常喜欢",1944年夏天在卡尔登剧院演出,随后陆续演出了两年。[4]显然,这出喜剧更适合由在舞台

---

[1] 李健吾:《贩马记·后记》,载《贩马记》,宁夏人民出版社1981年版,第110页。

[2] 李健吾:《贩马记·后记》,载《贩马记》,宁夏人民出版社1981年版,第110页。

[3] 《青春》的创作时间应是1944年初,1944年夏天在卡尔登剧院上演。参见李健吾:《青春·跋》,载《青春》,文化生活出版社1948年版,第161页。

[4] 李健吾:《贩马记·后记》,载《贩马记》,宁夏人民出版社1981年版,第109页。

上注重"情调的织绘"、善于用场景制造气氛、烘托情绪的费穆导演,而不是外号"黄一景"(全剧常常只有一个布景)的黄佐临。[1] 抗日战争结束后,李健吾立刻把《青春》剧本发表在象征上海文学家胜利"复出"的《文艺复兴》创刊号上,可见,在他自己的心目中,《青春》是最能代表他战时文学成就的一出戏。

的确,《青春》很有代表性地展现了李健吾对富有"地方色彩"的"中国性"的追寻。沦陷时期上海的话剧以普通话表演,上海本土滑稽戏用的是吴语,《青春》里却以特意用大量北方方言来突出其"乡土性"。更为特别的是,鲜有研究者注意到的《青春》的题记,是以文言来写的:

是知其不可为而为者也。

是不知其可为而为者也。

是不知其不可为而为者也。[2]

---

[1] 关于费穆和黄佐临的导演风格差异,参见柯灵:《剧场偶记》,百花文艺出版社1983年版,第55页。

[2] 李健吾:《青春》,载《李健吾剧作选》,中国戏剧出版社1982年版,第331页。

文言题记唤出的是一个已在现代中国消失的古老的文化世界。在《论语》里，孔子的"知其不可为而为之"是一种理想主义的入世和行动，而李健吾在对这句话的重写中，展示了主体的理性认知、客观形势和主体的行动三种不同的关系。这题记并非暗示故事里有对应的三类人物，而是强调不管主体的理性认识是"知"还是"不知"，客观形势条件是"可为"还是"不可为"，都是毫无条件地把"为"，也即"行动"本身作为最终目标。这个题记呼唤读者对剧本进行一种隐喻性的解读，把这个农村爱情故事阅读为一个关于乡土中国中"行动"的故事。

《青春》的舞台建起了一个乡土中国的象征空间。剧本在一个颓败的场景中开幕，舞台背景上用了一个中国传统文化的符号——舞台中央是一座岁月久远的关帝庙，它同时也是一所书塾。"破烂的，剥蚀的"庙门，石兽残废，"好像它的朝代大清，仅仅剩下一个空壳"。乡土中国的再现方式不是以农业生活或者农具的细节，而是以传统民俗和儒家文化的象征空间出现。全剧的时间都用传统的干支计时法，如"午时"、"戌时"。第一幕写田喜儿的归来打破了乡村的平静，他和几个孩童的嬉戏打破了颓废衰落的气氛。因为与青梅竹马的香草的恋情被她的严父杨村长反对,田喜儿出去闯荡,外面的世界正在艰难地维新变革,他跟随的东洋留学生"景相公"开办的新学堂被衙门封掉,他又游荡回村。田喜儿的母亲田寡妇希望儿子按照传统的读书考官的方法谋取前途,他回村时,她正和一个迂腐的乡村文化人郑老师在庙里用古老的占卜方法询问他的下落。田喜儿央求香草跟他私奔,被杨村长撞见,以他调戏香草为由,要把他绑起来,田寡妇及时出现,泼辣地骂退杨村长和他的爪牙。第二幕来自《贩马记》的第一折,天真小孩儿们在偷桃、更夫在醉唱小调的星夜,鲁莽大胆的男主人公和他胆怯懦弱的恋人私奔失败。胆怯、懦弱的香草依恋母亲,私奔时还有树枝在黑暗中扯住头发(这个小细节也在《贩马记》中出现,增加了爱情悲剧的宿命感)。第三幕写杨村长企图掩盖女儿私奔的丑闻,以偷窃为理由要将田喜儿吊起来惩罚,田寡妇再次及时赶到,在众人前揭穿田喜儿是"偷人"而不是偷东西,把香草私奔的包裹公之于众,杨村长恼羞成怒,仓促决定将香草嫁给有名望的罗举人十一岁的儿子做童养媳。第四、第五幕的时间是在一年之后,更夫"红鼻子"依然在给小孩童们讲故事、唱民谣,孩童们依然在关帝庙前玩偷桃子的游戏,香草和小丈夫罗童生及公公罗举人回娘家，田喜儿闻讯赶来向香草诉说他的思念和痛苦，香草悲叹："我们两个都苦！"前来阻止的田寡妇，被激动的田喜儿推到关帝庙里，里面还有郑秀才和罗举人。罗举人爬上墙头窥见相遇的田喜儿和香草，怒骂儿媳伤风败俗，当场休掉她，杨村长狠心要处死香草，田喜儿苦苦求饶，在悲剧性的冲突中戏剧接近高潮，田寡妇被儿子这个"多情多义的小畜生"深深地打动，从反对变成保护，认香草作干女儿，无视杨村长的威胁，带香草和田喜儿高高兴兴地回家。

对比传奇剧《贩马记》，用西方戏剧形式的五幕戏剧《青春》明显更适合话剧舞台表演。《贩马记》里人物心理独白时的文艺腔、涣散的传奇剧结构以及政治意旨的露骨表达，都不可能出现在战时舞台上，而《青春》里人物语言明显处理得更为细腻圆熟，戏剧冲突更为集中激烈，戏剧场景的安排也更为巧妙，关帝庙的庙内和庙外之间的那面墙成为戏剧冲突开展和喜剧性动作的主要舞台背景。它同样蕴含了追求自由和反抗的议题，但不像《贩马记》那样拿一个有政治理想的悲剧人物作传声筒，而是在田喜儿和田寡妇这两个喜剧人物身上以一种充满的反抗能量和人性活力呈现出来，而正是靠这些反抗动作与泼辣语言，舞台空间上出现了笑声。

田喜儿顽皮好斗，是"从小就爱爬树拆鸟窝"的一个野孩子，开幕时他正在关帝庙的墙头上偷桃子。他最大特点就是郑秀才骂的"放肆"，好像无时无刻有一种野性要冲破他能感觉到的所有的规限和束缚，他的童心未泯、跟小孩们在树上玩耍、他的不安于室、恋爱失败后的自我放逐都是这种野性的表现。香草说他"一天到晚轻忽忽，两脚不着地"，羡慕他自由大胆地出外闯荡，田寡妇说他"比草地的蚱蜢还要野"，他充满热情，容易感动，一看戏就哭。在村里的权势人物杨村长眼中，他敢看上香草，就是在破坏权力的秩序："长此以往，这个村子还想不想安静？""野小子眼睛里头也太没有王法！"当香草拒绝与他私奔的提议，他态度强硬："明里不成暗里来。我要不了你去，我拐了你去。"田喜儿不是《贩马记》主人公高振义那样的革命者，但他跟高振义一样满腔热血，敢作敢为，以热情和野性对抗僵化的文明秩序和令人压抑的现实：

　　田喜儿：这个村子腻死我快了，你爸爸头一个见不得我。他嫌我穷，他嫌我跟你好。有一天，我放一把火，把这个村子烧光了，烧成了土，才解我心头的恨。

香草：我爸爸是好人。

田喜儿：（烦躁，顺手揭起碎瓦，扔了出去）我知道，我知道。不好，人家也不举他当村长。（狂妄）好人就该杀！香草，我直想杀人！说，你跟不跟我走？[1]

这种激烈的愤怒和无名的破坏性，无法在"反封建"意义框架中解释，田喜儿的反叛力量不是来自新文化的启蒙和理性认知，而是以内在的、本能的自由特性对一个他处于劣势的社会的反抗。他对"好人"表示厌恶和愤怒，因为对这些"好"、"坏"的道德判断来自于一个他厌憎的社会道德秩序。他无所畏惧，跟香草说："为了你呀，杀人、放火、打家、劫舍、吃官司、砍脑袋壳，我统统没有摆在心上。"他发疯、任性、丧失理智地闯祸，不断地推动戏剧情节，也造成舞台的喜剧效果。第四幕中与香草重遇，母亲前来阻挠，他简直要发疯，把田寡妇一直往前推，假装要把她推到池塘里："我是疯啦！谁拦着我，我就宰了谁！"剧本用许多对肢体动

---

[1] 李健吾：《青春》，载《李健吾剧作选》，中国戏剧出版社1982年版，第339—340页。

作的描述展示田喜儿充满活力和身体性的生命能量,例如抱、跳、爬、窜等。

也就是说,《青春》里的戏剧冲突并不是乡土文学中常见的新旧文化、城市/乡土的对立,而是来自"人"的活力、生命力与一个刻板强大的权力秩序、衰老凋零的文化秩序之间的矛盾。外面的维新变法的世界并没有给田喜儿带来文化观念的冲击,景相公开学堂的县城对他不过是大开眼界的花花世界、一个供他闯荡的广阔天地,他希望有一天"在外头混发了"。剧中所有人物,无论是代表着传统父权家长的杨村长,维护旧文化的郑老师,甚至是反叛的田喜儿,都活在传统的观念世界中。在田喜儿母亲的眼中香草是个有传统美德的"好闺女",但田寡妇依然反对他们跨越等级的婚配:"你有田?你有地?你有钱粮库?你有带顶子的爸爸?"她的命运观念是中国传统的天地鬼神感应和报应,她怕香草因喜儿而死他就因此"损了阴德":"人家闺女做了鬼,半夜能够放得了你呀!"

《青春》里的田寡妇是一个泼辣的发笑的母亲形象。她不是冰心笔下天使般的温柔母亲,也迥异于现代文学中常见的作为民族国家苦难隐喻的可怜的受难母亲形象(如鲁迅笔下的祥林嫂，艾青《大堰河——我的保姆》里的乳母，李健吾自己在文学革命时期也曾模仿爱尔兰剧作家写过一出象征主义风格的独幕剧《一个母亲的梦》，讲寡母悲戚地等着儿子的归来）。田寡妇常挂着"一根疙里疙瘩、曲里拐弯、结结实实的树枝子"，"春风似的笑吟吟"地出现，说话爽脆泼辣，常以生动而粗俗的语言去表达她对儿子的爱，例如："我把你这畜生呀！"她希望儿子好好读书成才，恨其"不争气"在外头"野"，对儿子又爱又恨，又笑又骂，她常常甩手就给儿子一个耳光，或随手抽他一树枝子，但儿子被别人欺负时却又护着他："那是我的儿子！我高兴打就打，我高兴骂就骂，可是别人呀，休想！"

她的"泼辣"是一种不畏强权的品格特质，敢于质疑、嘲笑权威人物，每次杨村长与田喜儿发生冲突，她都会替儿子据理力争，杨村长冤枉田喜儿调戏香草，她质问他为什么不是香草调戏田喜儿，而且嘲笑他："怕你女儿出岔子呀，干嘛不打一条金链子拴着？"第三幕逼着杨村长承认田喜儿是偷人，她泼辣的北方口语总掌控局面，最为奇特的是，"守寡"这种典型的中国传统女性所承受的苦难，这个喜剧人物并非默默承受，而是毫不掩饰自己的弱势，在争吵时常以

"我是一个守节的寡妇"来为自己争取话语优势,因为她认为寡妇带孤儿的凄苦应该得到回报,作为一种符合传统道德的德行,她要得到她应有的地位和同情。

剧本用闹剧化的喜剧场景去描绘田喜儿的"野"和田寡妇的"泼"。剧本中最为动人的喜剧场面是第一幕的母子相见。田喜儿骑在墙上偷郑老师的桃子,生气的郑老师把树下的长凳拿走使他下不来,田寡妇说:"对啦!摔死他,摔他一个青面虎,狗吃屎!"田喜儿在半空中吊在树枝上荡来荡去恐吓他们:"你们走开,让我摔死一个给你们看",田寡妇央求:"好儿子!好宝贝!下来!别吓着你妈!"郑老师又慌忙把长凳给他抱回去垫脚。田喜儿跳下来后被田寡妇拿着树枝子鞭打、追逐、拉扯,说:"妈,拉拉扯扯的,人家笑话",她一边拍打他:"谁笑话?我拉的是我自个儿的儿子,不是别人家的!难不成你不是我的儿子?"又例如,"赶明儿"是田喜儿的口头禅,当杨村长要绑起田喜儿,他又说:"妈,让他们绑好了,赶明儿……"田寡妇挥手给他一巴掌骂道:"还'赶明儿'!"追逐、拍打等肢体动作造成滑稽的、夸张的舞台视觉效果。

这些"寡母打子"的滑稽场景,以一种充满乡土味的表演来制造笑点娱乐剧院的观众,同时又把人物的特性生动地展现出来。除了作为家长权威出现的残暴的杨村长,剧中出现的都是喜剧角色,例如"进过学"的郑老师,儒家文化的师表,善良但僵化迂腐,当田寡妇打儿子,他会阻止道:"让我来感化他,慢慢地感化他。"他恪守传统道德观念,时刻维护礼法传统和村里的身份秩序,杨村长斥骂田寡妇时,他劝阻杨村长道:"她是寡妇!"田寡妇嘲笑杨村长时他又转向维护杨:"他是村长!"当田喜儿闯祸,他痛心"好好一个贞节牌坊,眼睁睁坏在这不争气的儿子手上"。他一本正经地维护关帝庙和私塾的尊严,却又常常因为孩童们和更夫在私塾里偷桃子而气急败坏。天真的乡村孩童们成了喜剧舞台上温馨愉快的插曲,与衰败颓废的背景氛围形成鲜明对立,孩童们不断地插入、打断故事年轻恋人的爱情悲剧,例如杨村长审问私奔失败后的田喜儿时,插入孩童们天真地偷桃的事情。孩童天真的对答和成人的对比,香草的小丈夫和香草的妹妹香菊两小无猜,被父亲罗举人责骂"不成体统",而他的装腔作势在天真烂漫的香菊听来是"怪腔",罗举人还被安排了一个爬到墙头吓得脚软下不来的闹剧场景。即便是红鼻子敲更人这样一个鬼魅般的象征性角色,《青春》也给了他喜剧性的呈现，在郑老师和罗举人被锁在庙里时他故意慢吞吞地去开门。

李健吾试图在这些处于底层的可爱的人们身上再现人性的力量——他们虽然观念和行为根植于"中国"的传统，但并不臣服于任何权威，传统礼教文化僵化衰落时，田喜儿的"野性"和田寡妇的勇敢善良人性是文化秩序更新的动力。戏剧冲突的解决方法是以田寡妇朴素的"人性"信念对残暴权威的胜利。杨村长逼着香草自尽，田寡妇质问杨村长："她是人，她有什么不好活着的？"当杨村长坚持作为父亲拥有女儿的生死裁决权，她问："您这个人通不通人性？"到最后，当杨村长还试图把逼死香草的责任推到田喜儿身上时，田寡妇终于反抗："你就不是人！"杨村长威胁要告官，她嘲笑他的虚假，无视他的威胁。在欢乐的气氛中，反抗守旧残暴权威，人性胜利，剧本最后出现了一个和谐平静的田园牧歌式的暮色场景："农人田事已毕，传来耕种的声音。""唱歌，吆喝，同时牛鸣驴嘶，啼鸦啼鸟，交织成田野的音乐。"[1]

---

[1] 李健吾：《青春》，载《李健吾剧作选》，中国戏剧出版社1982年版，第414页。

这不再是故事开头那个象征文化衰败的乡村，在主人公经历逃离、反抗和残酷折磨之后，乡村在笑声中变成一个和谐平静的田园。

《青春》舞台上泼辣野性的笑声，是带来文化更新和权力秩序改变的生命之力，这种"力"是李健吾在"中国"乡土空间中想象、寻求的一种人性特质。1940 年李健吾在一篇文学评论中写道："没有比我们这个时代更其需要力的。"[①] 他认为北洋政府时期是一个充满"力"的时代，而沦陷时期则是"完全灰色的气氛"。[②] 正如柯灵所说，"《青春》的亮色和李健吾早期农村戏的沉郁是强烈的对照，而《青春》却诞生于上海有史以来最黑暗的年代"[③]。剧本中的野性和力量，呼应了序言中所强调的"为"和行动力。充满野性的笑声是现实中的"匮乏"之物，是在痛苦无奈的情感和创伤现实中对传统中国乡土的情感投射和想象重构。因而这出戏的乡土文化想象不可避免地蕴含矛盾：凋零颓败的乡土令人压抑，但同时

---

① 李健吾：《叶紫的小说》，载《李健吾文学评论选》，宁夏人民出版社 1996 年版，第 159 页。
② 李健吾：《风流债·跋》，载《风流债》，世界书局 1947 年版，第 5 页。
③ 柯灵：《剧场偶记》，百花文艺出版社 1983 年版，第 31 页。

充满野性，有人性和美德的洗礼之力。

《青春》因此也蕴含复杂的情感层次：留恋惆怅，试图捉摸传统遗留的神秘气息，而又期待一个以野性力量激荡变革、焕然一新的未来，然而男主人公对未来的期盼也并不乐观坚定，多少掺杂着一种宿命悲剧感。剧本有一种悲剧氛围、沉郁情感与喜剧性的人物语言、活泼的舞台动作节奏之间构成的矛盾张力。田喜儿常常透露强烈的摆脱、逃离"现在"的渴望，以及对不确定的未来的焦虑。香草被逼出嫁后，田喜儿在庙里一个个仔细打量着阎王："他们全像有话对我讲……他们像是在讲，这世界不是你们年轻人的，可也不见得就是他们大人的，你看呀，是我们的……由命不由人！命里注定香草妹妹小时候跟我好，命里注定香草妹妹大了就得跟我分手……"这段长长的心理独白展现了他的愤恨、痛苦与命运的残酷感，从《贩马记》那里残留的悲剧气息总是与颓废荒凉的关帝庙联系。香草说"我有一天会死的"，"等不到那一天"。"我死了就好了！"田喜儿说："活着……活着……活着总有出头的一天……"田喜儿时而乐观地憧憬，外面世界的变化能改变自己所处的压抑现实。有学者已经发现《青春》

是一部频繁使用"未来"意象的作品。[1]"赶明儿"指向一个未知的未来,他等待外面的社会变革能改变自己现时的劣势状况,而田寡妇怪儿子老说"赶明儿"而没有实际行动。这个充满未知的未来,不但没有给作品增加亮色,反而加强了现实的压抑感,变成了个人在绝境中艰难维持的最后一点希望信念。

《青春》保留了《贩马记》里有象征意味的乡村特色意象,例如敲梆子的更夫和嬉闹的孩童们,构成了"中国性"美学的重要组成部分。酗酒、怕鬼的敲更人"红鼻子",总是在半夜唱着鄙俗的小调,像鬼魅一样在黑暗中出现。他给村里的小孩编唱即兴的歌谣,讲长毛的故事,给剧本增加了梦境一样的气氛,强化了文本中传统和习俗的遗留的气息。这个善良的底层人,看到香草的悲剧时偷偷地擦眼泪离开。他是正在凋零逝去的"乡土中国"中亲切地讲故事的人。李健吾把讲故事也看成一种具有民族特性的喜好:"没有一个民族不喜欢故事,尤其是中华民族。从很久以来,说故事和听故

---

[1] 张健:《幽默行旅与讽刺之门——中国现代喜剧研究》,中国人民大学出版社1997年版,第359页。

事已经成为我们一种特殊的喜好。"[1]这些人物在剧中并不是推动故事发展的情节要素,而是用以再现/寻求一种"乡土中国"的传统文化气息。李健吾认为好的文学艺术应该追求"故事情节"之外的"血肉",否则就变成了"文明戏"。[2]而这出戏中的"血肉"部分是现代社会中已流逝的乡土气息,一个令人缅怀的过去。与其说《青春》是一出"五四"式的反抗旧礼法的人文主义喜剧,不如说成是一场对"传统"的追溯怀旧表演,题目"青春"意味着生命的欲与力、同时也是令人感伤的一场梦。

基于这些乡土想象和情感形式的复杂性,《青春》就远不止是一个抵抗外敌的隐喻。《青春》里有反抗主题,但里面的笑声却无法直接透明地与政治现实一一对应。田寡妇未必象征了战时的国民党,而田喜儿也未必象征着沦陷被困的上海和忠诚爱国的中国人,和谐的田园结局也并非在暗示广阔大

---

[1] 李健吾:《文明戏》,载《李健吾戏剧评论选》,中国戏剧出版社1982年版,第20页。
[2] 李健吾:《文明戏》,载《李健吾戏剧评论选》,中国戏剧出版社1982年版,第20页。

后方的民族抵抗。[①] 李健吾未曾跟上"在更为广阔时空中反映生活"的抗战文艺趋势。他寻笑声于乡土中国，因为孤岛时期石华父的《职业妇女》和李健吾战前那些莫里哀式的道德喜剧的客厅笑声已经无法想象性地解决贫困、恐怖现实困境和精神焦虑。从未完成的悲剧《草莽》到舞台上的喜剧《青春》，李健吾都在留恋/重构一种"中国的"特质，一种在现实中丧失的、他孜孜渴望的野性之"力"。与其说这是一个关于民族抵抗的隐喻，不如说是在沦陷现实中交杂着绝望、压抑、无力等复杂情感的宣泄和幻想，把无法释放的悲苦和愤恨化为非理性的"力"，最后以境抒情的田园和睦乐章，是乱世中最让人心酸的文化想象和文学美学的回应。

《青春》中的笑声，既是沦陷上海喜剧风潮中城市大众所期待的生动泼辣的舞台笑声，也是李健吾所追求的"中国性"笑声。它的舞台喜剧性明显有大众娱乐的考虑，也有政治文

[①] 把《青春》阐释为一出政治戏剧的观点，参见〔美〕傅葆石著，张霖译：《灰色上海，1937—1945：中国文人的隐退、反抗与合作》，生活·读书·新知三联书店2012年版，第130—132页；及John Benjamin Weinstein, "Directing Laughter, Modes of Chinese Comedy, 1907-1997," Ph.D. Diss., Columbia University, 2002, p.160。

化隐喻和情感宣泄。舞台笑声把这种"中国性"展现为一种文化自我更新的力量和野性生命力的特质,寄托了在沉沦、衰败和压抑的现实中作家对力和欲的渴求。在这出融合了浪漫主义抒情、象征主义悲剧性气氛和舞台喜剧性的充满张力的喜剧中,李健吾实现了以舶来的文学形式来书写"本土"、书写"中国"的文学梦想。对李健吾来说,这是他所追求的"诗的真实",是文学想象世界里"精神的完成"。

第三节　客厅笑话与城市风俗:杨绛的喜剧

杨绛 1938 年归国,到上海看望租界里避难的老父,接受了一个私立女中校长的工作,在内地教书的钱锺书辗转到上海探亲,太平洋战争爆发,两人一起沦陷在上海。上海沦陷后私立女中停办,杨绛失业,还一度做过家庭教师。为她在饥饿时期谋得稻粱的是两出喜剧,《称心如意》和《弄真成假》,后来被誉为中国现代文学史里的"喜剧双璧"。贫困艰苦的战争经验在这两出喜剧中没有任何痕迹。杨绛喜欢拿城市生活中的各色人物开玩笑,但并不像徐卓呆那样戏仿城市生活的困苦和战争细节,她用的是简·奥斯汀的方式,远离战争，聚焦在城市家庭生活、恋爱、结婚、择偶、财富等话题，以可笑之人、可笑之事和皆大欢喜的喜宴结局来娱乐沦陷时期的城市大众。

杨绛谦称自己是一个话剧的学徒。她在牛津时读过大量的欧洲喜剧，从莫里哀到现代剧作家巴雷的喜剧，不喜欢萧伯纳。[①] 前文提到杨绛的喜剧创作得到一个"喜剧文化圈"的支持，几个钟情于喜剧的学者作家为她的喜剧提供了帮助。《称心如意》于1943年搬上舞台，黄佐临导演，李健吾亲自扮演了古怪的老人家徐郎斋一角。1943年10月第二部喜剧《弄真成假》由同茂剧团演出。李健吾称赞道："假如中国有喜剧，真正的风俗喜剧，从现代中国生活提炼出来的地道喜剧，我不想夸张地说，但是我坚持地说，在现代中国文学里面，《弄真成假》将是第二道里程碑。"[②] 在他看来，第一道里程碑是丁西林的喜剧。这段著名的广被引用的评语，颇能说明李健吾所在的这个喜剧小圈子的自觉意识："喜剧"这种戏剧形式本身包

---

① 吴学昭：《听杨绛讲往事》，生活·读书·新知三联书店2008年版，第107页。
② 转引自孟度：《关于杨绛的话》，《杂志》1945年第15卷第2期，第111页。

含了一个文学现代性的问题：如何用西方喜剧形式重新创造出再现本土现代生活和笑声情感的书写形式。在李健吾看来，杨绛的喜剧真正体现了这种文学的现代性。

"风俗喜剧"（comedy of manners）是欧洲喜剧的一种类型。18世纪欧洲的风俗喜剧和贵族、上层阶级的观众有关，与中产阶级的公众相对，因为中产阶级会更倾向于道德感伤的和教化而不是像上层阶级那样关注礼貌风尚（manners）。[①]这个喜剧类型的代表是康格里夫《如此世道》。在欧洲"风俗喜剧"中，机智的人冷静自信超然、伶牙俐齿，被嘲笑的人笨拙迟钝、说话粗鲁率直，"机智就是规则，制订标准，人们被这些标准评判，要么是称不上机智，或者是完全处在这系统之外。观众认同这些代表着一套固定的态度和风俗的机智。风俗喜剧的公式因此非常简单：所有冒犯社会规范和期望的东西都会遭到嘲笑"[②]。已有批评家发现，杨绛所写的"风俗喜剧"跟欧洲的风俗喜剧不是同一回事。艾米·杜林认为杨绛

---

① Maurice Charney, *Comedy High and Low: An Introduction to the Experience of Comedy*, New York: Oxford University Press, 1978, pp. 121-126.

② Maurice Charney, *Comedy High and Low: An Introduction to the Experience of Comedy*, New York: Oxford University Press, 1978, pp. 121-126.

借鉴的是欧洲已政治化了的风俗喜剧,并以此为基础创造了一种"女性主义的风俗喜剧"①。吴文思也认为,正如五四时期王尔德的中国崇拜者误读王尔德一样,中国文学批评家也是以同样的方式误读了杨绛,因为杨绛跟王尔德一样,都是"风俗喜剧"的戏仿者而从没创造过一部"真正的风俗喜剧",她的喜剧其实接近对风俗的"讽刺"。②

杨绛对欧洲"风俗喜剧"的借鉴与再创造,包含了两个层面和特征。首先,从语言层面看,杨绛的喜剧继承了欧洲风俗喜剧中机智的语言表演的特征,剧本中伶牙俐齿的人们或机锋相对,或卖弄妙言妙语,或卖弄世故或高明的观点以自傲。其次,从叙述和观察立场看,她的两出喜剧是欧洲"风俗喜剧"文类特征的复杂化甚至是反转:《称心如意》不是机智幽默的上层社会嘲笑笨拙的人,而是以都市上层社会的一个闯入者为视角,嘲讽性地描绘上海上层社会家庭里令人发噱的老爷太太和少爷小姐的生活和观念,展现

---

① Amy Dooling, *Women's Literary Feminism in Twentieth-Century China*, Hampshire: Palgrave Macmillan, 2005, p.146.
② John Benjamin Weinstein, "Directing Laughter, Modes of Chinese Comedy 1907-1997," Ph.D. Diss., Columbia University, 2002, p.128.

其内部的矛盾和冲突;《弄真成假》写两个处于社会上层阶级边缘的年轻人试图以婚姻跻入其中,展露上海的富裕阶层的家庭内部空间,同时也对照性地展现了底层社会的"世态"欲望,而这种"世态"显然不是毫无问题意识的镜子般实录,而是来自作家所特意选定着眼的社会阶层的某种令人发笑的特质。

杨绛的喜剧和石华父的《职业妇女》一样,都是城市客厅喜剧。她把城市家庭看成一个充满各种笑话的空间,而这些笑话体现了社会阶层和文化观念之间冲突。《称心如意》开幕时出现的第一个戏剧冲突,是衣装朴素的李君玉和她的男朋友陈彬如被势利的仆人挡在门外。这个北平女孩出场时带着她爸爸的几幅遗作,裸体女郎的西洋油画。这些西洋画一进入上海的客厅便被仆人当成垃圾踢到一边。这场冲突不仅预示了女主人公作为上海上流社会的一个"闯入者"即将引起风波,还隐喻性地把客厅变成了文化的、社会阶层冲突的空间。

北平画家所画的西洋裸画暗示北平是一个有先锋文化艺术观念的地区。第一幕君玉和亲戚们的对话中暗示了她成长于一个开明自由的环境,她的聪慧和灵活与艺术家父亲的

"现代"、自由教育的信念有关：她不穿孝，她的父亲"从来不管那一套"，而赵祖荫夫妇则表示以后要对她的交朋友问题"管一管"。裸体油画被银行经理赵祖荫嘲笑"不三不四"，而且进入不了市场："你爹就是喜欢画这种东西，所以卖不出钱。"君玉为她父亲辩护，画画不是为了钱。在讲究实用价值的资本主义城市，来自北平的真正的前卫艺术不受欢迎，没有一个客厅能容纳得下，仆人们甚至说这些画的价值还不如配它的木框，木框等到"木柴涨价"时还能值一点钱。跟她艺术家父亲的倒霉画一样，李君玉如同一个皮球被上层社会的几个家庭踢来踢去，本来是投亲，实际上却成了"职业妇女"、一个资本主义社会的劳动力。她因为会英语、会打字，被几个舅母当成女秘书、家庭教师、女打字员、保姆使用，要挤电车、被雇主刁难。表哥景荪叫君玉不要受委屈，辞掉大舅的秘书工作时，君玉说"真是享福少爷的话"，"有职业总比没有职业好"。故事结局也别有深意，女主角以及伴随着她的西洋画，最终得到一个传统权威家长的赏识，在一个中国传统的客厅里而得以安身，这个脾气古怪的权威人物"喜欢看书"、"不知道整天的研究什么学问"。

借鉴史书美对20世纪30年代京派文化"新传统主义"

的分析，我们能更好地理解《称心如意》这个结局的含义。拥抱文化世界主义同时又回归"传统"的京派文化，在反对"五四"的西方主义的同时，也反对着"海派"的商业气息，"与海派代表着两种中国现代性的想象方式"。①假如这些先锋派的西洋画是30年代的京派文化话语在抗战时期上海的残余物和闯入者，它与上海都市文化构成了一种批判性的观察关系。

这个京—海文化话语差异的隐喻在剧本中被安排得很隐晦，以致批评家们容易忽略这几幅西洋画的象征意义，也忽略来自30年代北平文化圈子、40年代围困在沦陷后的上海的杨绛作为一个外来者的观察者的位置。不像左派话剧家那样，以道德批判的方式把城市讽刺为一个拜金的堕落的世界而最终发出民族救亡的呼声，剧中对城市处于观察位置的叙述者，把都市文化想象中的人物形象和文化议题重新讲述成一个个笑话。城市生活中常见的"现代"人物形象，包括西化的知识分子、上海富商、职业妇女、中产阶级的太太、浪漫的大

---

① 〔美〕史书美著，何恬译：《现代的诱惑：书写半殖民地中国的现代主义（1917—1937）》，江苏人民出版社2007年版，第199页。

学生、救国救民的新女性，全都是被嘲笑的角色，而且是喜剧中常用的类型角色，例如伪君子、骗子、自吹自擂者、乡巴佬、书呆子、傻瓜。与此同时，熟悉的文学人物形象、主题和情节模式被杨绛创新地"反转"。艾米·杜林从社会性别话语的角度分析这两出喜剧中的"谐仿"（mimicry）的文本策略，创造"发笑的女性"[①]，嘲笑父权权威；吴文思则考察这两出喜剧对丁西林喜剧中的"五四"一代男性知识分子的戏仿。事实上，这两出喜剧对这些浪漫爱情、财富、个人奋斗等常见的文学主题和人物形象的重写，跨越了不同的性别、社会阶层、年龄代际，不仅嘲笑父权权威，也嘲笑女性自己；嘲笑上层社会的虚荣矫饰，也嘲笑底层的愚蠢；戏仿"五四"父辈权威，也嘲笑了新生代的城市迷梦；知识分子的酸腐学究和小市民的村俗粗鄙同样是嘲笑的对象。

《称心如意》女主人公李君玉的出场像《红楼梦》里林黛玉进贾府：一个母亲早丧、父亲刚殁的孤女，到上海的舅舅家投亲。这些亲戚嫌贫爱富，久失联系。大舅母荫夫人写信

[①] Amy Dooling, *Women's Literary Feminism in Twentieth-Century China*, Hampshire: Palgrave Macmillan, 2005, p.147.

把李君玉招到上海,表面为的是要照顾亲戚孤女,其实是因为大舅父银行经理赵祖荫喜欢年轻妖冶的女秘书,企图让李君玉挤走女秘书,赵祖荫不甘就范,又敌不过夫人的口蜜腹剑。荫夫人嫌君玉太聪明,"说话软里带硬",还有个底层社会的"不像样"的男朋友,赶她到二舅舅赵祖贻家里做家庭老师,顺便帮外交家二舅打字。君玉到了二舅家被大学生表哥赵景荪追求,而他和表妹钱令娴早有婚约,家长们见闹出了三角恋爱事件,又慌忙把君玉赶到四舅赵祖懋家。懋夫人平时忙着做慈善救国救民,妯娌们以她没孩子为由塞来一个君玉,她深感不忿,赌气要抱养一个婴儿,赵祖懋惧妻,为打消她抱养小孩的念头,和君玉捏造他在外头有情妇生了儿子的事件,懋夫人信以为真,把君玉视为丈夫外遇的帮凶,把她赶到富有而脾气古怪的舅公徐朗斋家中,老人家却喜欢君玉,认她做遗产继承人。荫夫人一直觊觎老人家的家产,设计让君玉的男朋友来上门找她,企图激怒厌恶自由恋爱的老人家,没想到男友陈彬如恰好是老人家故友的孙子。恶人的诡计被识穿,观众同情和喜爱的女主人公被一个个阴谋推着走,最后得到"一跤摔到天上去"的美满结局。

《称心如意》中出现新旧不同类型的城市中产阶级太太,

从"享福的少奶奶"到谋取"女性解放"的事业女性，传统的中国太太，如荫夫人，表面上最保守、最顺从丈夫，其实忙着计算如何谋取财产和保卫自己的家庭地位；整天忙着"救济、捐钱、演讲、慈善"的四舅母懋夫人，是对石华父《职业女性》女主人公这类崇高女性形象的戏仿，正面的、"进步"的城市"新女性"在家里却是一个糊涂而自私的妻子，她教育丈夫的大道理"牺牲自己，谋取最大多数人的最大福利"，革命话语里对"小资产阶级"的自私自利的批评，却是她拿来作为剥夺丈夫财产的理由。丈夫捏造出一封情妇的情书时，她立即臆想出情妇的模样和她的兄弟，变成了一个时刻看守丈夫的偏执狂。

在《称心如意》中，叙述者借助聪慧的、性情愉快的李君玉来展开观察，借助她的笑对各式人物进行评判，而且观众也容易认同这个角色。艾米·杜林把李君玉和张燕华看作女斗士，用笑声反击、颠覆或者是抗拒他们的压迫者，认为第二幕君玉的笑甚至"掺杂了绝望和愤怒"。如果全面考察剧本，我们会发现君玉的笑声不仅仅是武器，"用笑声来抵抗、与女性的压迫者斗争"，表达"对其所在的社会不公和社会边缘的愤怒"。[①]李君玉这个人物角色并不苦大仇深,对自己遭遇的世态炎凉、目睹的荒谬可笑的事保持灵活态度:笑,沉默,或狡黠地反问。她并没有把自己放在"被压迫"的地位上,她并没有陷入强化压迫/反抗二元对立的思维方式中。杨绛对奥斯汀小说里的"笑"的评论更适合形容君玉这个形象:"看到世人的愚谬、世事的参差,不是感慨悲愤而哭,却是了解、容忍而笑。"[②]李君玉笑的对象很广泛,她的笑声有时也很暧昧。她笑大舅母挑剔丈夫的秘书时的种种无理借口,她笑自己身上被电车熏的烟味,笑二舅父动辄嘲笑"中国人脾气"的习惯,笑他要用英文写游记,让别人翻译一本文言文和白话的虚荣心;她嘲笑表哥景荪的自作多情和自以为是,笑"妻管严"的赵祖懋反抗妻子时捏造出的坏点子,当她参与他凭空捏造情妇的骗局时,她简直无法忍住笑。她的笑是她对周围种种怪异的、荒诞的事件的下意识的反映——她甚至没意识到自己在笑,但是她的笑却能让那些不自知的权威人物

---

① Amy Dooling, *Women's Literary Feminism in Twentieth-Century China*, Hampshire: Palgrave Macmillan, 2005, p. 147.
② 杨绛:《有什么好?——读奥斯汀的〈傲慢与偏见〉》,载《杨绛文集》第4卷,人民文学出版社2004年版,第336页。

感到不安：

>赵祖诒　你英文还成①吧？
>
>李君玉　不成吧？
>
>赵祖诒　不要假客气——这就是中国人脾气。
>
>李君玉　我不是客气——我——我不知道二舅怎样才算"成"。
>
>赵祖诒　这话倒也对！你先得问问明白，你的回答才能正确。
>
>（李笑）
>
>赵祖诒　哎，这不是说笑话啊，笑什么？
>
>李君玉　我没笑。②

生活西化的赵祖诒喜欢就日常生活的细节发表他对"中国人脾气"的见解，夫人给孩子们切面包，他要拿秤约一约，

---

① 后来的修改版为"行"。参见《杨绛作品集》第三卷，中国社会科学出版社1993年版。本书所用引文为《称心如意》世界书局1947年版，"成"比"行"要更为口语化。

② 杨绛：《称心如意》，世界书局1947年版，第36—37页。

嘲笑"中国人脾气"是做事"不够精确",喜欢说"差不多"。君玉诚实地说自己只会胡乱打字时,他批评"中国人喜欢假客气",发现她真的是胡乱打时,就批评她"中国人就是不讲究方法"。叙述者不仅揭示这个外交家的西方主义,还暗示了晚清以来在知识分子中流行的"国民性批判"成了一套用来满足个人虚荣心和优越感、被熟练操作的具有等级优越感的语言。君玉实实在在的辩解,让他不得不承认君玉说的是事实,说明了他的"国民性批判"全没批判到点子上,只是一套显示知识分子优越感的言辞。面对他的批评,李君玉下意识地笑了,而她的笑僭越了这种等级关系,因为发笑的主体总处于嘲笑的对象的优越位置。

《弄真成假》是以一对旗鼓相当的男女骗子为主角的四角恋爱故事:出身于蓬门小户的小职员周大璋追求富商张祥甫的女儿张婉如,吹嘘自己是官宦子弟,交游权贵,深得张太太欢心,张祥甫却以一个商人的阅历和做"稳当买卖"的原则怀疑他的大来头,打算把婉如嫁给自己侄子冯光祖、一个书呆子、穷教授,而冯光祖喜欢的是婉如的堂姐、在张家寄人篱下的小店员燕华,燕华心比天高,谋划嫁给看起来又阔又漂亮的周大璋,设计骗局和周私奔,两个试图反抗命运、向上爬的骗子,有"改造环境的艺术"和"征服命运的精神",结果是发现对方一个没嫁妆一个没家业,费尽苦心换来一场空。

《弄真成假》女主人公燕华的"笑"更多的是冷笑。她是一个辛苦独立谋生的城市职业女性,在叔父家被当成女佣供人使唤,跟《倾城之恋》里的白流苏一样,处于劣势社会边缘的位置,试图以婚姻"夺取"财富和社会地位。一个是现代职业妇女,一个是旧中国大家庭的小姐,却同样熟悉父权社会中婚姻作为交换的逻辑。白流苏是旧中国家庭制度的受害者,承受哥嫂们的冷眼,而燕华完全没有传统的负担,父亲续弦后对她撒手不管,她是有谋生能力的城市新女性,甚至是一个挑战婚姻传统的个人主义者,她说:"我就不需要结婚。我看中了一个男人呀,跟他就跑。"她认为命运亏待自己,相信通过个人的努力可以战胜命运。她看中周大璋,一来因为周大璋看起来有钱又漂亮,二来也出自于对堂妹婉如的妒忌,她决意要把周大璋从堂妹手上夺取过来,拒绝了多年来照顾和怜惜她的书呆子冯光祖的求婚。她清醒地认识自己的欲望:"我管不住自己。我但愿我能爱你,我不能。我不愿意爱他,我也不能。"当冯光祖提醒她不应该破坏别人的婚姻时,她质疑理所当然的"应该"道德,反问:"为什么不应该？应该婉如是娇娇的小姐！应该我是辛苦劳碌的工人！"婉如因为家境好而轻易得到一切被称赞的"美德",而她自己"为了几个小钱,得把自己的生命分割了一片片出卖"。于是她充满了愤懑:"应该！应该！地狱里的火,都在我心里烧呢！"她决心反抗命运,但她遇上的是另一个企图以结婚跻身于上层社会的骗子,她的怨恨妒忌、奋斗野心、精心设计的骗局也成了一个笑话。杨绛后来反省"自己对剧中女主角太同情,喜剧就变得有点像悲剧了"[①],做出了修改,减少了她令人同情的愤怒而确保她是被嘲笑的喜剧角色[②]。

在采用大众娱乐喜闻乐见的"三角恋"和"四角恋"的情节里,这两出喜剧都重写了种种老套的浪漫故事模式:"五四"以来流行的反抗父母的"自由恋爱"、"才子佳人"式的浪漫想象,以及好莱坞电影式的调情和私奔。《称心如意》

[①] 参见吴学昭:《听杨绛谈往事》,生活·读书·新知三联书店2008年版,第196页。

[②] 《杨绛作品集》第三卷(中国社会科学出版社1993年版)中的《弄真成假》删掉了世界书局1945年版里张燕华对命运不公的愤懑:"天也像后娘似的带我,费尽心机,到头来总是一场空。"本书所用引文为世界书局1945年版。

中，之前热烈追求表妹令娴的赵景苏转向追求李君玉,并声称自己找到了"真爱",把自己想象为一个拯救穷苦女孩的英雄,向君玉求婚时被她嘲笑。当他发现君玉并不是可怜的等待布施的女孩时,他立刻发怒,说自己纯粹是可怜她。陈彬如以为李君玉跟赵景苏订婚,恭喜她的时候,君玉说:"我跟谁?是刚才出去的那位又漂亮又阔气的表哥吗?哎,原来你也看中他!何况我这么个孤苦伶仃的穷女孩儿!"她嘲笑了"漂亮阔气"的公子哥布施和拯救"孤苦伶仃的穷女孩儿"的浪漫故事,而这是以张恨水《金粉世家》《啼笑因缘》等为代表的流行文学里常见的故事模式。在《弄真成假》中,第一幕写婉如和周大璋的"自由恋爱"被家长权威反对,而后面展示的爱情骗局反过来嘲笑了这个"五四"以来流行的"反抗封建家长"的文学主题。无论是天真的怀春少女婉如,还是老谋深算的燕华,爱情观念和行为方式是都市文化里的流行模式。婉如的怀春和恋爱行为全在模仿好莱坞电影,她认为谈恋爱在父亲的干涉下躲躲闪闪才好玩儿,打算像"电影里的人那样"私奔,她要求周大璋灵活多变地谈情说爱,不许说"老一套"的情话,要不断更新他的甜言蜜语。张燕华嘲笑冯光祖学究气的求婚,抱着真诚理想的冯光祖批评她的爱情幻梦："燕华，你都是多看了电影，以为求婚一定要做出浪漫的姿态，说上些肉麻的话，实际上，一个真心诚意的人……"而燕华毫不客气地打断了他。剧本显示了城市青年的欲望及表达方式往往被流行通俗文化想象塑造，嘲弄了城市中产阶级肤浅的浪漫爱情想象。

在《弄真成假》中，父权家长、资本家张祥甫不相信年轻人的浪漫爱情幻梦，然而他表面成熟、实质浅薄而保守，他把人际关系都看成买卖的商品逻辑，他的夸夸其谈和自以为是，也显得可笑。他喜欢在家里抓住机会强有力地、论辩式地炫耀他的卓越见识和社会阅历，第一幕中他对张太太表示要包办女儿的婚姻，太太嘲笑他古板，他夸耀自己是"第一个时髦人"，他们当年的时髦是追求自由，现在新一代"时髦向后转"："现在讲什么男女平等自由，女孩子自己可不上算了。从前不过是那么讲讲，一个女人解放出来，不过是像你那样客厅里坐坐。在外边儿混饭来吃的，到底还是我们男人。"他挑女婿要做"稳当的现货先买，不做空头"，周大璋在他眼中是个"新牌子货色"，这桩买卖不稳当，还不如选稳当的老牌子、书香世家的冯光祖。张太太建议他先慢慢打听，他应用的是市场供求理论："现在这市面上，等着嫁男人的女孩子要多少，真有女婿资格的能有几个！都是拿了三块五块的本钱，做三十万五十万的空头交易呢！"他拿房地产投资来打比方，要"抱稳抢快"：

> 张祥甫：我要做个女人呀，我乐得做个老式小姐，不用我费心思交朋友，挑丈夫，现成有爹娘嫁我。嫁得不好，还能怨爹娘，叹命苦。做了个新式女孩子，连这点儿奢华都没有，丈夫不好，谁叫你瞎了眼睛。自己看中的呀。敲掉了牙，只得往肚子里咽呀！讲自由呢，我就老老实实回厨房去！谁要好丈夫的，回厨房去！厨房里出来的女人，眼睛里才看得见好丈夫。吓！看看男人们多能干！多体面！手笔大！见闻广——你们客厅里的太太才把男人看得不值三个钱，她说一句，你对十句——
>
> 张太太：唷唷唷，听听，不是你一个人在说话！偏我就该听你吩咐！①

---

① 杨绛：《弄真成假》，世界书局1945年版，第8页。

这个父亲、丈夫和商人的形象，展现了资本主义城市生活中商品交换逻辑与父权家长的结合。但张祥甫自以为是的高论对张太太没有说服力，她对他的滔滔不绝进行还击，抗议他的沙文主义，只顾着自己说话，并嘲笑他的商品交换逻辑："买卖，货色，我的女儿不是货色买卖的。"将他从优势权威位置上拉下。

《弄真成假》里真心实意对待感情的是冯光祖，但他同时也是一个被嘲笑的知识分子，剧本漫画化地夸张呈现了他脱离现实生活的学究形象。博格森关于"笑"的理论里分析了一种"职业化的滑稽"，即把职业行为特征机械地扩大到生活中，冯光祖就是把学者职业的"研究"行为扩大到他的整个世界，把日常生活中各种事情都看成研究对象，而且总是理论先于实际，他钉个扣子也要认真地理论半天，钉完才发现钉反了。他用一种分析性的、论文提纲式的方法向燕华求婚，提出问题、分析问题、解决问题，一二三四地分点的论述被燕华狠狠地嘲笑后，他气急败坏地说出男性知识分子把女性神秘化和客体化的陈词滥调："啊！女人！女人！——这是一部神秘的书……"

在《弄真成假》中，城市的底层并不比上层社会缺少笑料。剧本对照性地呈现了都市上层与底层小市民的生活空间，明显地划分了在现代城市里的文化与阶级的分层——底层社会成为中国传统文化的"残余"的集中地，保存了在变革的现代社会中被摒弃的道德传统：露骨的重男轻女、迷信和宗族观念。第二幕写周大璋的家，他跟他的母亲住在舅父开的小杂货店楼上。剧本用粗暴地打骂小孩、亲戚吵闹的场景呈现了因贫穷而衍生的盲目、营营计算和恶劣的亲戚关系。逼仄的生活环境让粗暴、鄙俗和愚蠢表现得更为赤裸裸。周母对自己宝贝儿子的才华和前途有愚蠢的自信："人人都服他的，都知道他将来大雷大闪的干大事呢！这个女婿是要家家抢的！"周大璋行骗，就是为了满足母亲对他飞黄腾达和光宗耀祖的期望。周大璋和燕华私奔后，周老太太跑到张家要人，闯入一个她完全不了解的、西化而现代的客厅中，这一幕情景就像《红楼梦》里的刘姥姥进大观园。她的村俗、粗鄙、泼辣与周大璋之前吹嘘的知书识礼的大家闺秀母亲形象形成了强烈的喜剧性对照。她希望儿子能得到一大笔嫁妆，又担心儿子被张家招赘，寻儿子无果，坐在地上大哭，哭自己养儿子而未能享福，又抄起鸡毛掸子做防身武器去搜查张公馆。剧本夸张地描写了大闹张公馆这一幕，把之前几幕里的文雅对话风格转向了喧闹的、带着肢体冲突的滑稽表演。

这两出喜剧符合喜剧史家对最伟大的喜剧"普遍性"的要求——喜剧的滑稽可笑并不是离奇古怪的人物或事件本身,"真正滑稽可笑的,乃是社会风气、风俗习惯、专门职业和区分人类的各个阶层与阶级"[①]。在杨绛的两出喜剧之前,还没有哪一出喜剧有意识地重写、戏仿现代城市文化的丰富人物形象,包括知识分子、新女性、商人;触及都市流行文化、社会性别与社会阶层的矛盾、城市生活中流行的"五四"以来的文化话语,包括自由恋爱、城市生活中的商业逻辑与财富和地位的迷梦。她的社会批评隐藏在这些栩栩如生的人物之中,正如当时一个剧评家感动地写道,在《弄真成假》中"看见了我们自己"[②]。他们身上所代表的城市各种阶层、职业、性别身份的特性,以可笑可怜的方式被呈现出来时所引发的笑声,则"使我们在这苦窘的时期得到一点心的温暖"[③]。

由于采取的是"话剧"形式,这两出喜剧以人物的对话

---

① 〔英〕阿·尼柯尔著,徐士瑚译:《西欧戏剧理论》,中国戏剧出版社1985年版,第121页。

② 孟度:《关于杨绛的话》,《杂志》1945年第15卷第2期,第110页。

③ 孟度:《关于杨绛的话》,《杂志》1945年第15卷第2期,第112页。

来推动情节发展和呈现人物个性,这种口语与早年现代文学里出现的那种知识分子的文艺化的语言或者欧化的语言截然不同,杨绛所使用的口语精彩地展现了小姐、商人、太太、杂货铺的女人、书呆子等众多人物独特的个性和中国社会文化阶层的特征,并采用了大量的具有本土的谚语、俗话和本土特色的比喻,例如"一跤摔上天去了"之类。当时就有一个剧评家称赞杨绛在新文学的传统中在语言方面的贡献:"新文学中能于语言略有所成就的,寥有可数。而向这方面致力的,亦所属不多。在《弄真成假》中如果我们能够体味到中国气派的机智和幽默,如果我们能感到中国民族的博大和幽深,那就得归功于作者采用了大量灵活、丰富、生动的中国民间语言。"[1]杨绛喜剧中甚至专门嘲弄了知识分子的语言,《弄真成假》里冯光祖简直不会说人话,他求婚时,用一段冗长的学术语言探讨"人为什么要结婚"以及他结婚的可能性时,张燕华用简短的日常语言直接说出他心里的话:"那就是说我应该嫁给你了!"

除了广被称赞的个性化的"口语风格",剧中的语言操

---

[1] 孟度:《关于杨绛的话》,《杂志》1945 年第 15 卷第 2 期,第 111 页。

作和表演还包括了用人物语言在不同的语境中的"错位"或者相互干涉来制造喜剧效果。《称心如意》第二幕中,妯娌们谈论君玉与景荪的三角恋爱绯闻,而男人们在客厅的另一边谈论作诗,太太们的对话不断被男人们那边的谈话插入,错位的应答造成怪异的效果。有时是两条独立行动的线索在特定时刻交叉,同一句话在两个不同的语境下产生了两种语义,产生了误会。例如陈彬如到二舅家找君玉,刚好遇上景荪缠着君玉,钱令娴正在吃醋发脾气,他说:"我只要跟她说一句话",钱令娴说:"她正在跟别人说那一句话呢!"陈彬如的"一句话"是泛指,而钱令娴的"一句话"却是特指爱情表白,他问:"你也是客人?"她说:"我不过是客人。"暗示她未来的女主人身份已经被君玉替代,导致陈彬如怀疑君玉已经变心。剧本展现了语言是如何被具体的语境改变意义,而观众由于处于旁观全局的位置而得以幸灾乐祸地观赏他们的误会,看他们如何由于语境的错位导致尴尬的处境。

如果进一步考察,而不是仅仅停留在"人物语言"模仿层面的层次上,我们能看到,杨绛喜剧中"语言"本身成为讲述的对象。《称心如意》也可以说是一出"关于谈话"的话剧。如果整个故事是一个大笑话,里面还有笑话中的笑话。

人物之间互相也开玩笑，例如赵祖贻被称"贻老"，他自称"遗老"这一类的双关语游戏。荫夫人的"口蜜"与"腹剑"就是一场以美丽语言掩盖真实的自私意图的表演。第一幕在赵祖荫家中所展示的情节中就包括荫夫人发现君玉的"舌头"不好对付："君玉，说得多有意思！""这孩子！说话挺干脆！""说得真好玩儿！"她因为不喜欢这君玉的"舌头"而赶走她："看看那脾气，听听那条舌头！"她引导丈夫说出"这孩子说话没分寸"。而夫妻俩为了女秘书吵架，赵祖荫说："越说越不像话了！""胡扯！"二舅母说话直率刻薄，经常被妯娌们嘲笑："你这嘴！""二嫂真胡说！"她自己嘲笑自己："该死，又说错话了。"妯娌之间互相推诿不肯去打电话时，说"大嫂说话最委婉了，你知道我不会说话"。

杨绛在剧中展现客厅空间里的种种语言与文化权力等级的关系，并且将之作为城市生活中"文化玩笑"的材料。外交家赵祖贻要用英文写出国游记，因为"写了文言，人家笑我古董；写了白话，人家说我旧学没有根底"。君玉按照他的虚荣逻辑，替他想出一个他自己也没意识到的赢得声誉的好办法："让人家来翻译，翻一部文言的，一部白话的。"他大呼："对！你这话说得最——最——最正确了。"君玉的表哥和陈彬如情敌相遇，双方立即转用一套中国传统社交礼仪里文言表述的方式，彬如问君玉："这位就是令表兄？"君玉还没来得及嘲笑他，景荪就把君玉称为"舍表妹"，彬如说"家母"不放心君玉，景荪叫他"回报令堂，尽管放心，谢谢记挂"，客气地划分了主客的礼貌距离，表面留客，实际赶客，气走了陈彬如。在第三幕里，赵祖懋捏造出一个情妇"兰贞"向妻子示威，要君玉虚构一封情妇索要私生子抚养费的"情书"，君玉首先考虑的是用文言还是用白话，最后拟出一封半通不通、半文半白的信，结果懋夫人深信不疑立即臆想出一个工厂女工的形象。

李健吾曾评论："杨绛不是那种飞扬躁厉的作家，正相反，她有缄默的智慧。""她的嘴角永远透出一丝会心的微笑，让你明了她的谦虚，然而健康的心灵会还生命一个真实。"[①]而"会心的微笑"则把杨绛喜剧归到"幽默"的文学传统中。"会心的微笑"，通常被认为是林语堂倡导的"幽默"的特质，既不同于"低级"的、"让人傻笑"的"滑稽"，也不同于

---

① 李健吾：《咀华记余——无题》，载陈子善编：《熊佛西·余上沅·顾仲彝·李健吾卷》（《海上文学百家文库》第60卷），上海文艺出版社2010年版。原载上海《文汇报·世纪风》1945年9月12日。

"冷嘲"、凌厉地显露批判意图的"讽刺"。[1]"会心的微笑"也常被用来形容丁西林的喜剧风格,是"理智的喜剧",与之相反的是"感性的"令人"哄堂捧腹"[2]的闹剧。

事实上,这两出喜剧多重喜剧成分的混杂,有讽刺,有幽默,有反讽,也有大量滑稽化的闹剧情景。值得探讨的是,这种"缄默"来自叙述者的"隐身",她的"会心的微笑"不仅仅是对文雅机智的语言风格的继承,借用埃科对"幽默"的论述,能帮助我们进一步理解杨绛这种"会心的微笑"的文化特质。

埃科对巴赫金所说的"拉伯雷的笑声"的颠覆和解放功能表示怀疑,他认为狂欢节的笑声只能作为一种被允许的僭越而存在,不是真正的僭越,相反,"它们证明了律法的牢固"(所以中世纪的狂欢节只能一年一次)。幽默的微笑跟拉伯雷小说里狂欢节嘲笑权威的笑声不一样,它依然有一种优越感,但带着同情和温柔:"在幽默中,我们微笑是因为人物与规则的矛盾,人物无法遵守规则。但我们不再能确定是这

---

[1] 林语堂:《论幽默》,载《幽默讽颂集》,香港世界图书公司1976年版,第69页。
[2] 丁西林:《孟丽君·前言》,载孙庆升编:《丁西林研究资料》,中国戏剧出版社1986年版,第68页。

个人物错了，也有可能是这个规则错了。"而幽默不寻求一种不可能的自由，幽默不许诺解放，反而警告我们全面解放的不可能，提醒我们那些再没有理由去遵守的律法的存在。但它是"真正的自由运动"①。在埃科看来，幽默表现为一种社会批评，因为"幽默如果不是元语言学的，那总是元符号学的：通过口头语言或其他符号系统，它对其他文化符号表示怀疑。如果真有僭越的可能性，是在幽默而非喜剧中"②。他以伍迪·艾伦和意大利作家曼佐尼的幽默为例，伍迪·艾伦的电影同时展开多种声音，难以区别，然而让它们都被听到；曼佐尼则与他主人公的道德文化世界及其行为保持疏离。以这些方式，"幽默就不会像诙谐那样成为它自己默认的规则的受害者，而是再现对它的批评，这种批评是有意识的、显著的，幽默总是元符号式的和元文本式的"③。

---

① Umberto Eco, "The Frames of Comic 'Freedom'," in *Carnival!*, ed. Thomas A. Sebeok, Berlin: Mouton Publishers, 1984, pp. 4-8.

② Umberto Eco, "The Frames of Comic 'Freedom'," in *Carnival!*, ed. Thomas A. Sebeok, Berlin: Mouton Publishers, 1984, p. 8.

③ Umberto Eco, "The Comic and the Rule," in *Travels in Hyper Reality: Essays*, translated from the Italian by William Weaver, San Diego: Harcourt Brace Jovanovich, 1986, p. 277.

简而言之，埃科认为狂欢笑声的"僭越"和颠覆预设了二元对立，巩固了权威地位而没有改变压迫的律法，但幽默有"元符号性"和"元语言学"的特性，以多种声音的共存和意义的不确定性来挑战语言符号与意义之间的固定关系，批评律法本身。杨绛"会心的微笑"的喜剧同样具有这样的特质，正如前文所展示的，她的喜剧探索了语言和意义、文化现实的关系。造成杨绛喜剧独特风格的，叙述者的"缄默"是一个关键的要素，剧本中展现了各种道德观点的互相冲突，而这些冲突是以语言表演的方式呈现出来的，在文本中凸显出对语言符号性的意识。"当一个社会变得对自身的观点、符号，或者礼仪具有自我意识的时候，风俗喜剧就可能变成一类名为'观念喜剧'的哲学发动机。"[①] 杨绛的确来自这样一个现代社会，她有意识地观察种种城市文化话语、城市文化符号，探讨它们的构成和表现，一方面在文本中凸显语言作为意义符号的意识，另一方面把不同的性别、社会阶层、文化之间的观念冲突变成机智的对话和语言的表演。不同立场的人物发出不同的声音，有

---

① Wylie Sypher, "The Meaning of Comedy," in *Comedy: Meaning and Form*, New York: Harper & Row, 1981, p.29.

时又是互相嘲笑,这往往造成戏剧道德立场的暧昧。

剧中许多喜剧场景是男女之间机智风趣的斗嘴场景,例如赵祖荫夫妇为了女秘书的争吵、三角恋爱中的赵景荪和钱令娴的争吵,张祥甫夫妇的辩论。正如傅雷在一篇批评话剧"通俗化"的文章里提到的,《称心如意》惹城市观众们发笑是"阔亲戚们的叽叽喳喳"。[1] 正如喜剧学者张健所说,《称心如意》中"作家一直小心翼翼地避免让她们滑向邪恶的领域"[2],显示出人们的可笑缺点却又同时显示其行为的合理性。在《称心如意》中,容易让观众认同的李君玉比较接近叙述者,她的笑声常常使得处于社会优势地位的权威人物不安,表露叙述者的社会文化批判立场,但与此同时,剧本中男女们的风趣对话和碰撞却使他们得以保持自己的发笑者的主体地位。在《弄真成假》里,叙述者作为中产阶级的道德和文化世界的评判者,与每一个角色的声音都保持疏离,但又让他们各自有合理性的立场和观点得以表达。例如虽然张祥甫

---

[1] 傅雷:《读剧随感》,载《傅雷文集》第17卷,辽宁教育出版社2002年版,第152页。原载《万象》1943年第3年第4期。
[2] 张健:《幽默行旅与讽刺之门——中国现代喜剧研究》,中国人民大学出版社1997年版,第141页。

以商品交换逻辑处理女儿婚姻被妻子嘲笑,但他对周大璋的怀疑却被证明是正确的,他视女性自由解放运动为"时髦"固然肤浅,但他嘲笑女性解放出来也不过是"在客厅做做太太",却是"五四"之后成长起来的许多中产阶级女性面临的社会性别现实;剧本对周母的描绘突出了其愚昧滑稽,但又呈现了她对儿子的拳拳爱意。燕华和周大璋这对骗子再现了城市中产阶级对财富和社会地位的痴迷,剧本呈现了他们的自欺欺人和狂妄野心,却又让他们作为社会边缘的人物和命运不公的受害者发出声音,周大璋在张家的豪华客厅里是一个自吹自擂者的骗子,在他母亲的窄小杂乱的家里却是一个用飞黄腾达的愿景竭力哄母亲高兴的孝子,在结尾,周大璋安抚他的新婚妻子的话充满了一个失败者对这个世界的反讽:

> 你说这是吹,这是骗,随你说。这是处事的艺术,这是内心战胜外界的唯一方法!精神克制物质的唯一方法!这世界不就变成了咱们的世界了么?不都称了咱们的心么![1]

---

[1] 杨绛:《弄真成假》,世界书局1945年版,第118页。

叙述者观察并呈现他们的欲望与情感与他们所处的城市道德文化规则之间的冲突，已不是立场鲜明的道德讽刺，而是埃科所说的"我们不再能确定是这个人物错了，也有可能是这个规则错了"。杨绛对城市中产阶级社会性别和阶层文化现实的戏弄，并没有颠覆性的反抗性的战斗姿态，而是灵活地、疏远地保持了笑声的暧昧，让剧中众生都参与语言和观点的表演，让现实世界明显的或潜在的欲望规则都呈现出来。杨绛对奥斯汀的描述也适合她自己："她的笑不是针砭，不是鞭挞，也不是含泪同情，而是乖觉的领悟，有时竟是和读者相视目逆，会心微笑。"[1] 石华父客厅里代表美好人性的笑声是战斗的武器，李健吾来自传统中国的笑声有野性的力量和梦的自由，而杨绛的方式是通过再创造欧洲"风俗喜剧"的形式，以一个外来观察者的身份把现代中国资本主义城市里的文化"风俗"、现实文化规则说成一个个笑话来引起"老百姓的几声笑"，借以超越苦闷压抑的沦陷现实。

---

[1] 杨绛：《有什么好？——读奥斯汀的〈傲慢与偏见〉》，载《杨绛文集》第4卷，人民文学出版社2004年版，第333页。

结语·余声

在这本书里，20世纪40年代的"上海"，是一个在战争"惘惘的威胁"中的乱世，一个布满历史创伤的历史时空。乱世中的笑声在政治高压中开创了一个娱乐、文化抵抗和城市文化认同的空间，在这个空间里，各种意识形态和不同的美学话语激烈地竞争。笑声作为一种情感模式，同时也是一种文化实践，游移在文学的"高"与"低"之间、文化精英和城市大众之间、作家个人的文学美学追求和文化消费的商业逻辑之间、民族救亡话语和战时政治审查历史语境之间，承担了多重的文化功能：笑声建构起一种城市文化认同，城市观众成了一个共同发笑的群体；笑声既是外敌占领时民族文化反抗的武器，也是拒绝文学里"血与泪"的情感模式的自娱自乐的姿态；在再现鲜活的城市经验时笑声还具有社会性别和阶级现实的文化批评的力量。

战争时期的喜剧文学想象继承了这座城市多元复杂的喜

剧传统，包括本土叙事和表演传统里的"滑稽"、"新文学"里的道德讽刺、欧洲的古典喜剧、美国好莱坞打闹电影，神经喜剧甚至是百老汇的歌舞剧。日本占领期间对英美文化的打压并没有消灭这座都市几十年新旧驳杂的多元文化传统，早年知识分子们对欧洲戏剧的翻译、借鉴和移植，战前美国电影在上海的流行，丰富多样的都市文化生产历史促成了战时喜剧文化的高度混杂性。而这些喜剧模式本身就蕴含着不同的文化美学话语和意识形态，一些喜剧叙事模式在当时的喜剧论述中被贬斥为"堕落"、"低级"，正是不同文化话语激烈竞争的表现。

上海这个资本主义现代城市，以其发达的印刷传媒文化和娱乐商业为种种或传统、或新兴、或边缘的情感结构和文学表现形式提供了舞台，才使得历史创伤中的浮华笑声成为可能。印刷媒体通俗文化中的"俏皮话"不是战时特有的文化产物，而是发源于晚清、20世纪二三十年代新兴滑稽媒体文化的延续和复兴，以城市为舞台，用戏仿的手法和小丑的表演，把乱世恐慌中的城市景象、物质生活、传媒文化、战时生存的困境编织进自己的文字游戏之中。平襟亚以一个传媒文化商人的"传播"立场戏仿古代文学经典和城市文化产品，甚至戏仿文化传媒自身。徐卓呆的滑稽作品以骗子的"狡智"来引人发笑，把城市写成一个恶作剧表演的大剧场，不仅把饥饿、失业、贫困等战争现实，还把城市传媒文化物质、消费流通中的文化商品，都作为恶作剧表演的材料。张爱玲是城市的俏皮话的阅读者，她也"用熟悉的语调说着俏皮话"，她书写半封建半殖民地资本主义城市消费生活中的闹剧和荒诞，却又在浮华的城市喜剧中开启了一个变形的、怪诞的现代世界。这种现代主义的喜剧想象不仅给城市笑声添加了新的特质，而且还以空洞和怪诞的笑声反过来把城市再现为一个布满了现代性创伤的废墟。

民族救亡话语寻求"抵抗的喜剧"，试图以一种崇高的笑声作为民族抵抗的武器，既要在高压政治的历史环境中以笑声开拓文化抵抗的空间、争取城市观众，又要警惕"喜剧的危险"，避免笑声的"向下"的特性会威胁战争和道德主题的严肃沉重，对喜剧话剧的处理变成了刀刃上的舞蹈。民族的抵抗和阶级的话语在喜剧中往往转化为对道德伦理的探讨，旅行到沦陷上海的欧洲笑声"中国化"的过程就是重写伦理、把笑声改造成讽刺/现实主义模式的过程。然而抵抗的喜剧又与滑稽文化竞争、互相渗透，在沦陷期商业话剧出现了大量的闹剧和滑稽场面，抵抗的笑声有时甚至转向自我嘲笑的严肃主题。在石华父的喜剧中，我们能看到戏剧致力于生产崇高的笑声的同时，小心翼翼地在暧昧的喜剧成分和严肃主题之间平衡。内战时期，李健吾政治讽刺喜剧《女人与和平》的文本内部就有性、歌舞娱乐的暧昧笑声和严肃政治讽刺意图之间的冲突和分裂，而这出戏的失败及其遭遇代表了暧昧笑声在一个政治意识形态斗争激烈的历史时期里的处境。

对这些作家们来说，喜剧不仅仅是外敌占领文化高压下书写现实、文化抵抗的一种"通俗"的适应性的策略。他们追寻笑声，出自于寻求一种另类的美学文化实践的自觉意识。平襟亚坚持说"不着边际的俏皮话"；徐卓呆"把生活看成喜剧"；石华父把"笑"视为美好人性的再现，赋予它道德改造、改变现实的力量；李健吾把笑声看成传统中国生命力的再现；杨绛把讲城市家庭的笑话视为对苦闷现实的超越；他们响应战争现实的喜剧方式、对悲剧书写模式的戏仿以及对远离悲情的闹剧的爱好，无不显示了作家们把笑声本身作为一种美学目标的自觉努力，试图在"涕泪交零"的中国现代文学主流之外，建立起一种关于笑声的文学想象方式。而喜剧文学里形式和风格的多元与复杂，超越五四新文学以来形成的对喜剧的规限。平襟亚的故事新编,"油滑"地穿梭在古代文本、城市文化符号之间,小说成了一个文化符号狂欢的世界;徐卓呆追求的是机智的胜利感、新奇和犯禁的快乐;杨绛"会心的微笑"里对语言本身的自反性探讨;张爱玲小说以轻薄的闹剧恣意笑谑,使用非理性的变形与怪诞意象,这些喜剧的美学形式力量突破、冲击了模仿/写实的界线,甚至挑战了以讽刺/现实主义的文学文化观念支持者的关于理性、真理的意义体系。

无论是以"滑稽"表演为阅读大众提供"精神食粮"的徐卓呆,还是在文化学者圈子里以"富亲戚的叽叽喳喳"娱乐大众的杨绛,都把对现代流行的文学模式的戏仿看成一种有文学创新力量的喜剧书写策略,尤其是戏仿"五四"后流行的悲情或浪漫的爱情书写套路,例如反抗封建家长的"自由恋爱"故事、男性英雄/战士的形象,或者是男性拯救、施恩和女性受苦、牺牲的悲剧书写模式。这并非意味着在20世纪40年代的上海文化现实中悲剧或浪漫书写已经失去了意义,成了一个公众笑话,而是说明了这些作家把对前代文学的戏仿作为文学创新的一个重要方式,还显示了他们对文化现实的暧昧性和复杂性的清醒省察:女性牺牲和痛苦,男性的布施和英勇的现代叙事已经成为娱乐文化的消费内容和表演化的城市日常生活的一部分。杨绛在战后发表的一篇喜剧短篇里,还特意戏仿了上海冒险和浪漫故事里的英雄救美故事,清醒的旁观者对男主人公混淆了真实/虚构的浪漫幻想付之一笑:"Romanesque!"[1]

张爱玲、石华父和杨绛的喜剧,以及沦陷期间的外国改编剧都是以"客厅"这个隐喻性的场景为舞台,它们共同在无数家破人亡的战争城市里建构了一种聚焦于家庭的喜剧景观。一方面这些家庭喜剧以机智、幽默、闹剧、滑稽、戏仿、反讽等喜剧手法来娱乐大众,另一方面却又以城市中产阶级家庭作为社会性别文化现实批评的主要战场,以笑声来嘲弄父权制、男性知识分子和资本家家长权威。正如本书所展示的,女性主义的种种笑声与民族救亡、资本主义城市现代性的关系各有不同。石华父笔下的张凤来以客厅为战场,把"笑"作为社会性别和民族救亡两种战争的武器,她把民族国家的危机视为女性解放的契机,职业女性得以摆脱"花瓶"的性别刻板印象,剧本强调的是女性解放和民族话语之间的

---

[1] 杨绛:《Romanesque!》,《文艺复兴》1946年第1期,第57页。

融合而不是冲突。而杨绛、张爱玲客厅里的笑声则暧昧得多。杨绛喜剧中，救国救民的事业女性、嘲笑男性权威的职业妇女同样是叙述者讲笑话的材料；张爱玲的"浮华的喜剧"在闹剧化的、肆意的小丑嘲笑资本主义与父权制度勾结时的荒谬可笑的社会性别现实，但张爱玲笔下的客厅是一个无法冲破的囚笼，白流苏不过从一个旧家庭的客厅转入了另一个能自由打上自己的手印的客厅，里面发笑的人们都逃不出现代世界无形而强大的性别和阶级文化规范以及家庭机制的囚笼。

抗日战争结束后，打动了无数人的史诗式电影《一江春水向东流》，用悲情情节剧的形式，以一个家庭妇女在战争中受难、牺牲的故事来隐喻一个民族在战争遭受苦难，并控诉战后社会的腐败和上层阶级道德的堕落，再现了战后城市大众"虽胜尤败"的失望和幻灭的文化心理现实。[1] 当时国民政府经济失控、政治紊乱、社会环境极端恶化，然而笑声文学文化并没有在动荡的现实中消失。徐卓呆直到20世纪40年代末期还在鸳鸯蝴蝶派的文学期刊《茶话》上写滑稽小说，钱锺书和杨绛

---

[1] Paul G. Pickowicz, "Victory as Defeat: Postwar Visualizations of China's War of Resistance," in *Becoming Chinese: Passages to Modernity and Beyond*, Wen-hsin Yeh ed., Berkeley: University of California Press, 2000, p. 373.

在知识分子阵营的《文艺复兴》上发表喜剧。战后话剧萧条，大众的笑声娱乐转到银幕上，光是1947一年就出现了多部优秀的国产喜剧电影：《太太万岁》《还乡日记》《乘龙快婿》和悲喜剧《遥远的爱》，喜剧依然被作家/导演们视为争取城市观众、表达自己政治和文化观念的有效的形式策略，无论是张爱玲，还是从内地归来的戏剧家，都以城市中产阶级家庭喜剧为主要形式，创造了娱乐的、颠覆性的或崇高的多种笑声。

即便在40年代后半期尖锐批评社会现实的左派喜剧电影中，以滑稽、嬉笑、打闹来制造笑声的方式并没有消失，例如《还乡日记》，导演张骏祥（袁俊），曾与杨绛、李健吾、石华父一样在清华师从王文显，是一个坚持"喜剧的高级和低级与趣味的雅俗无关"[1]的戏剧家，采用"被唱高调的剧评家所蔑视的"的"笑剧"[2]这种滑稽闹剧的形式，电影里用胖子和瘦子的丑角搭配，还设置了打架的人们鱼贯从窗户爬进室内、互扔水果和蛋糕大混战的闹剧场景。

---

[1] 张骏祥：《导演术基础》，载《张骏祥文集》上册，学林出版社1997年版，第691页。

[2] 张骏祥：《导演术基础》，载《张骏祥文集》上册，学林出版社1997年版，第725页。

在讲述战争创伤的悲喜剧《遥远的爱》里，让观众发笑的是城市家庭生活的场景和男性权威的虚假，严肃沉重的部分是以女性视角展现的战争创伤。它延续了"人应该如何改变自己的生活"的战时伦理探讨，以两级分明的道德论述来展开讽刺，但其中的阶级论述和性别论述却迥异于沦陷时期的抵抗喜剧，它不仅嘲笑知识分子的男权中心，还批判了城市中产阶级物质生活享受的向往和对"家"的迷恋，将之视为一种对战争中民族苦难缺乏同情心的道德堕落。电影情节如同茅盾20世纪20年代的小家庭喜剧《创造》和萧伯纳《卖花女》（*Pygmalion*）的结合，写大学教授萧元熙把女仆余珍"改造"成一个"现代女性"，而最终她超越并离开了他。男主角是一个"倒霉的男人"的喜剧角色，不仅被自己"创造"出来的"现代女性"背叛，在两性权力系中失势，还在战争中彻底丧失了政治和文化的话语权。电影前半部分用喜剧场景描绘萧教授教她吃西餐、摩登的装扮和得体的社交礼仪。他用一种解放者的语言来改造她，当他需要调情时，批评她"像木头一样"，还有"封建妇女的劣根性"。他所要创造的"现代妇女"，其实是服从的女仆、大方配合调情的情人和熟悉社交礼仪的中产阶级太太三种性别角色的结合。电影把他塑造成一个教条主义者、脱离实际的理论家和自私的丈夫。战火击败了他的个人主义，"历史的巨轮"瓦解了他的社会和家长权威地位。逃难时他听到人们说："知识分子早就没用了。"而妇女干部提醒他："你很不了解人民的情绪！"电影用一系列喜剧场景来描述他可笑的自尊心和他在战争中的懦弱、笨拙和落魄，象征着绅士文明和西化知识分子身份的文明棍，最后变成了乞丐的拐杖。《围城》里可笑的逃难经历，是普通人的集体性的战争经验，但在电影《遥远的爱》逃难时可笑的只是极力维持自己权威和尊严的知识分子。

在这出电影里，石华父笔下的以客厅为战场的中产阶级太太，从窄小的客厅进入了广阔的战场。余珍目睹战争惨痛伤亡，对自己阶级身份深感焦虑，加入了救亡队后得到了工作的快乐。战争赋予她了新的形象，他们在重庆重逢时，她以一身中性化的战士装束出现，使用一种新的语言，对认不出她的丈夫说："同志，你不认得我了吗？"她变得和都市浮华生活格格不入，最后选择离开"小家"，投入战争中，在集体生活中如鱼得水。电影把启蒙话语转换为民族救亡的话语，认为只有民族救亡的战争生活才能创造出真正的"现代女性"，让女性从家庭性别角色的藩篱中解放。电影嘲笑父权制，却同时把女性解放的话语屈从于民族国家的话语之中，女性气质被贬低，女主角成了一个"无性"的战士，一个政治的符号。在电影结尾，萧教授问余珍："一个女人可以不要爱，不要安慰，不要丈夫，连家庭和孩子都不要了，这是为什么？"电影特写镜头展现他真切的悲痛，他从喜剧角色变成了一个失去家庭的悲剧人物，电影意图表达的政治说教是在民族的苦难没有结束之前个人的家庭和爱无从谈起，但描绘萧教授的伤感形象的镜头语言却为小家庭和爱的话语留下了暧昧的一刻，微妙地透露出人们在动荡的战争生活中对失去的"家"的留恋和向往。

战后，张爱玲的喜剧跨界也跨到了电影界，正如话剧《倾城之恋》的跨界与剧坛上的"他们"展开竞争和对话一样，张爱玲把她自己的反讽笑声带到了银幕上，拒绝用当时流行的民族悲情论述和道德讽刺模式。她为话剧《倾城之恋》写的散文广告同样适用于她编剧的《太太万岁》："这至少是中国人的戏——而且是热热闹闹的普通人的戏。"电影采用好莱坞女人喜剧电影的手法，以一个中年女人遭遇的婚姻危机为线索写中国城市中产阶级里的家庭关系，电影镜头如同张爱玲小说里反讽的叙述者疏离地观察太太和交际花这两种都市女性在父权制度下可怜可笑的各种欺骗、逢迎的表演。

20世纪40年代末期的左派喜剧电影直接指涉战后上海的政治现实,例如重庆国民党"接收大员"的政治腐败、物价飞涨,尖锐地表达社会批评。好人/坏人、进步/落后等道德和政治的说教下,却是以城市中产阶级的家庭喜剧的形式来包装的。张骏祥导演的《乘龙快婿》以观念和性格不同的姐妹俩选择夫婿的故事来批判重庆归来的"接收大员"的腐败。文兰的男朋友司徒从重庆归来,全家人以为从重庆归来都是有车有房的"接收大员",没想到司徒却是一个穷记者,空欢喜一场,大姐嫌弃司徒另觅新欢,"进步"的书呆子小妹文慧却喜欢上了他的正直和社会责任感,最后背叛了她所在的阶级,和司徒一起离开上海。这部批评上海社会黑暗现实的电影却把上海的客厅展示为一个充满笑声的舞台,有泼辣的小市民母亲、"妻管严"的父亲和可爱老成的小弟弟等喜剧人物。在故事发展的过程中导演设置了喜剧性的误会、姐妹吃醋吵架、男女赌气追逐等喜剧场景。后来的电影史把这部电影归为"讽刺喜剧",其实这出轻松娱乐的家庭喜剧里的笑声不是来自对思想落后的反面角色的道德讽刺,而是来自对滑稽和幽默混杂的城市风俗的描画。

40年代末期的笑声，无论是张爱玲的反讽喜剧，还是左翼社会道德批评中的暧昧笑声，关于中产阶级家庭的喜剧想象都再现了乱世中的人们对安定的家的向往和对城市文明的依恋。《还乡日记》里，当年"远远地离开上海"的有志青年们回到了上海。内地话剧演员们在抗日胜利后高兴地"回家"，希望恢复城市的日常生活，从此能"安安静静地工作，高高兴兴地生活"。电影描绘了夫妻回乡前幻想的未来，是现代城市中产阶级的小家庭生活，在洋房的小花园里男人穿着西装打领带喝茶，女人用茶点招待朋友们。他们回到上海后第二天就去烫头发和换西装，回到注重衣物、居住、阶层体面的城市文明世界。然而他们发现，"家"却找不到了，房租飞涨，"有房子出租的人都不会有良心，有良心的人都没房子"。曾经在上海"大红大紫"的话剧演员们，在战后的城市也只能睡在公寓的天花板阁楼上，在窗边遥望城市繁华的霓虹灯。电影最后，汉奸、流氓、打手、"接收大员"一起在屋里大混战，客厅被打得稀巴烂，这个滑稽的闹剧场景，隐喻了城市失序时期，各路人马都在抢夺城市的室内生存空间。

此时的上海，石华父、杨绛和张爱玲笔下的客厅笑声不复存在，家庭空间已被历史的暴力彻底打碎。城市中产阶级的生活已经凋零,成为一个遥不可及的梦想,一个更大的破坏时代已经到来。20世纪90年代后,上海记忆被不断地重新书写和讲述,丰富的文本细节中都市经验被持续挖掘、阐释,"上海"成了一个巨大的"能指",人们赋予它种种意义,其中最为常见的是远离革命和民族主义话语的然而意义含混不清的"日常生活"。2007年11月,上海话剧艺术中心、上海滑稽剧团在上海国际艺术节演出杨绛的话剧《弄真成假》,导演很惊讶,"《弄真成假》里的故事怎么跟眼下发生的许多事竟那么相似,体现出来的爱情观、价值观和金钱观同今天的人们几乎惊人一致"[①]。当"旧上海"家庭空间里的笑声重现舞台时,人们辨认出了资本主义城市生活的前世记忆和历史轮回。与此同时,现代数码科技传媒也为笑声建立更大的舞台,网络上的恶搞、反语、自谑等种种语言表演正成为一个矛盾尖锐、现实荒谬的社会的文化表征,围观阿Q杀头喝彩的人们,已变成网络论坛上围观发笑的大众,各种"段子"、俏皮机智的专栏文章、一本正经地胡说八道的公众号,试图突破一切或明或暗的挤压、控制与禁忌,跟历史上曾经响亮过的

---

① 吴学昭:《杨绛的喜剧双璧》,《文汇报》2007年10月15日。

笑声一样,有它的自由与规限,有它的抵抗和虚无,有大众情感宣泄和传媒资本商业逻辑之间的暧昧纠缠,笑声依然承载着现代人类创伤处境中最为复杂的情感经验和文化政治。

参考文献

一、著作

丁易编：《大众文艺论集》，北京师范大学出版部1951年版。

于劲：《上海1949大崩溃》，台北风云时代出版股份有限公司1997年版。

上海艺术研究所话剧室编：《佐临研究》，中国戏剧出版社1990年版。

上海社会科学院文学研究所编：《上海孤岛文学回忆录》，中国社会科学出版社1984年版。

上海图书馆编：《中国近现代话剧图志》，上海科学技术文献出版社2008年版。

王文显：《王文显剧作选》，人民文学出版社1983年版。

王国维：《王国维文学美学论著》，北岳文艺出版社1987年版。

〔美〕王斑：《历史与记忆：全球现代性的质疑》，牛津大学出版社2004年版。

王瑶：《鲁迅作品论集》，人民文学出版社1984年版。

〔美〕王德威：《茅盾，老舍，沈从文：写实主义与现代中国小说》，台湾麦田出版社2009年版。

〔美〕王德威著，宋伟杰译：《被压抑的现代性：晚清小说新论》，台湾麦田出版社2003年版。

中国艺术研究院话剧研究所主编：《中国话剧艺术家传》，文化艺术出版社1984年版。

中国戏曲志编辑委员会：《中国戏曲志·上海卷》，中国ISBN中心1996年版。

水晶：《张爱玲的小说艺术》，台湾大地出版社1990年版。

文载道等：《边鼓集》，上海书店出版社1986年版。

尹雪曼：《抗战时期的现代小说》，台湾成文出版社1980年版。

孔庆东：《超越雅俗——抗战时期的通俗小说》，北京大学出版社1998年版。

〔法〕巴若莱著，顾仲彝编：《人之初》，新青年书店1939年版。

古苍梧：《今生此时今世此地：张爱玲、苏青、胡兰成的上海》，牛津大学出版社2002版。

石华父：《石华父戏剧选》，海峡文艺出版社1992年版。

卢斯飞、杨东圃编：《中国幽默文学史话》，广西教育出版社1994年版。

〔美〕史书美著，何恬译：《现代的诱惑：书写半殖民地中国的现代主义（1917—1937）》，江苏人民出版社2007年版。

〔英〕弗吉尼亚·伍尔芙著，孔小炯、黄梅译：《净之泉：伍尔芙随笔集》，台湾幼狮文化事业公司1994年版。

〔挪威〕托莉·莫伊著，王奕婷译：《性与文本的政治：女权主义文学理论》，台北编译馆、巨流图书有限公司2005年版。

〔古希腊〕亚里士多德著，陈中梅译注：《诗学》，商务印书馆1996年版。

〔古希腊〕亚里斯多芬尼兹著，吕健忠译：《利西翠妲：男人与女人的战争》，台湾书林出版社1989年版。

〔奥〕西格蒙德·弗洛伊德著，常宏、徐伟译：《诙谐及其与无意识的关系》，国际文化出版公司2001年版。

朱子家（金雄白）：《汪政权的开场与收场》，香港春秋杂志社1971年版。

朱自清：《论雅俗共赏》，新潮社1992年版。

〔美〕刘禾著，宋伟杰等译：《跨语际实践：文学，民族文化与被译介的现代性（中国，1900—1937）》，生活·读书·新知三联书店2002年版。

刘绍铭：《涕泪交零的现代中国文学》，台湾远景出版社1979年版。

刘祥安编校：《滑稽名家、东方卓别林：徐卓呆》，南京出版社1994年版。

刘增杰编：《师陀研究资料》，北京出版社1984年版。

齐裕焜、陈惠琴：《中国讽刺小说史》，辽宁人民出版社1993年版。

汤哲声：《中国现代滑稽文学史略》，文津出版社1992年版。

孙庆升编：《丁西林研究资料》，中国戏剧出版社1986年版。

芮和师等编：《鸳鸯蝴蝶派文学资料》，福建人民出版社1984年版。

苏伟贞编选：《张爱玲的世界·续编》，台湾允晨文化2003年版。

苏青：《苏青文集》，上海书店出版社 1994 年版。

苏雪林等：《抗战时期文学回忆录》，台湾《文讯》月刊杂志社 1987 年版。

李今：《海派小说论》，台北秀威信息科技股份有限公司 2005 年版。

李书磊：《1942：走向民间》，山东教育出版社 1998 年版。

〔美〕李欧梵著，毛尖译：《上海摩登：一种新都市文化在中国 1930—1945》（修订版），牛津大学出版社 2006 年版。

〔美〕李欧梵著，尹慧玟译：《铁屋中的呐喊：鲁迅研究》，香港三联出版社 1991 年版。

〔美〕李欧梵：《苍凉与世故：张爱玲的启示》，牛津大学 2006 年版。

〔美〕李欧梵：《现代性的追求》，台湾麦田出版社 1996 年版。

〔美〕李欧梵等著，陈子善编：《重读张爱玲》，上海书店出版社 2008 年版。

李健吾：《以身作则》，文化出版社 1936 年版。

李健吾：《撒谎世家》，文化生活出版社 1939 年版。

李健吾：《风流债》，世界书局 1947 年版。

李健吾：《青春》，文化生活出版社1948年版。

李健吾：《李健吾文学评论选》，宁夏人民出版社1983年版。

李健吾：《李健吾创作评论选集》，人民文学出版社1984年版。

李健吾：《李健吾戏剧评论选》，中国戏剧出版社1982年版。

李健吾：《李健吾剧作选》，中国戏剧出版社1982年版。

李健吾：《贩马记》，宁夏人民出版社1981年版。

李健吾：《李健吾代表作》，华夏出版社1999年版。

李瑞腾编：《抗战文学概说》，台湾《文讯》月刊杂志社1987年版。

杨泽编：《阅读张爱玲：张爱玲国际研讨会论文集》，台湾麦田出版社1999年版。

杨绛：《弄真成假》，世界书局1945年版。

杨绛：《称心如意》，世界书局1947年版。

杨绛：《杨绛作品集》，中国社会科学出版社1993年版。

杨绛：《杨绛文集》，人民文学出版社2004年版。

肖进：《旧闻新知张爱玲》，华东师范大学出版社2009

年版。

吴学昭:《听杨绛谈往事》,生活·读书·新知三联书店2008年版。

吴俊编译:《东洋文论:日本现代中国文学论》,浙江人民出版社1998年版。

吴健熙、田一平编:《上海生活,1937—1941》,上海社会科学院出版社2006年版。

吴福辉:《都市漩流中的海派小说》,复旦大学出版社2009年版。

〔日〕佐藤忠男著,钱杭译,杨晓芬校:《中国电影百年》,上海书店出版社2005年版。

〔法〕亨利·柏格森著,徐继曾译:《笑》,北京十月文艺出版社2005年版。

应国靖:《现代文学期刊漫话》,花城出版社1986年版。

汪晖:《现代中国思想的兴起》,生活·读书·新知三联书店2004年版。

〔德〕沃尔夫冈·凯泽尔著,曾忠禄、钟翔荔译:《美人和野兽:文学艺术中的怪诞》,台湾久大文化公司1991年版。

沈双编:《零度看张》,香港中文大学出版社2010年版。

沈寂：《上海电影》，文汇出版社2008年版。

张泉：《沦陷时期北京文学八年》，中国和平出版社1994年版。

张健：《30年代中国喜剧文学论稿》，河南大学出版社1995年版。

张爱玲：《传奇》，人民文学出版社1986年版。

张爱玲：《张爱玲文集》，安徽文艺出版社1992年版。

张爱玲：《流言》，中国文联出版社1993年版。

张爱玲：《张爱玲文集补遗》，中国华侨出版社2002年版。

张爱玲：《张看：迄今为止最完备的张爱玲散文结集》，经济日报出版社2002年版。

张爱玲：《小团圆》，台湾皇冠出版社2009年版。

张爱玲：《华丽缘：一九四〇年代散文》，台湾皇冠出版社2010年版。

陆弘石：《中国电影史，1905—1949：早期中国电影的叙述与记忆》，文化艺术出版社2005年版。

〔英〕阿·尼柯尔著，徐士瑚译：《西欧戏剧理论》，中国戏剧出版社1985年版。

阿英：《晚清小说史》，人民文学出版社1990年版。

陈子善编：《说不尽的张爱玲》，上海三联书店2004年版。

陈子善编：《熊佛西·余上沅·顾仲彝·李健吾卷》，《海上文学百家文库》第60卷，上海文艺出版社2010年版。

陈平原：《中国现代小说的起点：清末民初小说研究》，北京大学出版社2005年版。

陈白尘、董健：《中国现代戏剧史稿》，中国戏剧出版社1989年版。

陈青生：《年轮：40年代后半期的上海文学》，上海人民出版社2002年版。

陈青生：《抗战时期的上海文学》，上海人民出版社1995年版。

陈建华：《"革命"的现代性：中国革命话语考论》，上海古籍出版社2000年版。

陈建华：《革命与形式：茅盾早期小说的现代性展开，1927—1930》，复旦大学出版社2007年版。

邵迎建：《抗日战争时期上海话剧人访谈录》，台北秀威信息科技股份有限公司2011年版。

范伯群：《20世纪中国通俗文学史》，高等教育出版社2006年版。

范伯群主编：《中国近现代通俗文学史》，江苏教育出版社2000年版。

范伯群编选：《鸳鸯蝴蝶—〈礼拜六〉派作品选》，人民文学出版社1991年版。

范智红：《世变缘常：40年代小说论》，人民文学出版社2002年版。

林幸谦：《张爱玲论述：女性主体与去势模拟书写》，台湾洪叶文化事业有限公司2000年版。

林语堂：《林语堂名著全集》第20卷，东北师范大学出版社1994年版。

林语堂：《幽默讽颂集》，世界图书公司1976年版。

〔日〕松崎启次：《上海人文记》，东京大空社2002年版。

金宏达编：《回望张爱玲——镜像缤纷》，文化艺术出版社2003年版。

金性尧：《星屋杂忆》，上海辞书出版社2008年版。

周叙琪：《1910—1920年代都会新妇女生活风貌：以〈妇女杂志〉为分析实例》，台湾大学文学院1996年版。

周慧玲：《表演中国：女明星，表演文化，视觉政治，1910—1945》，台湾麦田出版社2004年版。

郑树森编：《张爱玲的世界》，台北允晨文化1989年版。

郑树森编：《文化批评与华语电影》，广西师范大学出版社2003年版。

郑树森：《电影类型与类型电影》，台湾洪范书店2005年版。

郑逸梅：《文苑花絮》，中州书画社1983年版。

郑逸梅：《味灯漫笔》，古吴轩出版社1999年版。

郑景鸿：《笑里沧桑八十年：中国喜剧电影发展史》，香港进一步多媒体有限公司2005年版。

〔法〕波德莱尔著，钱春绮译：《恶之花 巴黎的忧郁》，人民文学出版社1991年版。

赵孝萱：《鸳鸯蝴蝶派新论》，台湾佛光人文社会学院2002年版。

赵海彦：《中国现代趣味主义文学思潮》，中国社会科学出版社2005年版。

赵家璧主编：《中国新文学大系》第2集，上海良友图书印刷公司1935年版。

赵家璧主编：《中国新文学大系·戏剧集》，上海良友图书印刷公司1935年版。

赵景深著，陈子善编：《新文学过眼录》，广西师范大学出版社2004年版。

胡兰成：《乱世文谈》，台湾INK印刻文学2009年版。

胡适：《胡适文存》，上海亚东图书馆1928年影印本。收入《民国丛书》第一编93卷，上海书店出版社1989年版。

柯灵：《文苑漫游录》，香港三联书店1988年版。

柯灵：《柯灵文集》，文汇出版社2001年版。

柯灵：《剧场偶记》，百花文艺出版社1983年版。

柯灵：《煮字人语》，上海远东出版社1996年版。

哈佛燕京学社、生活·读书·新知三联书店主编：《理性主义及其限制》，生活·读书·新知三联书店2003年版。

姜亚沙、经莉、陈湛绮编：《中国早期电影画刊》，全国图书馆文献缩微复制中心2004年版。

姜进主编：《都市文化中的现代中国》，华东师范大学出版社2007年版。

〔美〕洪长泰著，董晓萍译：《到民间去：1918—1937的中国知识分子与民间文学运动》，上海文艺出版社1993年版。

洪忠煌：《话剧殉道者——中国旅行剧团史话》，浙江大学出版社2004年版。

洪深：《抗战十年来中国的戏剧运动与教育》，中华书局1948年版。

洛蚀文编：《抗战文艺论集》，文缘出版社1939年版。

姚芳藻：《柯灵传》，上海教育出版社2001年版。

袁进：《幽默行旅与讽刺之门——中国现代喜剧研究》，中国人民大学出版社1997年版。

袁进：《鸳鸯蝴蝶派》，上海书店出版社1994年版。

袁进：《喜剧的守望》，山东文艺出版社2006年版。

袁进编选：《纸片战争：〈红杂志〉〈红玫瑰〉萃编》，上海古籍出版社1999年版。

〔美〕夏志清著，刘绍铭等译：《中国现代小说史》，香港友联出版社1979年版。

〔美〕夏志清：《爱情，社会，小说》，台北纯文学出版社1970年版。

顾仲彝：《人之初》，世界书局1946年版。

顾仲彝：《八仙外传》，世界书局1948年版。

钱锺书：《人·兽·鬼》，开明书店1947年版。

钱锺书：《围城》，人民文学出版社1981年版。

钱理群：《1948：天地玄黄》，山东教育出版社1998年版。

钱理群：《对话与漫游：40年代小说研读》，上海文艺出版社1999年版。

钱理群主编：《中国沦陷区文学大系》，广西教育出版社1998年版。

倪伟：《"民族"想象与国家统制：1929—1949年南京政府的文艺政策及文学运动》，上海教育出版社2003年版。

徐半梅：《话剧创始期回忆录》，中国戏剧出版社1957年版。

徐卓呆著，范伯群、范紫江主编：《滑稽大师徐卓呆代表作》，江苏文艺出版社1996年版。

徐德明：《中国现代小说雅俗流变与整合》，社会科学文献出版社2000年版。

〔意〕翁贝托·埃科著，沈萼梅、刘锡荣译：《玫瑰的名字》，上海译文出版社2010年版。

栾梅健：《通俗文学之王包天笑》，上海书店出版社1999年版。

唐小兵：《再解读：大众文艺与意识形态》，牛津大学出版社1993年版。

〔加〕诺思罗普·弗莱著，陈慧等译：《批评的剖析》，百花文艺出版社2006年版。

陶菊隐：《大上海的孤岛岁月》，中华书局2005年版。

陶菊隐：《天亮前的孤岛》，中华书局1947年版。

黄万华：《史述和史论：战时中国文学研究》，山东大学出版社2005年版。

黄子平：《革命·历史·小说》，牛津大学出版社1996年版。

〔美〕黄心村著，胡静译：《乱世书写：张爱玲与沦陷时期上海文学与通俗文化》，上海三联书店2010年版。

黄佐临：《荒岛英雄》，世界书局1945年版。

黄佐临：《梁上君子》，世界书局1948年版。

彭小妍主编：《文艺理论与通俗文化》，台北"中央研究院"中国文哲研究所1999年版。

董乐山：《董乐山文集》，河北教育出版社2001年版。

董健主编：《中国现代戏剧总目提要》，南京大学出版社2003年版。

韩石山：《李健吾》，中国华侨出版社1999年版。

程文超：《1903：前夜的涌动》，山东教育出版社1998年版。

傅东华编：《文学百题》，生活书店1935年版。

〔美〕傅葆石著，刘辉译：《双城故事：中国早期电影的文化政治》，北京大学出版社2008年版。

〔美〕傅葆石著，张霖译：《灰色上海，1937—1945：中国文人的隐退、反抗与合作》，生活·读书·新知三联书店2012年版。

傅雷：《傅雷全集》第17卷，辽宁教育出版社2002年版。

鲁迅：《鲁迅全集》，人民文学出版社2005年版。

鲁思：《戏剧电影问题》，世界译著出版社1949年版。

蓝海：《中国抗战文艺史》，山东文艺出版社1984年版。

蔡登山：《繁花落尽——洋场才子与小报文人》，台北秀威信息科技股份有限公司2011年版。

魏绍昌、吴承惠编：《鸳鸯蝴蝶派小说选》，上海文艺出版社1990年版。

魏绍昌：《我看鸳鸯蝴蝶派》，香港中华书局1990年版。

魏绍昌编：《鸳鸯蝴蝶派研究资料：史料部分》，上海文艺出版社1962年版。

二、报纸、杂志

《中国早期电影画刊》第9卷,全国图书馆文献缩微复制中心2004年版,第346页。

左平:《女人是这样赢得和平的吗》,《文汇报》1947年2月22日。

平襟亚:《孔夫子的苦闷》,《万象》1941年第1年第1期。

平襟亚:《江郎别传》,《万象》1941年第1年第2期。

平襟亚:《孙悟空大战青师怪》,《万象》1942年第1年第8期。

平襟亚:《孟尝君遣散三千客》,《万象》1942年第2年第2期。

平襟亚:《新白蛇传》,《万象》1942年第1年第12期。

平襟亚:《潘金莲的出走》,《万象》1941年第1年第3期。

平襟亚:《贾宝玉出家》,《万象》1942年第2年第5期。

平襟亚:《猪八戒游上海》,《万象》1942年第2年第2—8期连载。

史难安:《海派文坛一○八将(十四):法界巨头、出版权威秋翁》,《吉普》1946年第31期。

许杰:《听过声音之后》,《文汇报》1947年3月9日。

麦耶：《论八月的影剧坛》，《杂志》1943年第11卷第6期。

麦耶：《新年影剧漫评》，《杂志》1944年第12卷第5期。

麦耶：《岁末影剧评》，《杂志》1944年第12卷第4期。

麦耶：《观剧随谈》，《杂志》1944年第14卷第1期。

李健吾：《与友人书》，《上海文化》1946年第6期。

李健吾：《和平颂》，《文汇报》1946年12月15日—1947年1月12日连载。

李健吾：《从剧评听声音》，《观察》1947年第2卷第4期。

杨绛：《Romanesque！》，《文艺复兴》1946年第1期。

吴仞之：《从磨炼谈到喜剧》，《剧场艺术》1940年第1期。

宋之的：《论新喜剧》，载《演剧手册》，上海杂志公司1939年。

陈蝶衣：《通俗文学运动》，《万象》1942年第2年第4、5期。

陈蝶衣：《编辑室》，《万象》1942年第2年第5期。

陈蝶衣：《编辑室》，《万象》1942年第2年第6期。

松青：《谈孤岛的喜剧与磨炼》，《剧场艺术》1939年第12期。

卓呆：《关于李阿毛与僵尸》，《大众影讯》1940年第1卷第 17 期。

居仁:《人之初·观后感》,转引自《戏剧杂志》1939 年第 3 卷第 1 期。

孟度:《关于杨绛的话》,《杂志》1945 年第 15 卷第 2 期。

孟度:《话剧在开倒车》,《小天地》1945 年第 5 期。

荒野:《一团和气》,《观察》1947 年第 2 卷第 4 期。

柯灵:《喜〈女人与和平〉上演》,《文汇报》1947 年 1 月 11 日。

夏衍:《论"此时此地"的剧运》,《剧场艺术》1939 年第 7 期。

顾冷观:《创刊的话》,《小说月报》1940 年第 1 期。

钱智修:《笑之研究》,《东方杂志》1913 年第 10 卷第 6 号、10 号。

徐卓呆:《小说无题录》,《小说世界》1923 年第 1 卷第 7 期。

徐卓呆:《爱情代理人》,《小说月报》1940 年第 1 期。

徐卓呆:《相见恨晚》,《小说月报》1940 年第 3 期。

徐卓呆:《自动生产机》,《小说月报》1941 年第 4 期。

徐卓呆:《邂逅》,《小说月报》1941 年第 11 期。

徐卓呆：《活尸》，《小说月报》1941年第14期。

徐卓呆：《处女林》，《小说月报》1942年第19期。

徐卓呆：《糖莲心》，《小说月报》1942年第22期。

徐卓呆：《一根太太》，《小说月报》1942年第24期。

徐卓呆：《崔莺莺之夫》，《万象》1941年第1年第2期。

徐卓呆：《赵五娘的秘密》，《万象》1942年第1年第8期。

徐卓呆：《西施之歌》，《万象》1942年第2年第2期。

徐卓呆：《温习》，《大众》1942年第1期。

徐卓呆：《海棠杯》，《紫罗兰》1943年第1期。

徐卓呆：《妙不可酱油》，《茶话》1947年第18期。

徐卓呆：《李阿毛编剧者言》，《青春电影》1939年12月。

唐弢：《忆李健吾先生》，《文史月刊》2002年第2期。

梅朵：《两出女人的喜剧》，《文汇报》1947年2月7日。

章锡琛译：《笑之研究》，《东方杂志》1916年第13卷第11、12号。

维洛：《故事新编与历史小品鉴赏》，《北极》1944年第5卷第2期。

楼适夷：《从答辩听声音》，《观察》1947年第2卷第4期。

鹰贲：《剧坛漫感》，《上海影坛》1943年第2期。

三、论文

王军：《沦陷上海时期的平襟亚与"故事新编"》，《青岛大学师范学院学报》2007年第1期。

艾晓明：《反传奇——重读张爱玲〈倾城之恋〉》，《学术研究》1996年第9期。

田炳锡：《从〈故乡〉、〈母〉等看徐卓呆的戏剧艺术成就》，《云南师范大学学报（哲学社会科学版）》2007年第1期。

刘庆：《上海滑稽述论》，上海戏剧学院2006年博士学位论文。

李小江：《亲历战争：让女人自己说话》，《读书》2002年第11期。

张健：《中国喜剧观念的现代转型》，《文艺研究》2006年第5期。

陈建华：《〈申报·自由谈话会〉：民初政治与文学批评功能》，《二十一世纪》（双月刊）2004年总81期。

陈建华：《张爱玲〈传奇〉与奇幻小说的现代性》，《湖北大学学报（哲学社会科学版）》2007年第3期。

陈建华：《张爱玲与塞尚》，《中国图书评论》2009年第

10期。

〔美〕夏志清：《〈玉离魂〉新论》，台北《联合文学》1985年第12期。

〔美〕雷勤风：《从客厅到战场——论丁西林的抗战喜剧〈妙峰山〉》，《当代作家评论》2006年第1期。

四、网络资料

上海地方志办公室：《上海地方志资料库·上篇》，上海地方志办公室网站，http://www.shtong.gov.cn/dfz_web/DFZ/Info?idnode=177922&tableName=userobject1a&id=245185，2018年6月27日。

上海地方志办公室：《上海电影志·大事记》，上海地方志办公室网站，http://www.shtong.gov.cn/newsite/node2/node2245/node4509/node15168/index.html，2002年1月7日。

顾冷观遗作，顾晓悦整理：《〈小说月报〉忆语》，香港中文大学中国研究服务中心网页，http://mjlsh.usc.cuhk.edu.hk/Book.aspx?cid=4&tid=3368，2019年1月。

五、外文资料

Albert Bermel, *Farce: A History from Aristophanes to Woody Allen*, Carbondale: Southern Illinois University Press, 1990.

Amy Dooling, *Women's Literary Feminism in Twentieth-Century China,* Hampshire: Palgrave Macmillan, 2005.

Andrew Stott, *Comedy,* New York-London: Routledge, 2005.

Arthur Asa Berger, *Narratives in Popular Culture, Media, and Everyday Life*, Thousand Oaks: Sage Publications, 1997.

Audrey Bilger, *Laughing Feminism: Subversive Comedy in Frances Burney, Maria Edgeworth, and Jane Austen*, Detroit: Wayne State University Press, 1998.

Ban Wang, *The Sublime Figure of History: Aesthetic and Politics in Twentieth-Century China*, Stanford: Stanford University Press, 1997.

Ben Singer, *Melodrama and Modernity: Early Sensational Cinema and Its Contexts,* New York: Columbia University Press, 2001.

Bonnie S. McDougall, "Literature and Art of the War Period," in James Hsiung et.al. eds., *China's Bitter Victory: The War with*

Japan, 1937-1945, Armonk: M. E. Sharpe, 1993, pp. 235-274.

Brown Carolyn, "Women as Trope: Gender and Power in Lu Xun's Soap," *Modern Chinese Literature* 4.1-2 (Spring 1988): 55-70.

Chang-tai Hung, *War and Popular Culture: Resistance in Modern China, 1937-1945*, Berkeley: University of California Press, 1994.

David Der-wei Wang, *Fictional Realism in Twentieth-Century China: Mao Dun, Lao She, Shen Congwen*, New York: Columbia University Press, 1992.

Davld Der-wei Wang, *The Monster that is History: History, Violence, and Fictional Writing in Twentieth-Century China*, Berkeley: University of California Press, 2004.

David George Johnson, Andrew J. Nathan & Evelyn S. Rawski, eds., *Popular Culture in Late Imperial China*, Berkeley: University of California Press, 1985.

Edward Gunn, "Shanghai's 'Orphan Island' and the Development of Modern Drama," in Bonnie McDougall, Bonnie S. eds., *Popular Chinese Literature and Performing Arts in the People's Republic of China, 1949-1979*, Berkeley: UCP, 1984, pp. 36-53.

Edward Gunn, *Unwelcome Muse: Chinese Literature in Shanghai and Peking, 1937-1945*, New York: Columbia University Press, 1980.

Ellen Widmer and David Der-wei Wang eds., *From May Fourth to June Fourth: Fiction and Film in Twentieth-Century China*, Cambridge Mass.: Harvard University Press, 1993.

Fredric Jameson, *The Political Unconscious: Narrative as a Socially Symbolic Act*, Ithaca, New York: Cornell University Press, 1981.

Gabriela Castellanos, *Laughter, War and Feminism: Elements of Carnival in Three of Jane Austen's Novels*, New York: P. Lang, 1994.

Gail Finney Langhorne ed. *Look Who's Laughing: Gender and Comedy*, Pa.: Gordon and Breach, 1994.

Geng Song, *The Fragile Scholar: Power and Masculinity in Chinese Culture,* Hong Kong: Hong Kong University Press, 2004.

Haiping Yan, *Chinese Women Writers and the Feminist Imagination, 1905-1948*, London: Routledge, 2006.

Haiyan Lee, "Sentiment and the Literary Public Sphere,"*Modern China* 27.3 (July 2001): 291-327.

Henry A. Giroux, *Public Spaces, Private Lives: Beyond the Culture of Cynicism*, Lanham: Rowman & Littlefield Publishers, 2001.

Henry W. Wells, *Traditional Chinese Humor*, Bloomington: Indiana University Press, 1971.

Herbert J. Gans, *Popular Culture and High Culture: An Analysis and Evaluation of Taste*, New York: Basic Books, 1974.

Jan Walsh Hokenson, *The Idea of Comedy: History, Theory, Critique*, Madison, N.J.: Fairleigh Dickinson University Press: Associated University Press, 2006.

Janice A. Radway, *Reading the Romance: Women, Patriarchy, and Popular Literature*, Chapel Hill: University of North Carolina Press, 1991.

Jianmei Liu, "Gender Politics: Social Space and Volatile Bodies, 1937-1945," *Journal of Modern Literature in Chinese* 2.1, July 1998.

John Benjamin Weinstein, "Directing Laughter: Modes of Chinese Comedy, 1907-1997," Columbia University Dissertation, 2002.

Judy Little, *Comedy and the Woman Writer: Woolf, Spark, and Feminism*, Lincoln: University of Nebraska Press, 1983.

Jürgen Habermas, *The Structural Transformation of the Public Sphere: An Inquiry into a Category of Bourgeois Society*, trans. by Thomas Burger, Cambridge, Mass.: MIT Press, 1991, 1989.

Kaja Silverman, *Male Subjectivity at the Margins*, New York: Routledge, 1992.

Kam Louie ed., *Eileen Chang: Romancing Languages, Cultures and Genres*, Hong Kong: Hong Kong University Press, 2012.

Kang Liu, "Politics and Critical Paradigm: Reflections on the Study of Modern Chinese Literature," *Modern China* 19.1, Jan. 1993.

Kathleen Rowe, *The Unruly Woman: Gender and the Genres of Laughter,* Austin, Tex.: University of Texas Press, 1995.

Kenny Ng, "The Screenwriter as Cultural Broker: Travels of Zhang Ailing's Comedy of Love," *Modern Chinese Literature and Culture* 20.2, Fall 2008.

Kristine Brunovska Karnick and Henry Jenkins eds., *Classical Hollywood Comedy*, New York: Routledge, 1995.

Kwai-Cheung Lo, *Excess and Masculinity in Asian Cultural Productions*, Albany: State University of New York Press, 2010.

Linda Hutcheon, *A Theory of Parody: The Teachings of Twentieth-Century Art Forms*, New York: Methuen, 1985.

Lydia H. Liu, *Translingual Practice: Literature, National Culture, and Translated Modernity China 1900-1937*, Stanford: Stanford University Press, 1995.

M. M. Bakhtin, *The Dialogic Imagination: Four Essays*, edited by Michael Holquist; trans. by Caryl Emerson and Michael Holquist, Austin: University of Texas Press, 1981.

Marcel Pagnol, *Topaze*, London: Harrap, 1962.

Marston Anderson, *The Limits of Realism: Chinese Fiction in the Revolutionary Period*, Berkeley: University of California Press, 1990.

Maurice Charney, *Comedy High and Low: An Introduction to the Experience of Comedy*, New York: Oxford University Press, 1978.

Nancy Armstrong, *Desire and Domestic Fiction: A Political History of the Novel*, New York: Oxford University Press, 1987.

Nicole Huang, "Fashioning Public Intellectuals: Women's Print Culture in Occupied Shanghai (1941-1945)," in Christian Henriot and Wen-hsin Yeh eds., *In the Shadow of the Rising Sun: Shanghai under Japanese Occupation*, Cambridge: Cambridge University Press, 2004, pp. 325-345.

Nrcole Huang, *Women, War, Domesticity: Shanghai Literature and Popular Culture of the 1940s*, Leiden: Brill, 2005.

Nicole Matthews, *Comic Politics: Gender in Hollywood Comedy after the New Right*. Manchester: Manchester University Press, 2000.

Northrop Frye, *Anatomy of Criticism: Four Essays*, Princeton, N. J.: Princeton University Press, 1957.

Patrick Hanan, *Chinese Fiction of the Nineteenth and Early Twentieth Centuries*, New York: Columbia University Press, 2004.

Patrrck Hanan, *The Invention of Li Yu*, Cambridge, Mass.: Harvard University Press, 1988.

Paul Pickowicz, "Victory as Defeat: Postwar Visualizations

of China's War of Resistance," in Wen-hsin Yeh ed., *Becoming Chinese: Passages to Modernity and Beyond*, Berkeley: University of California Press, 2000, pp. 365-397.

Perry Link, *Mandarin in Ducks and Butterflies: Popular Fiction in Early Twentieth-century Chinese Cities*, Berkeley: University of California Press, 1981.

Peter Brooks, *The Melodramatic Imagination: Balzac, Henry James, Melodrama, and the Mode of Excess*, London: Yale University Press, 1995.

Poshek Fu, "Eileen Chang, Woman's Film, and Domestic Shanghai in the 1940s," *Asian Cinema* 11. 1, Spring-Summer 2000.

Poshek Fu, *Between Shanghai and Hong Kong: the Politics of Chinese Cinemas*, Stanford, Calif.: Stanford University Press, 2003.

Poshek Fu, *Passivity, Resistance, and Collaboration: Intellectual Choices in Occupied Shanghai, 1937-1945*, Stanford: Stanford University Press, 1993.

Prasenjit Duara, "Local Worlds: The Poetics and Politics of the Native Place in Modern China," *The South Atlantic Quarterly* 99. 1, Winter 2000.

Prasenjit Duara, *Rescuing History from the Nation*, Chicago: University of Chicago Press, 1995.

Raymond Williams, *Marxism and Literature*, Oxford: Oxford University Press, 1977.

Rey Chow, *Primitive Passions: Visuality, Sexuality, Ethnography, and Contemporary Chinese Cinema*, New York: Columbia University Press, 1995.

Rey Chow, *Woman and Chinese Modernity: The Politics of Reading between West and East*, Minneapolis: University of Minnesota Press, 1991.

Richard B. Jewell, *The Golden Age of Cinema: Hollywood, 1929-1945*, Malden, MA: Blackwell Pub., 2007.

Robert B. Ray, *A Certain Tendency of the Hollywood Cinema, 1930-1980*, Princeton, N. J.: Princeton University Press, 1985.

Roland Barthes, *Writing Degree Zero*, trans. by Annete Lavers and Colin Smith, New York: Hill and Wang, 1978.

Scott Cutler Shershow, *Laughing Matters: The Paradox of Comedy Amherst*, MA: University of Massachusetts Press, 1986.

Shu-mei Shi, *The Lure of the Modern: Writing Modernism in*

Semicolonial China, 1917-1937, Berkeley: University of California Press, 2001.

Tani E. Barlow, ed., *Gender Politics in Modern China: Writing and Feminism*, Durham: Duke University Press, 1993.

Umberto Eco, "The Comic and the Rule," in *Travels in Hyper Reality*, trans by William Weaver, Harcourt Brace Jovanovich, San Diego: Harcourt Brace Jovanovich, 1986, pp. 274-277.

Umberto Eco, "The Frames of Comic 'Freedom'," in Thomas A. Sebeok ed. *Carnival!*, Berlin: Mouton Publishers, 1984, pp. 4-8.

V. F. Sorokin, "Chinese Literature at the End of the 1940's (On the Problem of the Development of Realism)," in Joseph M. Kitagawa ed., *Understanding Modern China: Problems and Methods*, Rome: Ismeo, 1979, pp. 133-142.

W. Corrigan Robert, *Comedy: Meaning and Form*, New York: Harper & Row, 1981.

Wen-hsin Yeh ed., *Becoming Chinese: Passages to Modernity and Beyond*, Berkeley: University of California Press, 2000.

Wen-hsin Yeh ed., *Wartime Shanghai*, New York: Routledge, 1998.

Wheeler Winston Dixon ed., *American Cinema of the 1940s: Themes and Variations*, New Brunswick, N. J.: Rutgers University Press, 2006.

Wimal Dissanayake ed., *Melodrama and Asian Cinema*, Cambridge: Cambridge University Press, 1993.

Xiaobing Tang, *Chinese Modern: The Heroic and the Quotidian*, Durham: Duke University Press, 2000.

Xiaobing Tang ed., *Politics, Ideology, and Literary Discourse in Modern China*, Durham: Duke University Press, 1993.

Yingjin Zhang, *Chinese National Cinema*, New York: Routledge, 2004.

Yingjin Zhang ed., *Cinema and Urban Culture in Shanghai, 1922-1943*, Stanford, Calif.: Stanford University Press, 1999.

后　记

这本书由我在香港科技大学的博士学位论文修改而来，未曾脱胎换骨，不过是毕业后惦记着答辩时的一些问题，陆陆续续做了些修改。一晃好几年就过去了，回头再看，仍觉得这里有问题，那里可以论述得更好一点。例如有一章写的是当代知识分子心中超然脱俗的女神杨绛，答辩时导师陈丽芬教授笑说：你不妨大胆些，把她写得再"通俗"一点。正中我意，我大概是傅雷所批评的那种看杨绛喜剧喜欢看"富亲戚的叽叽喳喳"的人，然而修改时也没能把这一层论述得更鲜明些。

这本小书就这样诞生了，有我求学时期对历史、文学和理论的探索痕迹，也自带其先天气质和缺陷。看书稿清样时忽然有一种发现自己来历似的恍然大悟。先师程文超和博士导师陈丽芬教授皆善"文学批评的再批评"，视之为文化话语生产、拆解/重建叙事的重要文化实践，两位皆是"自由派"

导师，未曾限制过我的学术方向，这本书的叙事以傅雷的文艺批评始，中间检视关于喜剧的种种 discipline，着眼用力之处，似有师辈潜移默化的招式。只是学力不逮，未能达前师之境。

感谢陈建华教授赐序，他的细致阅读和敏锐体察让我感动。他在序中介绍理论背景时，拉科大诸师为我加持，拜师学艺而无所建树，陈老师的好意更让我惭愧。在科大求学时屡屡得他鼓励启发，他对民国通俗文学的研究方法深刻地影响了这本书；在美国 UIUC 访学时，得到傅葆石教授的教诲和照顾，作为一个研究沦陷上海的文化史专家，他提醒我处理战争历史和文学之间的关系时要注意的一些问题；感谢香港中文大学的危令敦教授，他细致地阅读了论文全文，答辩时给予了富于启发性的理论意见。在此向他们致以真挚的谢意。

最后感谢我的父母家人，没有他们的支持、包容和爱，就没有这部关于笑声的书。尤其是我的妈妈，一个经历了很多人生磨难但笑点很低很爱美的女性。这本书献给她。

张俭

2019 年 4 月

图书在版编目(CIP)数据

乱世的笑声：二十世纪四十年代上海喜剧文学研究/张俭著. — 北京：商务印书馆，2019
ISBN 978-7-100-17191-5

Ⅰ.①乱… Ⅱ.①张… Ⅲ.①喜剧－文学研究－上海－现代 Ⅳ.①I207.3

中国版本图书馆CIP数据核字（2019）第051832号

权利保留，侵权必究。

乱世的笑声
—— 二十世纪四十年代上海喜剧文学研究

张俭 著

商 务 印 书 馆 出 版
（北京王府井大街36号 邮政编码 100710）
商 务 印 书 馆 发 行
三河市尚艺印装有限公司印刷
ISBN 978-7-100-17191-5

2019年6月第1版　　开本 787×1092　1/32
2019年6月第1次印刷　印张 12 5/8

定价：48.00元

笑出眼淚
歐陽
散場觀衆春風滿面
秋海棠
甜姐兒
精湛陣容
巴黎
笑笑
狂笑201次·大笑306次·微笑161次
今天日夜兩場

（廣告頁 - 劇院演出廣告）

麗華
笑出眼淚不責任
唐羅秋槐初度合
今天日夜兩場・電○○三六
夜場八時・二牛時日場

陽關三疊
唐槐秋自導自演
周始白
閙堂大笑
喜劇之王
金雀絲又一力作
散場觀衆滿面春風
羅大厲鳴！唐槐秋主演

甜姐兒
流線型大喜劇
鄧子始導演

秋海棠
今天夜場開演七時半
每逢期六加演日場
五幕七景十一場大悲劇
徐欣夫執導演
裘萍 藍明路 夏霞 宋依云
王玨 俞仲英 石揮 陳藝 丘鶴
朱琴心 周起 韓蘭根等聯合演出

金都
三△八△
神仙會配音古裝大歌劇

八仙
顧仲彝編劇
方君逸導演
陳傳熙音樂
笑料豐富・噱頭

金華
今天日夜兩場
★五幕大喜劇★

弄真成假
楊絳編劇
婚姻兒閙一綹情莫姡
定！終愛正！當！們演導戲女品談本名

藜明
今明加八時夜演二時半
愛國百笑劇團演出
空前閙劇
大笑306次（上半場滿堂）
大笑161次（下半場）
謹防客滿
二次大・宝香・倫臨編劇
竹臨導編
白楊 林林 王丹企
史田 陳英 原黎平逃